Abenteuer Verführung

Zwischen Liebe und Lust

#ZwischenLiebeUndLust

#1 Unerwartete Lust
   ISBN 978-3735719225

#2 Temperamentvolle Leidenschaft
   ISBN 978-3734769986

#3 Unendliche Begierde
   ISBN 978-3738640915

#4 Abenteuer Verführung
   ISBN 978-3741239397

#5 Herrische Spiele
   2020

#6 Lustvolle Unterwerfung
   2021

Don Ramirez

Abenteuer Verführung

Zwischen Liebe und Lust

Eine erotische Autobiographie

Bibliografische Information der Deutschen Nationalbibliothek:
Die Deutsche Nationalbibliothek verzeichnet diese Publikation in der Deutschen Nationalbibliografie; detaillierte bibliografische Daten sind im Internet über http://dnb.dnb.de abrufbar.

Vollständige Erstausgabe 9/2018
Ereignisse aus den Jahren 2008 - 2011
© Don Ramirez
Titelbild: katalinks / Shotshop.com

Internet: www.geiles-zur-nacht.com
Facebook: www.facebook.com/GeilesZurNacht
Twitter: www.twitter.com/donramieres

Herstellung und Verlag:
BoD – Books on Demand, Norderstedt

ISBN: 978-3-7412-3939-7

Vorwort

> *"Abenteuerlust ist die Gier*
> *nach neuen Erfahrungen"*
> Don Ramirez

Der vierte Teil meiner Liebesleben-Autobiografie war eine besondere Herausforderung für mich. Nun hältst du das komplette Werk in den Händen oder liest es mit deinem Reader.

Ohne zu Spoilern schaffe ich es leider nicht, meine Herausforderungen zu umschreiben, daher:

Lese weiter, wenn dir ein bisschen Einblick nichts ausmacht oder überspringe mein Vorwort und lese es später.

In den ersten Bänden gab es neben mir immer eine Hauptdarstellerin, die euch im Buch begleitet hat: Phebey, Anita oder Saskia. In diesem Buch gibt es zu Anfang eine große Überraschung. Ich werde keine einzelne Begleiterin haben. Auf diesen 268 Seiten werden gleich mehrere Charaktere mein Liebesleben und meine Einstellung dazu verändern: Saskia, Amelie, Lea, Shirin und Mia.

Aus diesem Grund habe ich mich auch für den Titel »Abenteuer Verführung« entschieden. Wer hier wen verführt, darfst du selbst herausfinden. Wenn Lea auftaucht, wird es spannend. Sie ist nicht die Prinzessin, für die man sie vom Namen her halten könnte. Sie zeigt mir eine ganz andere Seite vom Sex und weckt so meine Neugierde auf etwas, was ich bewusst in meinem Kopf nie als Option in Betracht gezogen hatte: BDSM

Ab diesem Punkt wird mich das Thema nicht mehr loslassen und ich werde in diesem Buch meine ersten Erfahrungen damit sammeln.

Für alle, die das Vorwort nicht übersprungen haben: Viel Spaß beim Lesen!
Für die anderen: Ich hoffe, es hat euch gefallen und ihr habt meine Entwicklung miterleben können.

Dein Don

Mach's mit! Kondome schützen.
Auch wenn nicht in jedem Erlebnis das Wort Kondom fällt, ich verhüte und das solltest du auch!

Prolog

Auf dieses Treffen habe ich mich schon lange gefreut.
Wenn ich an ihr Gesicht denke, die langen Haare und diese Figur, die mich schon seit Jahren begeistern, entrinnt meinen Lippen ein Seufzer. In den letzten Wochen haben wir viel miteinander geschrieben und die Neugierde auf die neue Erfahrung, die in unseren Köpfen spukt, lässt uns doch noch einen Termin finden.
Endlich werde ich mit dir dieses außergewöhnliche Verlangen stillen, du wirst mir gehören. Mir ganz allein, schießt es mir durch den Kopf.
Seitdem ich meine dominante Lust entdeckt habe, sind meine Treffen anders. Sie scheinen nicht mehr so oberflächlich zu sein, besitzen mehr Gefühl und vor allem Vertrauen.
Eigentlich hätte ich dieses Date vor zwei Tagen absagen sollen. Meine Ärztin hatte mich aufgrund eines grippalen Infektes zehn Tage außer Gefecht gesetzt, aber in meinem Job kann ich mir das nicht erlauben.
Es ist sicherlich nicht die feine Art, diese attraktive Frau einzuladen, wenn ich krank bin aber wir kennen uns schon so lange und sie war auch nicht bereit, unser Treffen trotz dieser schlechten Nachrichten erneut zu verschieben. Wir hatten unser Treffen bereits einige Male umdisponiert und nun konnten wir es beide nicht mehr erwarten.
Am Nachmittag besuche ich den Einkaufsmarkt in der Stadt und hoffe, dass mich niemand von der Arbeit sieht, obwohl ich als Alleinstehender auch essen und trinken

muss.

Mein Besuch kommt erst am Abend zu mir und so habe ich ausreichend Zeit meinen Nudelauflauf vorzubereiten und diesen kurz vor dem Eintreffen in den Ofen zu schieben. Im Wohnzimmer stehen einige Kerzen und Teelichter und auf der roten Tischdecke des dunklen Holztisches ist bereits eingedeckt.

Als »Nachtisch« liegen Fesseln, Spielzeug, Knebel und eine lange Longe neben dem Sofa bereit. Während ich gespannt auf das Klingeln an der Haustür warte, erinnere ich mich an den Zeitpunkt der »Geschmacksveränderung«. Wie es nach dem Treffen mit Saskia mit unseren unterschiedlichen Ansichten weiterging ...

Kopfwäsche

Rückblick

Am frühen Nachmittag wachte ich auf und schaute verschlafen durch das Schlafzimmer meiner Mietwohnung.
War das alles ein Traum? Du warst bei Saskia und bist mit dieser Traumfrau im Bett gelandet?
Ich sortierte meine Gedanken, um das Erlebte vom Vortag und meinen Traum in der Nacht zu trennen. Nach ein paar Minuten hatte ich einen klaren Kopf und dachte voller Sehnsucht an den letzten Abend zurück. Es war einfach wundervoll und ich würde ihn nie vergessen, egal wie es nun weiterging.
Nach dem Aufstehen, nahm ich mein Handy und ging in die Küche, um mir einen Kaffee zu kochen. Ich schaute in Richtung Wohnzimmer, das ich vor einigen Monaten mit Sarah gestrichen hatte, wie auch den Rest der Wohnung. Ihr folgten wenige Abende mit Daniela und nun stand mir der Wunsch nach einer Fernbeziehung mit Saskia.
Die Wohnung scheint dir kein Glück zu bringen, obwohl sie so schön ist, schoss es mir durch den Kopf.
Beim Eingießen des Kaffees schob ich den Gedanken schnell zur Seite.
Daniela, schoss es mir in den Sinn. Eine Klärung der Situation war dringend erforderlich.
Egal, wie es mit Saskia weiterging, *Daniela war mit ihrer komischen Art und ihren Lügen keine Option.*

Da sie selten Zeit hatte und ein Treffen noch in ferner Zukunft liegen würde, schien es mir sinnvoll, das Ganze am Telefon zu klären.
Daniela war nicht sonderlich überrascht, als ich ihr erzählte, dass zwischen Saskia und mir etwas gelaufen war.
»Ich wusste das schon. Sarah hat mir gesagt, wenn ich dich zu ihr fahren lasse, wirst du alles versuchen.«
»Was hast du auf einmal wieder mit Sarah zu tun?«, fragte ich überrascht und konnte nicht fassen, dass sich meine beiden Ex-Freundinnen hinter meinem Rücken austauschten.
»Kann dir doch egal sein.«
»Na ja. Es ist also besser, wenn wir uns trennen«, brachte ich es auf den Punkt.
»Gut, und was ist dann mit unserem Urlaub?«, fragte sie.
Wir hatten zu viert einen Urlaub gebucht. Der Entschluss, zu viert Urlaub zu machen, führte unweigerlich zu einer Buchung und seit dem Zeitpunkt lief alles schief. Mein Kumpel verkrachte sich mit seiner Freundin und tauschte deshalb seine Begleitung. Daniela zögerte die Zahlung ihres Beitrages solange hinaus, gab der Bank dafür die Schuld, dass ich zu ihren von dem Urlaub nichtsahnenden Eltern fuhr. Diese händigten mir den Betrag aus und nun wäre Saskia meine Wunschpartnerin. Mit dem Wissen, dass dies überstürzt wäre, denn die gesamte Situation zeigte sich alles andere als einfach.
»Wir können ja trotzdem zusammen den Urlaub verbringen. Robert und Isabel sind ja auch dabei«, meinte ich.
»Okay«, erwiderte sie kühl und ein paar Sätze später war unser Telefonat bereits beendet.

Sie nahm die von mir beendete Beziehung sehr gelassen, als ob es ihr egal wäre. Aber nach den letzten Wochen hätte mich alles andere bei ihr auch überrascht.
Am Abend schrieb ich mit Saskia und erzählte ihr davon. Trotz des Versuches, nicht zu freudig und aufgedreht rüberzukommen, gelang mir das nicht. Wiederholt erklärte ich Saskia mein Gefallen, wobei sie dies zurückhaltend bejahte. Auf die Frage, ob ihre Mutter noch etwas zu ihrem Besuch gesagt hätte, meinte Saskia einfach nur »Wir waren ja meistens leise.«
Ich musste lachen.
»Ich fand mich jedenfalls nicht laut«, gab ich als Antwort zurück.
»Meine Eltern waren halt direkt nebenan, da muss man halt leise sein.«
»Sonst muss ich mir beim nächsten Mal auch ein Kissen nehmen«, meinte ich scherzend.
Von Saskia kam nur ein kurzes »Mhm« zurück. Das hätte mich bremsen sollen.
»Das war echt voll süß, wie du dich gezwungen hast, keinen Laut von dir zu geben.«
»Mann, du bist ja immer noch voll high ...«
»Ich bin nur glücklich«, meinte ich.
»Ja, aber du machst dir anscheinend schon wieder Hoffnungen bei mir.«
Anstatt aufzuhören, trieb ich es auf die Spitze.
»Das war echt der schönste Abend meines Lebens, wirklich.«
Das hätte ich besser nicht gesagt.
»Komm mal wieder runter ...«, schimpfte Saskia.

»Das dauert wohl noch. Ich bin aber nicht traurig oder so. Da brauchst du keine Angst haben. Mir geht es gut.«
»Dir ist aber klar, dass das nächste Mal nicht wieder so ablaufen wird?«
Jetzt erst bemerkte ich meinen zu großen Vorstoß und ruderte zurück. »Wohl nicht ...«
»Richtig.«
»Ich denke nicht, dass es jedes Mal so abläuft oder öfter etwas in der Art passieren wird. Dennoch besteht die Möglichkeit, wieder einmal in eine solche Situation zu geraten.«
»Nein, ich denke schon, du solltest dir selbst klar machen, solche Vorkommnisse zu vermeiden. Ob das wirklich gut war, weiß ich nicht«, äußerte sie überraschend ihre Zweifel.
»Also bereust du es doch?«, wollte ich wissen.
»Ich freue mich, dass ich dich glücklich gemacht habe, aber ich denke, das war eine Ausnahme.«
»Trotzdem danke für das Geburtstagsgeschenk.« Eine leichte Enttäuschung breitete sich in mir aus. »Ich komme auch gerne einfach mal so zu dir, okay? Eine Stunde Autofahrt ist kein Problem.«
»Ich glaube, ich habe einen großen Fehler gemacht, indem ich das alles zugelassen hab. Das ist mir gestern nach dem Treffen schon bewusst geworden. Auch wenn du ewig behaupten wirst, dass ich dich glücklich gemacht habe, glaube ich seit unserem Treffen nicht mehr ein Klarkommen deinerseits damit.«
»Tut mir leid, dass ich dich enttäuscht habe«, schrieb ich, weil mir nichts dazu einfiel.

»Ich habe doch recht, oder? Das Treffen hat wieder etwas ausgelöst, richtig? Du denkst wieder, mit uns das könnte etwas werden.«

»Ich denke, ich komme noch ganz gut zurecht. Ich heule nicht, ich muss nicht ewig an dich denken. Es war schon schlimmer«, log ich.

»Ja und dann machst du noch mit Daniela Schluss. Ich habe in der letzten Zeit ganz schön Scheiße gebaut.«

»Was bringt mir denn Daniela, die ist doch kaum für mich dagewesen.«

»Das wäre ich auch nicht. Oder glaubst du, wir würden uns zwei- bis dreimal die Woche sehen?«

»Bei uns wäre es aber etwas anderes wegen der Entfernung. Und wenn wir uns sehen, wäre es viel intensiver.«

»Don, hör dich nur an, wie du wieder redest. Du kennst mich gar nicht richtig. Du denkst, ich bin eine Traumfrau und ich habe nur gute Seiten. Das habe ich nicht. Es ist wohl besser, wir schreiben und telefonieren erst einmal nicht mehr miteinander.«

Saskia ist offline.

Wirklich? Fängt es jetzt genauso an wie nach dem ersten Treffen? Warum kann sie uns nicht einfach mal eine Chance geben?

Zuvor war meine Laune mehr als gut, nun war ich einfach bedient. Nachdem ich eine Kleinigkeit gegessen hatte, ging ich an diesem Samstagabend direkt ins Bett. Die nächsten Tage wurden auch nicht besser, besonders am Abend kamen mir Gedanken und ich suchte nach einer Lösung, um Saskia nicht ganz zu verlieren. So fasste ich den Entschluss, sie war schon mehrere Tage nicht sichtbar online gewesen, ihr eine Mail zu schreiben:

»Hi Saskia,
vor ein paar Tagen habe ich abends im Bett noch so gedacht, vielleicht schreibst du ihr mal eine Mail. Dann weiß man mehr und jetzt fehlen mir schon wieder die Worte ...
Ich schreib mal los und hoffe, es wird kein Roman ;)
Natürlich hast du recht mit dem, was du geschrieben hast. Ich kenne dich gar nicht genug und wenn doch, nur die vielen positiven Seiten.
Manchmal wünsche ich mir, ich hätte ein paar schlechte Seiten von dir erfahren. Aber ich frage mich natürlich auch, ob ich das ernst nehmen würde und mir nicht alles schönrede. Aber mal ehrlich: Niemand ist perfekt. Du nicht. Ich auch nicht. Man muss halt Kompromisse eingehen.
Du sagst, ich kenne dich gar nicht richtig und es wird nicht passen. Du kennst mich aber auch nicht richtig und vielleicht passt es doch?!
Keiner von uns dürfte wissen, was wirklich zutrifft, so lange wir uns nicht wirklich kennen.
Bei den beiden Malen, wo wir uns getroffen haben, war es sehr nett und ich hatte nicht das Gefühl, dass du dich nicht wohl gefühlt hast. Du warst immer direkt und ehrlich. Denke, eine gewisse Sympathie ist ja bereits vorhanden.
Ich weiß gar nicht, wann das angefangen hat, aber du siehst doch, dass meine tollen Abenteuer und alles, was daraus geworden ist, dafür gesorgt haben, dass ich immer wieder an dich denken musste.
Du fragst dich, was ich so toll finde an dir. Denke einfach, es ist deine Natürlichkeit, dein Aussehen, deine Art, wie du mit mir umgehst, wie zärtlich du sein kannst. Dass du immer gerecht und ehrlich bist, einhältst, was du zusagst, und deine Intelligenz. Und ich liebe es, wie du immer „Spinner" sagst...
Klar, habe ich häufig mal überlegt, es dir nochmal zu sagen. Aber wenn ich schon mal schreibe, will ich dir auch sagen, dass mich das nicht die ganze Zeit heruntergezogen hat. Warum

auch immer, gibst du mir manchmal die Kraft, die ich brauche. Und du ahnst gar nicht, wie sehr mir das hilft, an uns zu glauben.
Ich hoffe einfach, dass ich irgendwann die Chance habe, dich „richtig" kennenzulernen – egal ob du später recht hast, ich oder keiner von uns.
Hab dich sehr lieb...
    Don

Am gleichen Abend war eine Antwort in meinem Postfach, mit der ich so früh noch nicht gerechnet hatte, ich ging sogar von keiner Antwort aus.

Hey Don,
ich bin ja schon mal beruhigt, dass dich die Tatsache, mich zu wollen, aber nicht zu können, nicht herunterzieht. Denn daran wird sich, um es mal direkt zu sagen, nichts ändern.
Ich habe nie das Bedürfnis nach mehr gehabt und sag dir das jetzt auch in aller Deutlichkeit, damit keine Missverständnisse aufkommen.
Natürlich hast du recht damit, dass ich dich auch nicht besonders gut kenne, aber du kennst von mir wirklich nur die liebenswerten Seiten und das ist einfach nicht alles. Mal davon abgesehen, dass da einfach nie Gefühle von meiner Seite aus waren.
Ich hoffe, dass du weiterhin so gut damit klarkommst, und vor allem mal jemanden findest, der zu dir passt und bei dem die Gefühle auf Gegenseitigkeit beruhen...
Hoffe, du kannst gut schlafen.
Gute Nacht
Saskia.

Nachdem ich die Nachricht gelesen hatte, musste ich tief durchatmen. Es gelang mir nicht, die Tränen zu unterdrücken. Trotz der vielen gemeinsamen Stunden teilte sie mir damit unmissverständlich mit, dass ich nie ihr Herz erobern könnte. Aber was sollte ich nun tun? Diese Nachricht unbeantwortet zu lassen, funktionierte nicht und so schrieb ich die nächsten Zeilen.

Hey...
es ist ja nicht so, dass es mich nicht herunterzieht. Sonst ginge es mir bestimmt besser! Aber ich lebe damit.
Würde mir ja helfen, wenn ich wüsste, was du so für Katastrophen auf Lager hast. Dann könnte ich das besser abschütteln.
Ich hoffe, wir bleiben weiterhin befreundet.
Schade, dass du nur die guten Seiten gezeigt hast, aber das könnte ja schon der erste Punkt sein, der mir nicht gefällt.
Schönen Tag noch...

Ganz unerwartet kam dazu bereits kurze Zeit später eine Antwort.

Hey
ich zitiere "Aber wenn ich schon mal schreib, will dir auch mal sagen, dass mich das nicht die ganze Zeit heruntergezogen hat. Warum auch immer, gibst du mir manchmal auch Kraft."
Deshalb hab ich mich gefreut, dass es dich nicht herunterzieht. Eine riesige Katastrophe bin ich ich jetzt natürlich nicht. Im Großen und Ganzen bin ich ja zu jedem nett.
Aber was für dich persönlich wahrscheinlich jetzt nicht so nett ist von mir, ist die Tatsache, dass ich kaum noch online bin, um mit dir zu chatten oder so.

*Ich habe einfach nur kein großartiges Interesse mehr daran.
Vielleicht hilft dir dieser Ansatz ja zu sehen, dass ich gar nicht die Richtige sein kann, wenn ich mich nicht mal um regelmäßigen Kontakt kümmere ...
Ist das jetzt nett? Nicht wirklich...
Ich will dir nicht weh tun. Ich hasse es, anderen weh zu tun und du hast mir ja nie etwas getan, also tut es mir doppelt leid.
Aber es ist wirklich so, dass wir eigentlich nur noch Bekannte sind.
Hab einen schönen Tag.
Saskia*

Das war es also mit Saskia.
Schwarz auf weiß teilte sie mir ihre Absage mit. Nach dieser Nachricht hielt mich nichts mehr und ich brach in Tränen aus. Vorher hatte mir Saskia bei jedem Gespräch das Gefühl gegeben, es beständen Möglichkeiten und Chancen, falls ich ausreichend kämpfen würde. Nach unserem letzten überwältigen Erlebnis war nun jedoch klar, dass ich meine Hoffnung begraben konnte.
Dennoch blieb Saskia meine Traumfrau, ohne jeglichen Hass in mir.
Die nächsten Wochen waren schwer, es dauerte bis ich mich an mein Singleleben gewöhnte. Die Erinnerungen an die vielen aufregenden Erlebnisse mahnten mich. Die schlechten und schmerzhaften Erfahrungen der letzten Zeit rieten dazu, so schnell keine Frau mehr in mein Herz zu lassen.

Urlaubsgeil

Im Juli begann die Vorfreude auf den Urlaub. Robert und ich waren froh, fünf Tage auszuspannen und da ich mich mit Daniela nicht zerstritten hatte, konnte ich dem Urlaub mit Freude beginnen.
Wir starteten früh morgens und als wir einige Stunden später in Bulgarien aus dem Flugzeug stiegen, war es bedeutend wärmer als zuhause. Aber wir mussten erst einmal durch die Passkontrolle und Geld wechseln, das war damals noch so.
Am Sonnenstrand angekommen betraten wir unser Hotel, welches neu und somit auch gut eingerichtet war. Wir bezogen jeweils zu zweit ein Hotelzimmer. Daniela und ich hatten ein Zimmer mit einem großen Bett, wobei klar war, dass ich Daniela nicht sehr nahe kommen würde. In unserer Beziehung hatte ich dieses immer wieder erfahren müssen, also unternahm ich im Hotelbett vorerst auch keinen Versuch.
Ich kann wirklich nicht verstehen, wie du noch Jungfrau sein kannst, schoss es mir durch den Kopf, wobei ich ihren weiblichen Körper mit den großen Brüsten musterte.
Es sollte ein verrückter Urlaub werden. Isabel brachte bereits in der ersten Nacht in betrunkenem Zustand eine Eroberung mit ins Hotelzimmer und Robert musste sich »schlafenderweise« das Abenteuer anhören. Zudem blieben wir in einem Restaurant in einem Fahrstuhl stecken und Robert wurde nachts in einem Taxi von dem Fahrer bedroht. Daniela und ich waren bereits zurück im Hotel, Isa-

bel war wieder einem Schwarm zum Opfer gefallen und am Strand gelandet. So gab es jeden Tag etwas Aufregendes.
Am vorletzten Tag gingen wir nach dem erfrischenden Pool am späten Nachmittag zurück in unser Zimmer.
Daniela hatte einige Zeit in ihrem Buch gelesen und legte es zur Seite, vielleicht weil ich sie so interessiert beobachtete. Was sie nicht wusste, ich hatte sie heimlich mit meinem Handy gefilmt, wie sie las. Es gab kaum Fotos oder gar Videos von ihr. Im Gegensatz zu Sarah war sie das absolute Gegenteil.
»Mir ist langweilig, unterhalte mich mal ...«, forderte sie mich auf, während sie auf dem Bett lag.
Ich kroch zu ihr.
»Was für eine Art Unterhaltung hättest du denn gerne?«, fragte ich provokant und beugte mich über sie.
»Irgendwas halt«, grinste sie.
Langsam näherte ich mich ihren Lippen und gab ihr einen kurzen Kuss. Die Wiederholung dauerte etwas länger. Ihre grünen Augen funkelten und signalisierten die Bereitschaft zum Weitermachen.
Ich gebe dir gerne mehr davon, wenn du das willst, dachte ich und zog sie für einen langen Zungenkuss an mich.
Unser Spiel ging weiter. Meine Lippen liebkosten ihren Hals, ihre Beine öffneten sich für mich. Erregt kniete ich mich dazwischen und presste die Härte meines Phallus' durch unsere Hosen gegen ihre Vulva. Daniela gab laszive Seufzer von sich, während sie mich mit ihren Beinen umklammerte.

Während eine Hand ihre Brust umfasste, liebkosten meine Lippen die andere. Ich kannte das Spiel dieser Trockenübungen schon, deswegen rieb ich meinen Schwanz immer intensiver an ihr.
Daniela hatte die Augen geschlossen und stöhnte nun. Ich liebte es, wenn sie ihre Lippen leicht bewegte und völlig erregt diese zarten Töne von sich gab. Nichts konnte mich zurückhalten. Mein Schwanz begann zu pulsieren, als er mit stärkerer Reibung gegen ihr Becken stieß.
Eine wunderschöne Situation, bis das Telefon klingelte.
»Nein ... nein ... nicht jetzt«, murmelte ich.
Daniela kicherte.
Mit erneutem Druck gegen ihren Unterleib kam ich zu meinem Orgasmus. Daniela lächelte zufrieden. Nach einem Bussi griff ich zum Telefon.
»Ja?«
Daniela schaute mich grinsend an.
Es war Robert. Ja, genau der, der immer störte und anrief, wenn es heiß hergeht.
»Mhmm ... ja, wir kommen gleich runter«, antwortete ich und legte auf.
»Der schafft es auch immer zu stören«, sagte ich und schaute Daniela an, die sich sehr amüsierte.
Wir blieben nach dem Urlaub weiterhin befreundet, trafen uns in der Disco und hatten Spaß. Auch wenn wir keine Beziehung wollten, gab es es immer wieder leidenschaftliche Momente. Manchmal trafen wir uns allerdings noch und es ging heiß her.

Die zwei Tanga

Obwohl ich die Gewissheit hatte, dass es mit Saskia keine Chance gab, trauerte ich ihr nach. Die Flirtlust kam einfach nicht wieder, auch wenn ihre Absage nun schon einige Monate her war. Mit Daniela hatte ich jedoch weiter ein lockeres Verhältnis. Seit dem Ende unserer Beziehung lief alles besser als vorher. Sie tröstete mich über den Liebeskummer hinweg und ich legte es nicht mehr auf eine Beziehung an.
Im Januar holte ich sie vom Bahnhof ab. Das letzte Mal hatten wir uns vor Weihnachten in der Disco gesehen. Als Daniela auf meinem Sofa saß, überreichte ich ihr zwei Weihnachtsgeschenke. Ihre Augen vergrößerten sich, als sie den schwarzen BH und den halbdurchsichtigen schwarzen Tanga auspackte.
»Danke«, strahlte sie, »das sieht ja voll geil aus! Ich hab jetzt aber gar nichts für dich.«
»Dann musst du es jetzt aber mal anprobieren«, sagte ich frech grinsend.
Das reicht mir als Geschenk schon vollkommen aus. Es wäre schön, nach der langen Zeit wieder nackte Haut zu sehen.
Dass es noch ein weiteres Geschenk, diesmal für mich, gab, davon wusste Daniela selbstverständlich nichts.
»Okay, wenn du meinst. Kann ich gerne mal machen«, bestätigte sie meinen Wunsch.
»Kannst ja nach nebenan gehen«, schlug ich vor und deutete auf das Badezimmer.

Sie verschwand. Währenddessen versteckte ich einen zweiten Tanga unter dem Sofa, um ihn später gegen ihren getragenen auszutauschen. Nach ein paar Minuten kehrte sie vollständig bekleidet zurück. Das hatte ich bereits vermutet. Obwohl sie einen wunderschönen Körper hatte, würde sie nicht in Unterwäsche vor mir posen, die Schüchternheit überwog.

Daniela setzte sich zu mir aufs Sofa und ohne viele Worte beugte ich mich über sie und begann sie leidenschaftlich zu küssen. Es kam, was kommen musste. Ihr Oberteil fiel kurze Zeit später. Gekonnt streifte ich ihre Hose ab, nahm anschließend ihre Hand, damit sie auch mich entkleiden konnte. Sowohl Pulli als Hose verschwanden von meinem Körper. Die Beteiligung von Daniela überraschte mich, hatte sie sich doch früher um jeden Millimeter geziert.

Endlich lag sie in der schönen schwarzen Wäsche vor mir und ich genoss diesen Anblick. Die Lippen ihrer Pussy schienen durch den Tanga und die großen Brüste wurden von ihrem BH zurechtgerückt, um ihr wundervolles Dekolletee zu präsentieren.

Ich nahm die Erkundungstour auf und begann bei den Füßen, um mich Stück für Stück Danielas Mund zu nähern. Als ich über ihr war, schob ich mein Bein zwischen ihre Schenkel und übte sanft Druck auf ihre Vulva aus.

Mit meinen Lippen erstickte ich Danielas Seufzer. Meine Finger erkundeten derweil ihren Rücken. Die Haken ihres neuen BHs lösend tauchte ich mit meinen Küssen hinab, um in ihrem Dekolletee zu versinken. Die Träger des BHs rutschten unterdessen an ihren Oberarmen hinab. Mit

meinem Mund liebkoste ich ihre Brüste, saugte an deren großen Nippeln.
Zu ihrem Bauchnabel wandernd, lag der Tanga bald neben dem Sofa, extra so platziert. Den stetigen Aufbau ihrer Anspannung spürte ich beim Streicheln über ihre Schenkel.
An ihrer nassen Pussy angekommen, glitten meine Finger über die geschwollenen Lippen bis hin zu ihrer Lustgrotte, um dort zu einzutauchen. Meine Zunge folgte vom Venushügel aus.
Ihr bittersüßer Saft benetzte unablässig ihre Schamlippen. Danielas Hand massierte meinen Schwanz und wurde dabei fordernder, je tiefer ich mit den Fingern in sie eindrang.
So feucht wie sie ist, wird es dieses Mal funktionieren, hoffte ich.
Ich küsste mich über ihren Bauch und Hals nach oben und versuchte mit meinem Schwanz in ihre Pussy einzudringen. Aber es sollte wieder nicht sein, denn Daniela verspannte sich, sodass es gleich zu Beginn weh tat.
Es ist zum Verzweifeln. Mit welchem Trick kann man dir bloß die Jungfräulichkeit nehmen? Vielleicht mit viel Alkohol, grübelte ich.
So änderte ich meine Strategie. Meine Küsse eroberten weiterhin ihren willigen Mund. Die Erektion hingegen rieb ich sanft über ihre Vulva und drängte dabei immer kurz gegen die feuchte Öffnung, ohne jedoch eindringen zu wollen. Ich knetete ihre Brüste, unsere Zungen tanzten unterdessen miteinander und Daniela legte sich etwas auf die Seite, sodass wir es noch einmal versuchten. Ich war ein Stück in sie eingedrungen, da kam von Daniela »Es tut weh ...«

Eine Enttäuschung machte sich in mir breit. Sollte es wieder nicht sein?

»Tut mir leid«, kam es sogleich von ihr.

Ich zog sie auf mich und sie drückte mir als Entschuldigung ihre großen Brüste ins Gesicht, die ich liebkoste und streichelte. Sie wusste, was ich mochte. Dann richtete sie sich auf und rieb mit dem Po meinen harten Phallus.

Die Entschuldigung kann ich akzeptieren, dachte ich.

Wir küssten uns und ich nahm Danielas Hand und führte sie zu meiner Erektion. Sie war wirklich ziemlich schüchtern und traute sich gar nichts, aber das sollte sich noch ändern.

Meine Hand umschloss ihre, um ihr zu zeigen, welche Bewegungen mir gefielen. Mit einem lasziven Blick zeigte sie mir, dass sie es verstanden hatte, ihn härter anzufassen. Stöhnend genoss ich ihre Berührungen und zog sie an mich, um sie zu küssen. Mein Schwanz war so hart, dass wir einen weiteren Versuch wagten, aber Daniela verkrampfte sich sofort und schaute mich etwas traurig an.

»Irgendwann klappt das schon, Süße. Du bist einfach zu aufgeregt«, flüsterte ich ihr ins Ohr.

Wir küssten uns und ich strich dabei über ihre zarte Haut. Daniela wollte sich anziehen, jedoch hatte ich die Tanga noch nicht getauscht.

»Wo ist denn mein Tanga?«, fragte sie und wollte sich gerade in Richtung Fußboden beugen.

Das zerstörte meinen Plan, sodass meine Lippen den Kontakt ein weiteres Mal aufnahmen und ich ihre Hand wieder an meinen Schwanz führte. Sie wichste ihn zärtlich und schaute mich an.

»Du bekommst wohl nie genug«, flüsterte sie.
Da hatte sie recht, ich war unersättlich.
Die Bestätigung erbrachte die Hand, die nun über ihren Bauch zu ihrem Delta wanderte.
Daniela beschleunigte das Tempo, brachte mich zum Keuchen und ich zog sie daraufhin näher an meinen Körper, damit sie nicht aufhörte.
Ich genoss es, wie sie meinen Schwanz umschloss und ihn rieb. Auch ich verwöhnte ihre Scham mit kreisenden Bewegungen.
Unser Stöhnen hallte durch das Wohnzimmer. Schnell erreichte sie mit ihren Griffen einen Höhepunkt und mein Saft schoss über ihre Hand auf meinen Bauch.
»Und jetzt habe ich kein Taschentuch hier ...«, raunte ich außer Atem. »Das neue Sofa muss ja nicht gleich den ersten Fleck bekommen.«
Daniela schaute sich um.
»Schau mal da vorne in meiner Jeans nach«, sagte ich.
Sie rutschte von der Sofakante und hob ihre Jeans auf. Ich nutzte die Chance, um unauffällig den Tanga auszutauschen.
Als sie mir zwei Taschentücher reichte, gab ich ihr den neuen Tanga.
»Bitte schön Süße, dein Tanga«, sagte ich frech grinsend, wissend, dass ihr benutzter Tanga noch unter dem Sofa verweilte.

Wie üblich wollte Daniela nicht bei mir schlafen und so brachte ich sie abends zum Bahnhof.
Es hatte sich nichts verändert.

Ich trauerte Saskia nach und war enttäuscht, dass ich nicht einmal mit Daniela einen richtigen Fang machen konnte. Während ich ihren Tanga in meiner Box bei den Andenken platzierte, dachte ich über die ganzen Erinnerungen nach, die ich fand. Unterwäsche, Ringe, Briefe, Postkarten, Fotos, Tücher, Halsketten, Anhänger und kleine Accessoires erinnerten mich an all die aufregenden Erlebnisse.
Wollte ich nicht mein Leben genießen?
Stattdessen versank ich in Selbstmitleid.
Die, die ich nicht haben konnte, würde ich nie bekommen.
Also, warum lasse ich es nicht dabei und genieße wieder mein Leben?
In den nächsten Tagen stürzte ich mich wieder ins Flirtleben und versuchte zunächst online mein Glück. In der großen Community, in der ich Sarah und Daniela kennengelernt hatte, fand ich viele neue Frauen aus der Region. Der Anfang war schnell gemacht. So lernte ich Laura und Katja kennen.
Mit Laura hatte ich gleich einen guten Start, denn wir waren uns sehr sympathisch. Es dauerte nicht lange, bis wir uns das erste Mal für einen DVD-Abend trafen.

Verzaubert

Generell fand ich Laura süß, musste mich jedoch damit abfinden, dass sie seit einigen Monaten vergeben war. Ich hatte aber den Eindruck, dass ihr Freund sich ziemlich wenig um seine Freundin kümmerte.

Die Treffen fanden ausschließlich bei mir statt. Entweder holte ich sie ab, oder sie kam mit dem Familienauto. Oft saßen wir aneinander gekuschelt auf dem Sofa, unterhielten uns und sahen DVDs oder Fernsehen. Wenn ich sie anblickte, fielen mir ihre himmelblauen Augen und ihre lockige blonde Mähne auf. Laura passte eindeutig nicht in mein Beuteschema.

Sie übte aber dennoch eine Faszination auf mich aus. Ich fragte mich jedes Mal, wie es wohl sei, sie zu küssen oder gar mit ihr Sex zu haben.

Jedoch kam mir wieder in den Sinn, dass sie vergeben war. Wie es sich anfühlte, hintergangen zu werden, kannte ich nur zu gut von meinen Exfreundinnen. Daher war es einfach ein Tabu, das ich nicht zu brechen gedachte, zumindest nicht bewusst.

Warum machst du das nicht auch?, fragte ich mich. *Es kommt doch viel zu häufig vor, dass du verletzt wurdest, weil die Frau sich mit jemandem eingelassen hat. Dazu gehören immer zwei. Wenn Laura nicht glücklich ist und sie meint, sie könnte mich küssen, dann soll sie doch.*

Ich beschloss, meine Gedanken zu vertagen. Nach dem nächsten Treffen bekam ich morgens von Laura einen Gruß über ICQ.

*Lieber Don, dies ist ein kleiner Morgengruß oder Mittagsgruß - je nachdem, wann du dein ICQ wieder einschaltest! ^^*
Das haben dir vielleicht schon viele Mädchen und evtl. auch Frauen gesagt, aber ich finde, dass du ein ganz toller Mann bist! Es gibt nicht viele von deiner Sorte, die so lieb, einfühlsam und ehrlich sind. Und die sich den ganzen Quatsch anhören, mit denen eine Frau an Worten so um sich wirft!
Besonders schön finde ich es, dass du dich so gerne von mir belästigen lässt, wenn ich mal allein bin, - wie auch immer du das aushältst. Ich finde es schön mit dir zusammen „allein" sein zu können! Wenn du verstehst wie ich das meine! ;)
Finde es schön, dass es dich gibt und hoffe, dass wir noch mehr solche schönen Abende zusammen verbringen werden!
Wünsche dir noch einen wunderbaren Tag!
-Hab dich lieb-

Die Nachricht zauberte mir ein Lächeln auf das Gesicht. Ich schrieb ihr zurück und bekam nach wenigen Minuten bereits eine Antwort. Irgendwann wurde das Gespräch interessanter. Meine Hemmschwelle war am letzten Abend schon deutlich gesunken und so entwickelte sich langsam ein Flirt. Am Abend vorher hatte mir Laura verunsichert erzählt, dass ihr Freund plane, ins Ausland zu gehen.
»War das gestern eigentlich eine Einladung zum Übernachten?«, fragte sie, weil es schon sehr spät war und ich ihr angeboten hatte, sie könnte ja bis zum Frühstück bleiben.
»Denke dir das, was du gerne hättest«, schrieb ich ihr.
»Was ich gerne hätte, dürfte ich gar nicht sagen. Ich bin schließlich vergeben. Ich habe wieder Stress mit meinem

besten Freund. Das geht echt gar nicht«, versuchte sie das Thema zu wechseln.

»Nicht das Thema wechseln. Denk dir doch, was ich gerne hätte.«, konterte ich.

»Ich glaube, du hättest es gut gefunden. Nur hätte ich dann auf deinem Sofa geschlafen und du in deinem Bett«, beteuerte sie, damit ich meine Grenzen kannte.

»Das hatte ich mir fast gedacht ...«

» *Hmmpf* *auf Zunge beiss* Du bist einfach zu niedlich«, schrieb sie und wollte mich provozieren.

»Du allerdings auch. Dann wird es vielleicht Zeit, dass du mich mal wirklich küsst«, setzte ich einen drauf und vergaß anscheinend meine guten Vorsätze.

»Ach neeeeeeeeeeee... mir ist so schon warm genug, wenn ich bei dir sitze. Aber danke fürs Angebot ^^«

»Hmmmmmmmmmm«, schrieb ich nur als nachdenkliche Antwort zurück.

»Gestern auch, deswegen musste ich mich über deine Füße legen und erst einmal zwei Stück Ritter Sport essen.«

»Weil dir zu heiß war?«, fragte ich verwundert.

» *Laura muss auch manchmal einfach die Klappe halten*«

»Nein, erzähl mal mehr. Ich bin sehr interessiert.«

»Ja war halt so. Gestern war wieder einer dieser Tage, an denen ich schon den ganzen Abend so komisch kribbelig war. Und du förderst das auch noch immer.«

»Aha, und warum fördere ich das?«

»Mit deiner lieben lustigen Art und diesem Rückenkraulen. Aber ich fühle mich da ein bisschen komisch dabei, auch wenn es wahrscheinlich nicht so ist, komm ich mir vor, als wenn ich dir was vormache. Denn du bist Single und ich

nicht. Ich möchte da nicht irgendwas vorgaukeln oder so tun, als ob man alles tun könnte.«
Nach einer kurzen Pause folgte ein weiterer Text.
»Möchte dich auch in keinster Weise verletzen oder derartiges, bin nur halt irgendwie gern bei dir und freue mich, dass ich jemand so nettes kennenlernen darf.«
»Ich bin auch froh, dass du da bist und dass du mich so sehr magst. Das freut mich auch, dass ich solche Komplimente von dir bekomme.«
»Ich glaube, ich hab einfach nur Angst zu weit zu gehen und dich dann irgendwie unglücklich zu machen. Das will ich keinesfalls. Das musste ich einfach mal loswerden.«
»Aber ich kann nicht abstreiten, dass irgendwo im Inneren eine Hoffnung vorhanden ist, auch wenn es im Moment nicht angebracht ist.«
»Süß ausgedrückt, ganz weit weg geschoben und auf keinerlei Zeitpunkt festgelegt. Ganz offen, das finde ich gut.«
»Ich hoffe mal, ich kann mich bei dir beherrschen.«
»Bisher konntest du das einigermaßen, bis auf ein paar Ausrutscher.«
»Welche denn?«, wollte ich wissen.
»Öhm, der Klaps auf meinen Po, das Grabbeln und Küssen an meinem Bauch ...«, führte sie auf.
»Grabbeln ^^«, wiederholte ich.
»Ja, du hast mal gegrabbelt, das Streicheln vom letzten Mal meine ich damit nicht.«
»Das Streicheln ist nur Vorwand.«
»Ach ja? Für was?«, fragte sie.
»Um näher an dich heranzukommen :)«
Laura schrieb nichts mehr.

»Weil du echt eine tolle Frau bist«, setzte ich nach.
»Das hat mir so noch nie jemand gesagt. In meiner ersten Beziehung sagte er mir, dass er mich liebt aber mehr nicht. Ich bekam so wenig Komplimente, dass ich heute die Komplimente kaum annehmen kann, da ich es nicht kenne. Meistens höre ich nur 'Ich finde es wunderschön mit dir' oder 'Du bist so schön'. Aber das ich insgesamt eine tolle Frau bin, das sagte mir bisher keiner.«
»Das was du mir bislang gezeigt, hast lässt mich sogar mein Beuteschema vergessen ...«
»Was hab ich dir denn gezeigt? Meines Wissens nach habe ich dir nur etwas mehr auf Fotos gezeigt?«
Dieses Mal schrieb ich nicht zurück.
»Du bist jemand, der eine Frau aus der Reserve lockt.«
»Wer weiß, du solltest es nicht provozieren ...«
»Wie könnte ich so etwas auch provozieren, als ob das auch so einfach wäre. Du kannst dich ja auch sonst gut beherrschen, also warum sollte ich dann?«
»Vielleicht würde ich ja auch gerne und halte mich nur zurück?«, gab ich zu bedenken.
»Was hält dich davon ab?«
»Meine guten Manieren und dein Freund.«
»Schlechtes Thema. Wenn es um meinen Freund geht, darfst du das auch ignorieren.«
»Ich werde es mir merken«, schrieb ich und musste grinsen.
Als wir uns das nächste Mal trafen, war es nach mehrmaligen Ausfällen kurzfristig.
Für diesen Abend hatte ich eine Überraschung geplant. Draußen war es bereits dunkel und ziemlich kalt. Daher stellte ich in der Wohnung Kerzen und Teelichter auf und

dekorierte den Tisch mit Rosenblättern. Ich stellte alles parat, um später einen Tee für uns zubereiten zu können. Die meisten Abende hatte ich noch einen Cocktail zubereitet, aber dieses Mal passte der Tee einfach besser.
Irgendwann klingelte es, ich ging zur Tür und öffnete. Laura stand lächelnd da und umarmte mich zur Begrüßung. Sie machte es sich auf dem Sofa im Wohnzimmer gemütlich, während ich den von ihr ausgewählten Tee kochte.
In der Zwischenzeit hatte Laura sich unter meine große Decke verkrümelt. Nach einem Austausch der Neuigkeiten, verbannten wir die Tassen auf den Tisch. Ich schlüpfte zu ihr unter die Decke. So eingekuschelt blickte ich ihr tief in die Augen.
Laura schaute verlegen zur Seite.
»Du und deine Augen«, flüsterte sie leise.
Normalerweise legte sie sich auf meine Brust und ich streichelte ihr den Rücken. So würde das aber dieses Mal nicht klappen. Sie war noch viel zu weit weg, so zog ich sie näher an mich. Sie hatte ihre Beine angewinkelt und das gesamte böse Vorhaben nahm seinen Lauf, als sie mein Bein zwischen ihre Schenkel ließ.
Wortlos zog ich Laura weiter an mich und schob mein Bein in Richtung ihrer Vulva.
»Was hast du vor?«, fragte sie und fing an mich zu kitzeln.
Das ließ ich mir nicht gefallen und wehrte mich. Wir alberten eine Zeit herum. Ein paar Mal gelangte ich ganz nah an ihr Gesicht und schaute in ihre Augen, um ihr näher zu kommen. So nah, dass meine Lippen kurz ihre Lippen berührten.
»Nein, gibt es nicht«, protestierte Laura.

Ich blieb auf Abstand und Laura versteckte ihren Mund in der Decke. Während ich mein Bein noch mehr zwischen ihre Schenkel drückte, schmiegte ich meine Nase an ihre. Aber Laura drehte sich weg.
»Bitte hör auf ...«, flehte sie.
Ich denk gar nicht dran.
Laura versuchte mich wieder zu kitzeln, um sich aus meinen Fängen zu befreien. Mein Bedürfnis zu lachen musste ich unterdrücken.
»Kannst du das unterdrücken?«, fragte sie entsetzt.
»Ja«, antwortete ich kurz und ergriff die nächste Chance, denn ihre Lippen waren gerade so schön in Reichweite.
Ich küsste sie vorsichtig, legte eine kurze Pause ein und wiederholte meine Schandtat. Laura war wie verzaubert und brachte nur ein leises »Mhmmmm« über die Lippen.
Es folgte der nächste Kuss auf ihre weichen Lippen. Etliche Sekunden später reagierte sie und erwiderte den Kuss. Ich bemerkte, als ich mich ein wenig zurückzog, dass Laura mehr wollte. Mit meiner Zungenspitze stieß ich vor und tastete mich zwischen ihren Lippen hindurch, um mich mit ihr zu vereinen.
Unsere Küsse wurden so innig und fordernd, dass sie mich erregten und Laura meinen harten Ständer in der Jeans spürte. Während wir uns noch näher aneinander kuschelten, presste ich mein Bein fester an ihre Pussy. Es folgte ein weiterer Zungenkuss, der dieses Mal einige Minuten andauerte. Mit ihren Lippen spielend versuchte ich den Kuss zu verlängern. Laura öffnete ihre Schenkel unterdessen und gab mir freie Bahn für mehr. Ihre Grenzen hatte ich stürmend überrannt.

Unsere Küsse wurden nun wilder und fordernder. Wir drehten uns, sodass ich genau auf ihr war und meinen harten Schwanz gegen ihre Pussy drückte.

Nach einiger Zeit lagen wir wieder auf der Seite und ich drehte mich, um Laura auf mich zu ziehen. Sie zögerte erst, gab dann aber doch nach. Als sie thronend auf mir saß, beugte sie sich nach vorne, wobei ihre lockigen dunkelblonden Haare in mein Gesicht fielen. Ihr Gesicht in meine Hände nehmend vereinten wir uns zu einem weiteren langen Zungenkuss.

Ich konnte meine Finger nicht bei mir behalten und wanderte unter ihren Pulli, während Laura stöhnend mit ihrer Pussy meinen harten Schwanz massierte. Ihre Brüste ertastend begann ich diese sanft zu kneten.

Meine Hände hatten mittlerweile ihren Po erreicht und wanderten nach oben, um den Pulli nach oben zu rollen, damit ich ihn ausziehen konnte.

»Nein, gibt es nicht«, sagte sie erneut und schob meine Hände auf das Sofa hinter meinen Kopf.

Das hast du vorhin auch schon gesagt, und schau dir an, wo wir nun angelangt sind, dachte ich mir.

Laura hielt meine Hände fest und drückte sie auf das Sofa, um mir einen Kuss zu geben. Währenddessen ritt sie mich weiter und irgendwann schaffte ich es, mich zu befreien und meine Hände wieder unter ihrem Pulli zu platzieren.

Ich spürte ihre weichen Brüste und genau das war das nächste Ziel meiner Begierde. Sie streichelnd begann ich, mit meinen Lippen ihren Hals zu liebkosen. Lauras Stöhnen wurde lauter. Meine Hände gelangten auf ihren Rücken und ich wusste, dass sie es mochte, dort gekratzt zu

werden. Ich ließ sie meine Fingernägel spüren, mehrere Male hintereinander.
»Don, du bist so frech«, hauchte Laura.
Den ersten Sieg genießend vergrub ich meine Hände in ihrer Jeans, um ihren festen Po zu spüren. Lauras sinnliche Küsse machten mich halb wahnsinnig. Es war kein Ende abzusehen, weil wir wieder von neuem begannen. Aber ich wollte noch mehr. Damit würde ich mich nicht begnügen. Meine Hand hatte inzwischen ihre Brust erreicht und meine Fingerspitzen tasteten ihre weiche Haut ab. Kurze Zeit später wurden sie von dort aufs Sofa verbannt. Laura hatte Gefallen daran, mich zu kontrollieren. Sie zupfte ihre Unterwäsche etwas zurecht, doch dieses Vorhaben machte ich zunichte. Ich griff unter den Pulli und zog ihn wieder hoch.
»Nein habe ich gesagt ...«, sagte sie bestimmend.
Ich wollte meine Bemühungen unterlassen, konnte jedoch nicht anders, als meine Hand kurz unter dem Pulli zu vergraben und mit meinem Mund ihre Brust zu liebkosen. Mit der anderen Hand rückte ich meinen harten Schwanz in meiner Boxershorts wieder in die Mitte, damit wir ihn beide besser spüren konnten.
Laura schob ihre Hüfte auf meinen Schwanz und gab ein lustvolles Seufzen von sich, was mich laut aufstöhnen ließ.
»Gefällt dir das?«, wollte sie mit ihrer sinnlichen Stimme wissen.
»Oh ja ...«, gab ich stöhnend zurück.
Ich umfasste beide Brüste unter dem Pulli und knetete sie. Die Küsse wurden erneut wilder und ich wollte es nun un-

bedingt wissen. Ich legte meine Hände um ihre Taille und drückte ihre Pussy im Takt auf meinen Schwanz.
»Na, hast du es etwa eilig?«, bemerkte Laura.
Ich konnte mich kaum noch zurückhalten und brachte daher kein Wort heraus. Eigentlich wollte ich ihr antworten, aber sie hatte mich so geil gemacht, dass ich nur noch eines wollte.
Zeig es mir Baby, zeig es mir, was du gerne machen würdest, dachte ich und ließ meine Hände nicht von ihrer Taille.
Ein paar Minuten später kam ich laut stöhnend unter ihr.
Wenn sie mich so außer Atem bekommt, wie würde es dann wohl beim Sex mit ihr sein?
Außer Atem blickte ich in ihre strahlenden Augen. Keiner von uns verlor danach viele Worte. Wir lagen aneinander gekuschelt auf dem Sofa und blickten auf den Fernseher. Ich wusste, was in Lauras Kopf vorging. Natürlich wusste ich auch, dass es nun nicht mehr wie vorher sein würde.
Wird sie dich überhaupt noch einmal besuchen? Sie hat bestimmt Angst, dass sie noch weitergehen könnte. Vermutlich hast du sie das letzte Mal gesehen, schoss es mir durch den Kopf, als ich nachts im Bett lag und Laura bereits gefahren war.
Am nächsten Tag schrieb ich ihr und fragte nach dem Befinden.
»Mir geht es so ganz gut. Ich weiß nur nicht genau, was ich jetzt machen soll, bin echt etwas verwirrt«, bestätigte sie meine Vermutungen aus der Nacht.
»Was meinst du mit machen? Inwiefern? Wenn du mal bei mir bist?«
»So generell ...«, kam es als Antwort.

»Du hast mir übrigens nicht geantwortet *hust*«, schrieb ich, weil ich ihr nachts noch eine SMS geschrieben hatte, ob alles okay wäre.
»Ich weiß gar nicht, was gestern mit mir los war. Ich hab mich selbst ja gar nicht wiedererkannt.«
»Also ich ... war auch etwas überrascht«, schrieb ich.
»Ich weiß nicht, das war gestern nicht nur wegen dir. Wahrscheinlich liegt es auch daran, weil ich im Moment kaum Zuneigung bekomme. Nach dem ersten Kuss war es einfach so unwiderstehlich, dass ich nicht aufhören konnte.«
»Ich gebe es ja zu, ich war ein bisschen anhänglich.«
»Das habe ich dir auch gesagt, dass du ein wenig aufdringlich warst. Aber im Endeffekt wollte ich es halt gern wissen. Und du warst ziemlich nah dran, ich hätte fast mehr zugelassen.«
»Das Küssen war sehr heiß und hat mir gefallen«, gab ich zu.
»Du hast mal gesagt, du magst es, wenn Männer wissen was sie wollen und darum kämpfen«, ergänzte ich.
»Ähm. Ja, das ist richtig ...«
»Sonst war ich immer artig, aber gestern gab es da so Anzeichen, dass ich es darauf angelegt habe.«
»Anzeichen? Na ja, war etwas kuschelbedürftig und du hast mich so sehr zu dir hingezogen.«
»Nachdem wir den ersten kurzen Kuss hatten, kam noch einer. Da war es vorbei und du konntest auch nicht mehr aufhören. Das habe ich richtig gemerkt :)«
»Ich frage mich nur, was da mit mir los war. Vielleicht lag es daran, dass ich den ganzen Tag im Bett verbrachte und

deswegen noch etwas angestachelt war. Meine Neugierde, die ich vorher schon hatte, wovon ich dir erzählt hatte, wurde einfach zu groß«, schrieb sie.
»Das was du befürchtet hattest? Bereust du es?«, wollte ich wissen.
»Wenn ich ehrlich bin, nein. Weil meine Neugierde jetzt gestillt wurde.«
»Positiv oder negativ?« schrieb ich und wusste nicht, ob ich die Frage hätte besser nicht stellen sollen.
»Positiv. Es kann sein, dass meine Neugierde sich nun auf etwas anderes ausweitet, aber ich denke, dass werde ich nicht machen. Überlege derzeit, was ich gemacht habe, warum ich es gemacht habe und wie das jetzt weitergehen soll. Und ob ich dir noch einmal so in die Augen schauen kann und vor allem meinem Freund. Im Moment halte ich es für nicht so schlimm, keine Ahnung wieso. Das beängstigt mich ein wenig.«
»Das ist eine gute Frage. Vielleicht weil es schön war und du es nicht bereust.«
»Ist schön, wenn Menschen das herauslassen können und damit zeigen sie auch, dass es ihnen gefällt. Ich habe mich damals bei meiner längeren Beziehung immer daran orientiert. Mein Ex war in dieser Hinsicht nämlich extrem und nun muss ich mich allein zurechtfinden, weil mein Freund es anscheinend nicht für nötig hält, sich um mich zu kümmern. Von daher hat mich das gestern schon angestachelt, wenn ich das so sagen darf.«
»Ich fand es schön, dass jemand mal wieder was gemacht und Initiative gezeigt hat und nicht, dass ich alles machen muss. Das habe ich nur letztes Jahr einmal bei Saskia ge-

spürt und sonst nicht. Wobei ich mir vorstellen kann, dass du auch noch frecher sein könntest«, schrieb ich.

»Mag sein, dass ich frecher sein kann. Es ist nur lange her, dass ich es versucht hab … Klingt so, als würdest du dich dafür hassen, dass du mich so gern wiedersehen würdest, weil sich innerlich etwas dagegen wehrt.«

»Vielleicht weil ich Angst davor habe, dich gut zu finden und später enttäuscht zu werden. Ich habe dich aber schon sehr gerne an meiner Seite ...«

»Aber ich enttäusche dich nicht vorsätzlich«, meinte sie.

»Ich würde dich gerne wiedersehen«, beichtete ich.

»Ich dich auch. Das bekommen wir schon hin. Nur heute klappt es nicht, weil mein Bruder das Auto hat. Außerdem bin ich noch etwas durcheinander von gestern :)«, meinte sie.

Zunächst riss der Kontakt nicht ab. Ich bemühte mich, ein weiteres Treffen mit ihr zu vereinbaren. Das einzige Mal, dass ich sie sah, war auf einer Party. Wir sprachen nicht lange, weil jeder mit Freunden dort war.

Letzten Endes hatte ich das Gefühl, dass sie sich nicht mehr zu mir traute. Selbst als ihr Freund und sie sich trennten, wurde unser Kontakt nicht aufgefrischt. Es blieb bei dem einen heißem Treffen und irgendwann riss der Kontakt komplett ab.

In dieser Zeit flirtete ich bereits mit Katja. Aber auch hier hatte ich so meine Probleme.

Geile Aktion

Katja war eine hübsche, junge Frau mit grünen Augen und dunklen langen Haaren. Ihr Aussehen war umwerfend, jedoch war sie bereits seit längerer Zeit vergeben.

Wir hörten die gleiche Musik, hatten ähnliche Interessen und waren oft online. Katja war ein Amateurmodel, jobbte neben dem Studium im Einzelhandel und wohnte noch im Elternhaus. Ihre Ausstrahlung mit den großen Katzenaugen hatte es mir angetan. Optisch war sie genau mein Beuteschema. Leider traf ich sie nur ab und zu in der Diskothek. Dort hatte sie allerdings ihren Freund im Schlepptau und wir konnten nur wenige Worte wechseln. Der übliche Abschluss war »Wir schreiben dann bei ICQ«.

Das taten wir nach einiger Zeit auch täglich. Da sie jedoch auf meine Flirtversuche nicht eindeutig einging, hielt ich mich zurück. Bis zu dem Tage, als sie mir berichtete, dass ihr Freund sich von ihr für ein »Blondchen« getrennt hatte. Katja war am Boden zerstört, weil es von heute auf morgen passierte. Es erinnerte mich etwas an mein Erlebnis mit Saskia und so versuchte ich auch dieses Mal wieder der Frau beiseite zu stehen.

Meine Bemühungen wurden mit intensiveren Kontakt von ihrer Seite und einer Menge »Selfies« belohnt. Dieses Mal wollte ich ihr Herz aber nicht mit einem langweiligen DVD-Abend gewinnen. Ich entschied mich für eine total verrückte Aktion.

In wenigen Tagen hatte Katja Geburtstag und ich überlegte, wie ich ihr eine kleine Überraschung machen könnte.

Ich ließ das Ganze wie ein kleines Spiel aussehen und fragte sie nach ihrer Lieblingsblume, -schokolade und -parfüm. Sie wusste gar nicht, warum ich das fragte und das machte sie erst recht neugierig. Ich versprach ihr, dass sie in einem Tag schlauer sein würde.

Am nächsten Abend stand ich am Marktkauf und machte mich auf den Weg. Mein erstes Ziel war ein Blumenhändler, im Eingangsbereich, um dort eine Rose zu kaufen. Von dort aus hatte ich auch Einblick auf alle Kassen. Da es nach 20 Uhr war, waren nur noch zwei Kassen besetzt.

Nachdem ich bezahlt hatte, ging es weiter durch den Marktkauf. Ein paar Sachen für meinen Kurzurlaub, weiße Schokolade und ein Parfüm landeten im Einkaufskorb. Auf dem Weg zur Kasse sah ich dann die böse Überraschung: Zwei lange Schlangen, dabei hatte ich gehofft, ich könnte ein paar Minuten mit Katja sprechen. Ich blätterte noch bei den Zeitschriften, um etwas Zeit zu schinden.

Nach zehn Minuten schaute ich erneut und stellte fest, dass die Schlange genauso lang war wie zuvor. Ich nahm mir etwas Zeit, um durch den Markt zu schlendern. Aber auch eine Viertelstunde später hatte sich nichts getan. Ich beschloss, mich einfach anzustellen. Damit aber nicht genug. Es waren noch zwei Leute vor mir und Katja hatte mir von der Kasse schon einen Blick zugeworfen, da kam eine Verkäuferin vorbei und versuchte alle nach vorne zu holen, die wenig in ihren Einkaufswagen hatten. Natürlich sprach sie mich auch an.

Beim ersten Mal reagierte ich gar nicht, dann sprach sie mich direkt an.

»Nein, ich bleibe hier,« protestierte ich.

Etliche Leute drehten sich zu mir um, als eine Diskussion entbrannte. Nicht das ich schon um Katja kämpfen musste, jetzt musste ich um einen Platz in der Schlange an ihrer Kasse kämpfen. Die zwei hinter mir, mit einem vollen Einkaufswagen, regten sich tierisch auf und fuhren mich an:
»Jetzt gehen Sie doch schon rüber!«
Ich verdrehte die Augen. Früher hätte ich mich von so etwas beeindrucken lassen – heute nicht mehr.
Ich blieb einfach stehen und grinste, weil ich gespannt war, wie Katja auf die Aktion reagieren würde. Die beiden vor mir unterhielten sich gerade mit ihr, anscheinend waren es irgendwelche Bekannte.
Jetzt konnte ich sie ausgiebig mustern.
Sie war 1,80m groß, was man natürlich sitzend nicht sah. Ihre lockigen schwarzen Haare hatte sie heute zu einem Pferdeschwanz zusammengebunden. Ihre grüne Augen stachen mit jedem Blick. Mir stockte der Atem.
Denen würde ich sehr gerne mal nah kommen, genauso wie ihre vollen Lippen. Umwerfend, schwärmte ich innerlich.
Als ich den Wagen weiter vorschob und sie hineinblickte, rollte sie die Augen und verzückte mich mit einem süßen Lächeln.
»Hi«, begrüßte ich sie.
»Hey«, kam es zurück, während sie die ersten Sachen schon über den Scanner zog. Uns blieb nicht viel Zeit zum Reden und ich gab ihr die Schokolade und das Parfüm.
»Das ist für dich!«
»Danke«, sagte sie und lächelte ganz verschämt zurück.
»Und die ist auch noch für dich«, fügte ich hinzu und gab ihr die rote Rose aus dem Einkaufswagen.

»Du hast einen Knall ...«, brachte sie nur heraus.
»Wir schreiben uns dann später«, lächelte ich.
Mit so etwas hat sie bestimmt nicht gerechnet, dachte ich.
Ich verließ den Marktkauf und das Einzige, was mir dazu einfiel: *Eine geile Aktion, eine richtig geile Aktion. Alleine dieses Lächeln zu sehen, das war es wert.*
Später kamen dann noch zwei SMS von ihr:
»Oh, das war echt total süß! Danke, wollte dich gern in Arm nehmen, ging aber nicht. HDL. Ich fand das total toll von dir, so etwas hat noch nie ein Mann für mich getan!«
Die SMS sorgten für gute Laune, auch wenn ich dadurch noch nicht wusste, ob ich eine Chance bei ihr hatte. Ich hatte sie zumindest sehr beeindruckt.
Über ICQ schrieben wir weiter und irgendwann lud ich Katja zu mir ein, weil ich wissen wollte, woran ich war. Ich hatte noch etwas für sie besorgt und so trafen wir uns nach der Arbeit bei mir zuhause.
»Hi«, begrüßten wir uns und ich bekam meine Umarmung. Es war immer wieder aufregend, wie groß sie war. Ich musste etwas nach oben schauen, um ihr in die Augen blicken zu können.
Wir gingen in mein Wohnzimmer und sie steckte die DVD ein, die ich ihr gegeben hatte.
»Möchtest du etwas trinken?«, fragte ich.
»Ich muss leider schon wieder weiter«, kam es überraschend von Katja.
»Ich dachte, wir wollten noch eine Pizza bestellen und DVD schauen«, sagte ich enttäuscht.
Irgendwie ahnte ich, worauf das nun hinauslaufen würde und so sprach ich sie direkt darauf an.

»Du weißt ja schon, dass ich mir mehr vorstellen könnte. Ich würde dich sehr gerne näher kennenlernen. Nicht nur über ICQ, sondern real«, begann ich meine Rede.
Aber Katja war sehr direkt, wusste genau was ich wollte und unterbrach mich dabei.
»Don, die Aktion war wirklich überwältigend und sehr lieb aber ich muss dir leider sehr direkt sagen, dass du nicht mein Typ bist.«
Peinliche Stille herrschte.
»Tut mir wirklich leid, aber ich kann es nicht ändern. Da ist nichts. Freunde können wir natürlich bleiben aber nicht mehr.«
Ich wusste nichts darauf zu sagen und eh ich mich versah, hatte sie die Wohnung bereits verlassen und ich stand dort alleine.
Was fiel mir bloß ein, wieder so viele Gefühle zu investieren? Erst Laura und nun Katja, das hatte ich ja gut hinbekommen. Warum war ich nicht schlauer geworden, überlegte ich.
Eine Antwort darauf wusste ich nicht, ich schwor mir nur ein weiteres Mal in Zukunft mit meinen Gefühlen vorsichtiger zu sein.

Die Französin

Es vergingen mehrere Wochen, in denen ich Katja hinterher trauerte. Im Juli stand mein Sommerurlaub an und das war der beste Zeitpunkt, mit dem Thema abzuschließen und mein Singleleben zu genießen. Ein paar Freunde und ich hatten uns für einen Partyurlaub auf Ibiza entschieden. Unser Hotel lag direkt am Strand, es waren keine 50 Meter bis dorthin und die Geschäfte lagen auch relativ nah, genauso wie eine der drei großen Discotheken.
Leider war das Hotel vorwiegend von Engländern besucht und irgendwie ergab sich der erste vernünftige Flirt erst ziemlich am Ende des Urlaubs.
Ich ging vormittags um 11 Uhr an den Pool, weil meine Freunde erst um 14 Uhr an den Strand wollten. Wir hatten die Nacht zuvor wieder bis morgens gefeiert. Am Pool legte ich mich auf mein Strandtuch und las ein Buch. Im Augenwinkel beobachtete ich etwas das Drumherum und bemerkte auch zwei junge Frauen, die sich neben mir niederließen.
Nach kurzer Zeit bemerkte ich, dass sie nicht aus Deutschland waren und wollte mich schon abwenden. Da lächelte die Eine mich an. Ich lächelte zurück und ein paar Minuten später kamen wir ins Gespräch.
»Where are you from?«, fragte ich.
»France«, sagte sie und lächelte.
Sie erklärte, sie könne nur ein bisschen Englisch und Spanisch und es sei für sie auf der Insel sehr schwer, weil kaum

jemand französisch sprach. Ihre ältere Schwester könne zwar ein wenig besser englisch aber auch nicht viel.
Sie hieß Marie, war 19 und Single. Ich fand sie aber persönlich viel attraktiver als ihrer Schwester. Die Entscheidung sich für die jüngere Schwester zu entscheiden, stellte sich im Nachhinein als die völlig Richtige heraus. Die Gespräche am Pool und am Strand waren jedoch etwas anstrengend.
Ich dachte eigentlich immer, mit meinem Englisch sei es schon schwer, aber ich musste einige Wörter mit ganz einfachen Wörtern in englisch umschreiben, damit wir uns verständigen konnten.
Wir verabredeten uns für den nächsten Tag am Strand, um etwas Trinken zu gehen. Als ich sie jedoch nicht finden konnte, ging ich mit meinen Freunden weiter und wir suchten uns einige hundert Meter entfernt einen Platz. Dort blieben wir den Nachmittag, genossen die Sonne und das Meer. Am frühen Abend aßen wir am Strand noch eine Pizza und gingen zum Einkaufsmarkt, um uns etwas Alkohol zu besorgen. Nach dem Einstimmen im Hotelzimmer, die Zimmernachbarn waren nicht sehr begeistert, zogen wir nachts in einen Club.
Marie und ihre Schwester traf ich erst am Folgetag am Pool wieder. Nach der Begrüßung legte ich mich auf das Handtuch, welches ich neben ihnen platziert hatte. Als Marie schwimmen ging, sprach mich ihre Schwester an, um mir mitzuteilen, dass Marie mich nett finden würde.
Ich blieb aber eher vorsichtig und nahm mir vor, am Abend etwas zu versuchen, nachdem ich erfuhr, dass sie in die gleiche Disco gehen würden. Aber auch dieses Mal ver-

folgte mich das Pech und wir liefen uns in der Nacht nicht über den Weg.

Am nächsten Abend allerdings, es war der Tag bevor wir wieder abreisen mussten, traf ich die beiden und einen Spanier in der Disco. Ich hatte die drei abends noch am Pool ausgemacht und hatte wohl mitbekommen, dass der Spanier mit der älteren Schwester anbändelte. Beim Abendessen traf ich sie wieder und wir verabredeten uns für die Disco.

In der großen Halle der Disco unterhielten wir uns und gingen zusammen auf die Tanzfläche. Ich schaute die meiste Zeit auf Marie, die genau vor mir tanzte. Da die Tanzfläche sehr voll war, gerieten wir wenig später aneinander und ich zog sie an mich, um mit ihr zu tanzen. Meinen Arm von hinten um ihre Hüfte legend kamen wir uns näher, während sie bereits ihren Po an mich drückte.

Die Geste wusste ich zu verstehen und beugte mich nach vorne, um Marie einen Bussi in den Nacken zu geben. Sie drehte sich um und schaute mich erwartungsvoll mit ihren braunen Augen an. Eine Strähne ihres schwarzen Haares fiel ihr ins Gesicht und ich nutzte die Gelegenheit, mich ihren roten Lippen zu nähern, um sie zu küssen.

Marie erwiderte den Kuss zärtlich und forderte mich mit ihrer Zunge heraus, als wenn sie nur die ganze Zeit darauf gewartet hätte. Sie am mich ziehend schob ich mein Bein beim Tanzen zwischen ihre Schenkel. Unsere Küsse wollten nicht enden und so genoss ich die laute Musik, Maries weiche Lippen und ihren Körper.

Schade, dass sich alles so herausgezögert hat, dachte ich, schob den Gedanken aber schnell beiseite.

Da wir früh am Morgen zum Flughafen mussten, wollte ich um spätestens 3 Uhr mit den Jungs aus der Disco verschwinden. Marie hatte mich jedoch schnell überzeugt, die restlichen Stunden mit ihr zu verbringen.

Wir blieben bis um 7 Uhr in der Disco. In der letzten Stunde saßen wir küssend in einer Lounge, ihre Schwester mit dem Spanier eine Lounge weiter. Zuvor redeten wir kaum ein Wort, die meiste Zeit hielten wir uns an der Hand und zogen den anderen in die Richtung, in die wir gehen wollten. In der Diskothek konnte man sich kaum unterhalten, denn die Musik war deutlich lauter als in Deutschland. Als wir in der Lounge saßen hatte ich bereits die ganze Zeit einen Ton im Ohr.

Marie ließ mich diesen aber sofort vergessen, weil ihre Küsse immer frecher wurden. Ich schob eine Hand unter ihr Top und spürte wenig später ihre in meinem Schritt.

Kurzzeitig unterbrach Marie unser leidenschaftliches Spiel und widmete sich ihrer Schwester, um mit ihr zu reden.

Als sie fertig war, nahm sie meine Hand und zog mich mit einem »Let's go« aus der Disco. Der Strand war keine fünf Minuten entfernt, unser Hotel war gleich nebenan. Da wir nicht in mein Zimmer konnten und ich vermutete, dass ihre ältere Schwester das Zimmer für sich beanspruchen würde, landeten wir am Strand, hinter einem kleinen Hügel.

Es wurde bereits hell und der Wind vom Meer war frisch. Hinter dem Sandhügel waren wir etwas geschützt und setzten unsere Küsse fort. Maries Hand verschwand in meiner Hose, während ich unter ihrem Top die kleinen Brüste knetete.

Ungeduldig schob sie meine Hose herunter, um mit ihrer Hand den Weg in meine Boxershorts zu suchen Das ließ mich aufstöhnen und ich griff fordernd an ihren Po. Marie gab mir mit ihren leuchtenden Augen zu verstehen, dass ihr das gefiel. Hastig zog ich ihr das Top über den Kopf und öffnete ihren BH.
Wir platzierten unsere Kleidung im Sand, um eine kleine Fläche damit zu bedecken. Ich setzte mich darauf, während Marie meinen Oberkörper mit Küssen bedeckte und langsam Richtung Unterkörper wanderte.
Leise stöhnend genoss ich ihre Liebkosungen. Ihre Küsse platzierte sie leicht, mit spitzen Lippen. Ich war gespannt darauf, ihr erstes Stöhnen zu hören, denn ich mochte den Klang ihre weichen Stimme sehr.
Als sie meinen Schwanz mit ihren Lippen umschloss, hatte sie wieder meine volle Aufmerksamkeit.
»Mhmm«, kam es mir aus dem Mund.
»Do you like it?«, fragte Marie.
»Oh, yeah«, antwortete und kniff sie zur Bestätigung in ihre kleinen Brüste.
Sie an mich ziehend liebkoste nun ich ihren Körper und konnte es kaum erwarten, zwischen ihren Schenkeln einzutauchen.
Dort angekommen und meinen ersten Zungenschlag spürend, drückte Marie meinen Kopf auf die Vulva. Ich ließ meine Zunge ihre Perle umkreisen, die ich sofort wahrnehmen konnte. Maries zaghaftes Stöhnen verwandelte sich in ein lustvolles Rufen nach mehr.
Ein hemmungsloses Rufen, von dem ich nicht genug bekam.

Und so ließ ich mich gehen, tauchte mit den Fingern in die Tiefen ihrer Pussy ein, während mein Gesicht den Rest ihrer Vulva bedeckte.

Laut stöhnend kam sie unter mir, wobei ich im Hintergrund das Rauschen des Meeres vernahm.

Es war 9 Uhr als ich mit Marie ins Hotel zurückkehrte und mich von ihr verabschiedete. Mir blieb eine dreiviertel Stunde Zeit, um den Koffer zu packen. Das Frühstück musste ausfallen, denn ich schaffte es gerade so mit den anderen zum Bus.

»Hattest wohl noch eine aufregende Nacht?«, fragte Robert, weil ich sehr müde aussah.

»Das kann man wohl sagen«, sagte ich und gab mir Mühe, dass mir auf der Fahrt zum Flughafen nicht die Augen zufielen.

Als wir im Flieger waren, dauerte es keine fünf Minuten und ich schlief ein. Nicht einmal die Landung weckte mich und so musste mich Robert aus meinen Träumen in die Realität zurückholen. Um mich herum standen bereits alle Passagiere im Gang und warteten ungeduldig darauf, das Flugzeug zu verlassen.

Diese Hektik, ich bin doch im Urlaub, dachte ich und schleppte mich aus dem Flugzeug Richtung Gepäckband.

Hätten wir nicht noch einen Tag bleiben können? Den hätte ich mit Marie im Bett verbracht und die Tür hätte ich abgeschlossen.

Ich musste an Anita und die Tage im Hotel denken. Ein Seufzer verließ meine Lippen.

Endlich Zuhause angekommen, ging es für mich erst einmal ins Bett. Ich hatte einiges an Schlaf nachzuholen.

Trotz des aufregenden Erlebnisses mit Marie dauerte es einige Zeit, bis ich wieder ein richtiges Sexabenteuer erleben sollte. In meinem Leben blieb zu der Zeit alles konstant: In der Woche arbeitete ich, abends blieb ich meist in meiner Wohnung und am Wochenende waren wir mindestens einmal in der Diskothek und feierten.

Meine Flirt-Aktivitäten verlagerten sich vermehrt ins Internet und so lernte ich Alice auf MySpace kennen. Sie hatte mich zuerst angeschrieben und so war mir klar, dass die Chancen für ein Date gut standen. Ihr schwarzen, langen Haare und die kastanienbraunen Augen hatten es mir sofort angetan.

Auf dem roten Pornosofa

Es war mittlerweile Mitte Dezember und somit kurz vor Weihnachten. Alice und ich schrieben darüber, dass man sich in dieser Zeit und ganz besonders nach Weihnachten immer einsam fühlte und so entschieden wir uns kurzfristig für ein Date.

Ich überlegte nicht lange und lud sie gleich für drei Tage zu mir nach Hause ein. Alice sagte sofort zu.

So bist du zwischen den Feiertagen nicht alleine und kannst dich darauf freuen, dass in diesem Jahr wenigstens einmal etwas passieren wird. Vermutlich wird es eine richtige Orgie, schob mein Kopf nach.

Bislang war das die längste »Durststrecke«, die ich hatte. Die Tage vor dem Date kamen mir unendlich lang vor.

Ganz besonders Weihnachten zog sich in die Länge. Ich wollte dieses Mal kein Weihnachten und Festtagsstimmung. Ich wollte die Tage danach. Darauf freute ich mich. Als ich Alice vom Bahnhof abholte, stand sie direkt vor mir und ich musterte sie fasziniert. Sie war etwas größer, hatte dunkle, lange Haare, große Augen und begegnete mir mit einem süßen Lächeln.
»Hi«, begrüßte sie mich und schloss mich sofort herzlich in die Arme.
Ich war sehr überrascht von ihrer offenen, sympathischen Art. Wir stiegen ins Auto und fuhren zu mir. Als wir ankamen, war es bereits dunkel. Wir hatten uns vorgenommen, DVDs zu schauen und Alice Wahl fiel auf die SAW-Box, weil sie noch nicht alle Teile gesehen hatte.
Grusel- und Horrorfilme, immer eine Garantie für einen heißen Abend, ulkte ich innerlich.
»Möchtest du was trinken?«, fragte ich Alice und grinste kurz.
»Im Moment nicht ...«, antwortete sie und fixierte mich dabei mit ihren braunen Augen an.
Hoffentlich machst du das später auch ...
Wir setzten uns auf das große Sofa und fingen mit der ersten DVD an. Ich schaute sie zwischendurch immer wieder an, als sie neben mir lag. Eigentlich hätte ich sie ganz gerne zu mir in die Arme gezogen, aber ich wartete lieber noch etwas. Wir hatten bereits ziemlich viel vom Film gesehen, als ich Alice zu mir zog und sie umarmte. So verbrachten wir die letzten Filmminuten gemeinsam, miteinander kuschelnd.

Nach dem Film ging ich zum Gefrierfach, um ein paar Baguettes zu holen und sie in den Ofen zu legen.
Alice schaute TV und ich setzte mich dazu, bis das Essen fertig war. Wir unterhielten uns in der Zeit über das Ruhrgebiet, ihr Studium und aßen im Anschluss. Ich konnte es nicht lassen, in ihren tiefen Ausschnitt zu schielen.
Das wird heute Abend bestimmt noch interessant, dachte ich und hatte mir nun vorgenommen, sie möglichst bald zu verführen, um mehr von ihr zu sehen.
Nachdem wir mit dem Essen fertig waren, kuschelten wir uns zusammen auf dem Sofa und schauten TV. Ich lehnte mich an ihre Schulter, während ich Alice umarmte.
Eine schlechte Ausgangslage, dachte ich und musste grinsen.
So sehr es gerade knisterte zwischen uns, im Vorfeld hatten wir über Sex kein Wort verloren. Da Alice keine Andeutungen gemacht hatte, hielt ich mich bedeckt. Das machte die Situation nicht einfacher, denn ich wusste nicht, wie weit ich mich annähern konnte.
Ich wagte einen Vorstoß, drehte mich zu ihr, beugte mich über sie und schaute in ihre braunen Augen.
»Hast du heute eigentlich schon geraucht?«, fragte ich neckisch.
»Nein, warum?«, fragte sie mich und blickte mich ihren großen Augen an.
»Ach, nur so. Schmeckt so besser ...«, murmelte ich und drückte ihr zärtlich einen Kuss auf die Lippen.
Alice erwiderte den Kuss sofort und nach wenigen Sekunden spielten unsere Zungen miteinander. Ihre Zungenschläge ließen mich ihr Piercing spüren. Unsere Küsse wa-

ren von Beginn an wild und fordernd, eine vorsichtige Annäherung hatten wir einfach übersprungen.

Ich ließ mich mitreißen, spürte ihre weichen Lippen, die immer wieder meine Nähe suchten. Mich zurückziehend lockte ich Alice damit zu mir, sodass sie nach kurzer Zeit auf der Seite lag.

Meine Hand wanderte zu ihrer Taille und weiter zu ihren großen Brüsten, um sie zu liebkosen. Ihre Küsse wurden noch aufregender, mittlerweile spielte meine Zunge mit ihrem Piercing.

Alice ließ mein Bein zwischen ihre Schenkel und ich begann ihre Vulva zu massieren. Beim Küssen verharrte meine Hand an ihren großen Brüsten. Ich knetete sie durch das Oberteil und ein paar Minuten später hatte ich meine Hand in ihrem Ausschnitt und tastete forschend nach einem Nippel.

Alice seufzte leise und ihre Hand fand den Weg indessen über den Bauch zu meiner Jeans und hatte dort schon den Gürtel gelockert. Unsere fordernden Küssen hörten nicht auf und Alice öffnete nacheinander die Knöpfe meiner Jeans. Ihre Hand glitt über meine Boxershorts und massierte meinen harten Schwanz. Der zeigte ihr, dass ich bereit für mehr war. Alice näherte sich mir und ich rollte ihr Oberteil nach oben, bis ich es ihr über den Kopf schieben konnte.

Mit einer Hand öffnete ich ihren BH, der sogleich ihre Brüste freigab. Ich strich mit meinen Händen darüber und fühlte, dass ihre Nippel vor Geilheit hart waren. Alice näherte sich mir und ich versank in ihrer Oberweite, um an einem ihrer großen Nippel zu saugen.

Kurze Zeit später trennte mich Alice von meiner Jeans. Wir wechselten, sodass sie unten lag und ich streifte ihr Höschen ab. Nach unten rutschend vergrub ich mein Gesicht zwischen ihren Schenkeln und wanderte mit meiner Zunge zu ihrer Pussy, um sie zu lecken.
Ihre süß-bitteren Lusttropfen waren ganz mein Geschmack. Mit kreisenden Bewegungen leckte ich sie und nahm einen Finger dazu, um ihre Lustgrotte zu ficken. Alice stöhnte laut auf, als ich in sie eindrang. Als ich wieder an ihrem harten Nippel saugte, zog sie mir meine Boxershorts aus und umschloss meinen Schwanz. Stöhnend genoss ich ihre Massage, bevor ich ein Kondom aus der Tasche holte und es überrollte.
Alice lag bereits erwartungsvoll mit gespreizten Schenkeln vor mir und ich beugte mich über sie, um mit meinem Phallus in ihre Vulva zu stoßen. Erst nahm ich sie sehr langsam, Alice schloss die Augen, öffnete leicht den Mund und stöhnte leise. Zwischen den Lippen zeigten sich ihre Zähne und die Zunge mit ihrem Piercing, ein absolut geiler Anblick, wie ich fand.
Sie lag auf dem roten Sofa mit weit gespreizten Beinen und ich fickte sie etwas schneller, konnte mich jedoch kaum noch zurückhalten. Laut stöhnend kam ich zu meinem Höhepunkt, den ich bei letzten Stoß tief in ihr erleben durfte.
»Was schaust du so?«, fragte sie, als ich sie musterte.
»Ist halt blöd, dass ich schon länger keinen Sex mehr hatte«, setzte ich an, um mich zu rechtfertigen, warum alles so schnell ging. Jedoch kam ich nicht soweit.
»Dann kommst du halt jetzt wieder etwas in Übung«,

meinte sie direkt und grinste. »Ich bin ja noch eine Zeit hier.«
Wer würde das ablehnen oder da widersprechen?
Ich beugte mich über sie und gab ihr einen Kuss.
»Du liegst hier aber auch in der hintersten Ecke, dabei ist das Sofa so groß …«, musste ich loswerden, bevor wir uns ein paar Sachen anzogen.
»Ich liege ja zum Glück noch darauf und nicht auf dem Boden«, erwiderte Alice lachend.
Wir schlüpften zusammen unter die Decke und schalteten durch das Fernsehprogramm. Irgendwann reichte das normale Kuscheln nicht mehr aus und unser Spiel begann erneut.
Küssend, erst nur mit ein paar Schmatzern, später wieder fordernd mit der Zunge, konnte ich meine Hände nicht bei mir behalten. Ich zog Alice ihr Oberteil zur Seite, um ihre hübschen Brüste zu liebkosen. Stöhnend schob Alice ihre Hand frech auf meiner Boxershorts hin und her. Das genügte zusammen mit ihren Küssen und dem Zungenpiercing, um mich zu erregen.
Sie wusste, was sie machen musste.
Wenig später wichste sie genüsslich meinen Schwanz, während ich nach einem Kondom suchte. Ich ließ meine Finger unterdessen in ihre Pussy gleiten.
Erst fingerte ich sie mit zwei Fingern, nahm aber später noch einen dazu.
Ob Alice wusste, was ich nun vorhatte?
Ich zog sie auf mich und ließ noch schnell ihr Oberteil verschwinden, um ihre hübschen Brüste sehen zu können.
Langsam bohrte sich mein Schwanz von unten in ihre nas-

se Pussy. Alice saß aufrecht auf mir und begann mich zu reiten. Ich genoss den Anblick und hielt von unten dagegen. Irgendwann zog ich sie zu mir herab. Ihre Brüste knetend leckte ich über ihre Nippel, während sie mich verwöhnte.

Mit beiden Händen griff ich an ihren Po. Mein Schwanz rutschte kurz aus ihrer nassen Muschi und ich stieß zu, bis er wieder in ihrer Lustgrotte verschwand. Alice ritt mich weiter und ich gab ihr einen leichten Klaps auf ihren Hintern.

Oh ja, das Geräusch von dem Klaps gefällt mir.

Ihr Stöhnen wurde lauter und ich wiederholte meine Tat. Mit ihrem Becken kreisend brachte sie mich zum nächsten Orgasmus.

Trotz dass ich laut gekommen war, fickte Alice meinen Schwanz so lange, bis er aus ihrer Pussy glitt.

Völlig außer Atem und mit rasendem Herzen lag ich unter ihr. Alice grinste zufrieden. Sie beugte sich zu mir herunter und suchte meine Nähe. Wir blieben eine Zeit so liegen, bis wir uns unter die Decke kuschelten, weil es uns zu kühl wurde.

Erschöpft nickten wir kurz ein und entschieden uns nach dem Aufwachen in mein Bett zu wechseln. Als ich am Morgen aufwachte, drehte ich mich zu ihr. Sie lag mit dem Rücken zu mir.

Der Anblick ihres Körpers, der sich unter der Decke abzeichnete, erregte mich so sehr, dass ich mit meiner Hand unter der Bettdecke einen Annäherungsversuch startete. Alice hatte die Beine nicht geöffnet und so vergrub sich

meine Hand unter ihr Höschen, um den Weg zu ihrer Vulva zu erkunden.
Ich vernahm einen leisen Seufzer aus ihrer Richtung. Alice war nun auch wach, sie drehte sich langsam auf den Rücken und spreizte ihre Beine. Vorsichtig massierte ich ihren Kitzler und wanderte tiefer zu ihrer Lustgrotte.
Mit einem Finger drang ich in sie ein und fingerte sie. Wir küssten uns, ihre Zunge mit ihrem Piercing spielte mit meiner und mein Schwanz pulsierte noch stärker. Ich nahm einen weiteren Finger dazu und massierte ihre Perle. Dann unterbrach ich das Spiel und ließ meine Hand zu ihren großen Brüsten zu wandern, um sie zu kneten und mit ihren Nippeln zu spielen.
Ich schob das Oberteil beiseite und lutschte daran, während die andere Hand Alice weiter fingerte. Ihre Vulva war bereits sehr nass und ihre Hand vergrub sich unter meiner Boxershorts und wichste dabei meinen Schwanz zur vollen Größe. Nachdem die Shorts gewichen war, griff ich zur Seite und holte ein Kondom, um es überzurollen.
Ich wechselte zwischen Alices Schenkel und leckte kurz ihren süßen Saft, dann versuchte ich meinen Schwanz in ihr Allerheiligstes gleiten zu lassen. Soweit kam ich jedoch nicht, weil mein Schwanz schon vorher aufgab.
Auf ihrer Pussy verharrend versuchte ich ihn wieder hart zu wichsen, allerdings rutschte das Kondom ab. Ich seufzte.
»Tut mir leid, ich weiß auch nicht was los ist«, sagte ich und zuckte mit den Schultern.
Sie gab mir einen Kuss, drehte sich zu mir und kuschelte sich an mich.
Alice gab jedoch nicht auf.

Wild küssend schob Alice ihre Hand zu meinem Schwanz, der sogleich etwas härter wurde. Das reichte Alice nicht aus und so rutschte sie nach unten, bis sie mit ihrem Gesicht über meinem Glied war. Ich sah ihr gespannt dabei zu. Mit großen Augen wichste sie ihn und begann vorsichtig meine Eichel mit ihrer Zungenspitze zu lecken.

Sie verwöhnte ihn mit kreisenden Bewegungen und ich fuhr mit meiner Hand durch ihre braunen Haare. Immer mehr an meinem Schwanz saugend verschwand dieser fast ganz in ihrem Mund und ließ mich aufstöhnen. Ich genoss es, wie sie ihn verwöhnte und mich dabei mit ihren lasziven Blick anschaute.

Ihre Hand zu Hilfe nehmend wichste sie ihn, hart und fordernd, bis er ganz zwischen ihren Lippen verschwand und sie ihn mit der Zunge liebkoste. Ich schaute herab und sie leckte mit ihre Zunge die Schwanzspitze, das Gefühl war so intensiv, es tat fast schon ein wenig weh aber der Grad zwischen Geilheit und Schmerz war verschwommen und so drückte ich ihren Kopf etwas weiter nach unten. Ohne Unterlass stöhnte ich laut bei jedem neuen Zungenschlag. Alice fickte meinen Ständer gierig mit ihrem Mund, immer und immer wieder. Ich schaute ihr weiter dabei zu und sie blickte mich mit ihren Augen an, als wollte sie sagen: *Gefällt es dir, was ich hier gerade mache?*

Oh ja, das gefällt mir auf jeden Fall. Ich kann gar nicht so laut stöhnen, wie es mir gefällt.

Alice wichste meinen Schwanz erneut mit ihrer Hand und ich war kurz vor meinem Orgasmus. Dann fickte sie mich mit dem Mund weiter und ich fuhr ihr dabei durch die Haare und folgte ihren Bewegungen.

Noch ein wenig, bitte, bitte, noch ein wenig mehr, flehte ich innerlich. *Ich werde bestimmt ganz sicher gleich kommen.*
Alice trieb es im wahrsten Sinne des Wortes auf die Spitze. Sie verwöhnte meinen Schwanz wieder mit einigen heißen Zungenschlägen. Dieses Mal war es zu viel, denn es tat echt weh.
»Ooaaar ...«, stöhnte ich laut auf und zog sie etwas von meinem Schwanz weg.
Das störte sie jedoch nicht. Sie befreite sich und nahm meinen Ständer wieder in ihren Mund, um ihn zu ficken. Das war um einiges angenehmer. Leider war ich nicht mehr so geil wie vorher und das Spiel ging von vorne los. Ihre Hand wichste ihn hart und schnell. Die kreisenden Bewegungen und ein Fick zwischen ihren hübschen Lippen ließen die Zeit verstreichen und mich einen langen und heißen Blowjob genießen. Es war mindestens eine dreiviertel Stunde vergangen, als sie zu mir hoch kroch und mir einen Kuss gab.
Diesen Tag verbrachten wir gemütlich auf dem Sofa und schauten die DVDs. Am Abend bestellten wir uns etwas zu Essen und schauten die nächsten Filme. Ich hatte etwas Kopfschmerzen bekommen und verabschiedete mich eher ins Bett. Alice folgte mir in der Nacht.
Am nächsten Tag wachte ich mittags auf und Alice schlief noch. Ich schlich mich leise aus dem Zimmer und duschte. Als ich fertig war und ins Wohnzimmer kam, saß Alice schon auf dem Sofa. Sie hatte noch ihr Schlafzeug an. Gestern hatte sie mich auch so überrascht und stand auf einmal in der Tür. Eigentlich hatte ich damit gerechnet, dass sie noch im Bett lag. Nun gut, Alice saß auf dem Sofa in

Shirt, Shorts und lächelte mich an.
»Warst du so lange unter der Dusche?«, fragte sie mich.
»Nein, hab mich noch rasiert und fertiggemacht.«
»Ach so«, sagte sie und musterte mich von oben bis unten.
»Bist du schon länger wach oder hast du noch geschlafen als ich aufgestanden bin?«, fragte ich.
»Nee, als ich wachgeworden bin, warst du schon aus dem Bett«, antwortete sie.
»Wann willst du denn heute fahren?«, fragte ich sie, um zu erfahren, wie viel Zeit wir noch zusammen hatten.
»Spätestens so gegen 18 Uhr«, verkündete Alice.
Ich schaute nach, wann der Zug ging und stellte fest, dass uns ungefähr noch drei Stunden blieben.
»Dann können wir ja noch einen Film von Saw schauen.«
Ich schaute sie an.
Sie sitzt die ganze Zeit auf dem Sofa und macht nicht den Eindruck, als wenn sie gleich aufspringen und duschen wird. Ist das Absicht? Auf der anderen Seite haben wir zusammen nur noch drei Stunden und die können wir besser nutzen.
Mich zu ihr beugend gab ich ihr einen Kuss, der sofort erwidert wurde. Alice weiche Lippen legten sich auf meine und ihre Zunge suchte wieder ihren Weg zu meiner. Sie setzte sich auf mich, weil sie anscheinend meiner Meinung war. Wir küssten uns leidenschaftlicher und mein Schwanz wurde hart, um sich gegen Alice Schenkel zu drücken.
Ihr das Shirt ausziehend betrachtete ich ihre schönen Brüste und griff fest zu, um sie zu kneten.
Ihre Nippel waren wieder hart, als ich sie leckte und daran lutschte. Alice zog mir die Jeans aus und als sie sich zu mir herüberbeugte und mich küsste, wanderte meine Hand un-

ter ihre Shorts, um ihre Pussy zu massieren und sie zu fingern. Wir setzen uns aufrecht hin und ich zog meine restlichen Sachen aus.

Wenig später musste auch meine Boxershorts daran glauben und Alice setzte sich auf meinen Schwanz und begann damit, ihn mit ihrer Pussy zu massieren. Meine Hände griffen zu ihrem Po und zogen ihn immer wieder in meine Richtung.

Alice saß thronend auf mir und hörte nicht auf meinen Schwanz zu massieren. Mein Stöhnen wurde lauter und ich wanderte mit meinen Händen wieder zu ihren festen Titten, um sie zu kneten und mit ihren Nippeln zu spielen. Alice beugte sich zu mir herunter und in diesem Moment stöhnte ich laut auf und kam bereits. Alice gab mir grinsend einen Kuss.

»Auf dem Sofa hat es ja wieder geklappt«, sagte sie. Sie stand auf und ging ins Bad.

Ich muss zugeben, ich habe mit dem Gedanken gespielt ihr in die Dusche zu folgen und ihre Pussy noch einmal zu verwöhnen, entschied mich jedoch, auf dem Sofa zu warten.

Ein paar Jahre später, stolperte ich wieder über unsere Geschichte und wollte wissen, was Alice so tat. Überraschenderweise stellte ich fest, dass sie eine bekannte Youtuberin geworden war. Unser Kontakt riss nach unserem Erlebnis relativ schnell ab und ich hatte in den nächsten Monaten andere Sorgen.

Das neue Jahr begann mit einer beruflichen Umorientierung. Für eine Festeinstellung auf mehrere Jahre verließ ich meine gewohnte Umgebung und suchte mir in der Nähe

der neuen Heimat im ländlichen Bereich ein Baugrundstück. In einem größeren Medienhaus landete ich nun im Vertrieb, nachdem ich einige Erfahrungen im Marketing gesammelt hatte.
Zuerst war ich auf der Suche nach einem gebrauchten Haus mit großen Garten. Dort etwas Interessantes und Gutes zu finden war jedoch fast unmöglich. Entweder waren die Häuser halb verkommen, wenn sie ins Budget passten oder sie waren einfach viel zu teuer. Ein Alternativplan musste her, denn die zwei Stunden Fahrtzeit zur neuen Arbeitsstelle waren mehr als nervig. Ich beschloss, mich nach einem Baugrundstück für ein neues Haus umzuschauen. Überraschenderweise fand ich durch Zufall noch ein passendes Haus mit Grundstück, welches auch meinen Wunsch nach einem großen Garten erfüllte.

Wohnungseinweihung

Das Haus war relativ gut erhalten, die größeren baulichen Veränderungen ließ ich von einigen Handwerkern vornehmen. Dazu gehörte im Außenbereich auch eine neue Isolierung und eine neue Fassade mit grauem Klinker.
Es war mittlerweile Frühjahr, ich hatte mich bei der neuen Arbeit gut eingelebt und Zuhause schon die ersten Arbeiten im Garten aufgenommen. Ein paar Wochen nach dem Einzug bekam ich eine interessante Bewerbung von Amilie. Auf meinem Internetblog hatte ich wenige Wochen zuvor den Bewerbungsbogen ausführlicher gestaltet. Es kamen

vorher zwar immer wieder Bewerbungen für ein Treffen, jedoch folgten nach meiner Kontaktaufnahme keine Antwort mehr. Wer nun eine Bewerbung versandte, musste sich etwas mehr Arbeit machen und ich konnte davon ausgehen, dass die Anfrage auch ernst gemeint war.
Amilie meinte es ernst, wie ernst das sollte ich noch herausfinden.
Sie hatte einen längeren Text geschrieben und wollte mich für ein Wochenende besuchen. Nach meiner Antwort tauschten wir relativ zügig unsere ICQ-Nummern aus und Amilie schrieb mich bereits am Abend an. Sie erzählte davon, dass sie am Nachmittag als Model gejobbt hatte, in ihrer eigenen kleinen Wohnung wohnte und einen kleinen Kater hatte, den sie umsorgte. Als sie mir die ersten Fotos schickte, war ich sehr angetan. Sie trug darauf langes, blondes Haar und ihre himmelblauen Augen stachen förmlich ins Auge. Ihr Outfit ließ darauf schließen, dass es sich bei den Fotos um Bilder von ihrem Shooting handelte.
Nach einem zweistündigem Chat drängelte Amilie auf ein Treffen am nächsten Wochenende.
Sie wusste, was sie wollte.
Es war ihr längst gelungen, mich um den Finger zu wickeln, denn ich wollte mehr über diese Frau und ihre freizügigen Wünsche erfahren.
»Was ist denn mit deinem Kater«, fragte ich nach, weil es mir komisch vorkam, dass sie ihn nicht erwähnte.
»Der schafft es zwei Tage ohne mich. Wenn ich Freitag komme und Sonntagnachmittag wieder zurück bin ist das vollkommen in Ordnung.«

»Gut, dann treffen wir uns an diesem Wochenende«, antwortete ich erfreut und schmiedete insgeheim Pläne, was ich mit ihr anstellen würde.
Als wir noch näher ins Detail gingen, erfuhr ich, dass sie auf Männer im Anzug stand.
»Ich kann dich ja von Bahnhof abholen und einen Anzug tragen«, bot ich an.
»Klingt toll«, meinte sie, »und was soll ich tragen?«
»Was steht denn zur Auswahl«, fragte ich.
»Braune Stiefel, schwarze Stiefeletten mit Absatz. Ansonsten habe ich unterschiedliche schwarze Schuhe.«
»Die Stiefel klingen gut«, schrieb ich und dachte direkt daran, mit ihr ein Fotoshooting zu machen.
»Dann die Stiefel«, kam es als Bestätigung.
»Und einen Rock und ein schönes Oberteil?«, ergänzte ich.
»Ja, das habe ich mir auch so vorgestellt. Ich habe einen schwarzen Rock.«
Nach einer kurzen Pause kam eine weitere Nachricht.
»Bald darf ich dich vernaschen :)«, kam es etwas überraschend.
»Oder ich dich?«, fragte ich.
»Wir uns beide ...«, stellte sie fest.
»Also hole ich die junge Dame um 16.20 Uhr im Anzug ab. Und nicht vergessen, den Kater zu versorgen.«

Zwei Tage später holte ich Amilie abends von Bahnhof ab. Am Abend zuvor hatten wir noch zwei Stunden telefoniert und ich musste feststellen, dass sie sehr sympathisch war. Den Wunsch mit dem Anzug hatte ich ihr erfüllt. Leider

kam ich etwas spät, der Zug stand schon am Bahnsteig und ich suchte noch einen Parkplatz.
Als ich zum Bahnsteig wollte, kamen mir eine Menge Menschen entgegen und als ich es endlich geschafft hatte, konnte ich sie nicht ausmachen.
War sie nicht im Zug? War irgendetwas passiert?
Ich schickte eine SMS und machte mich auf den Weg, um am Eingang nachzuschauen. Noch völlig vertieft hörte ich ein »Hallo«.
Da stand sie: Blonde Haare, ihre blauen Augen dunkel geschminkt, Stiefel, Rock und eine Netzstrumpfhose.
»Was für ein Anblick«, schnaubte ich leise, als ich auf sie zuhielt. »Das wird ein aufregendes Wochenende.«
»Hi«, sagte ich und nahm sie kurz in den Arm.
»Ich war schon am anderen Ausgang«, entgegnete Amilie.
»Es tut mir leid. Ich war etwas spät, es war viel los auf den Straßen. Dann lass uns mal zum Auto gehen«, sagte ich und grinste vergnügt, weil mir bereits andere Sachen durch den Kopf schwirrten.
»Dachte schon, du wärst gar nicht da«, kam es besorgt von ihr.
»Natürlich, ich werde dich doch hier nicht stehenlassen.«
Dann wäre ich ja schön blöd, vollendete mein Kopf den Satz.
Wir fuhren zu mir und sie erzählte mir ein wenig von der Bahnfahrt. Als wir in der Wohnung waren, führte ich Amy erst einmal herum, denn wir wollten ja die neue Wohnung »einweihen«. Also erklärte ich ihr jeden Raum, bevor wir uns ins Wohnzimmer setzten.

Amy war sichtlich aufgeregt und fragte, ob sie eine Zigarette rauchen dürfte. Sie schaute sich unterdessen genau um.
»Du hast ja viele Schallplatten. Legst du mal was auf?«
»Kannst ja mal mitkommen und dir etwas aussuchen«, forderte ich sie auf.
Nachdem sie sich etwas Musik ausgesucht hatte, legte ich die erste Platte auf und wir standen vor der Anlage. Amilie schaute mich fasziniert mit ihren blauen Augen an und umarmte mich so stürmisch, als ob sie sonst in eine tiefe Schlucht gefallen wäre.
Völlig überrascht erwiderte ich die Umarmung und zog sich dicht zu mir. Sie schaute zu mir hoch und ohne irgendwelche weiteren Wort zu wechseln, berührten sich unsere Lippen für den ersten zaghaften Kuss. Kurze Zeit später folgte ein weiterer Kuss, der bereits leidenschaftlicher und intensiver war.
Während die Musik lief, begann Amilie damit mich anzutanzen. Ich zog sie fest an mich und ließ mich mitreißen, was uns wenig später küssend auf dem Sofa landen ließ. Nach dem auch die zweite Platte zu Ende war, stellte ich das Radio an.
Als ich zurückkehrte, zog sie mich mit ihren leidenschaftlichen Küssen noch weiter auf das Sofa und lag nach kurzer Zeit auf mir. Während wir uns streichelten und unsere Zungenspitzen immer wieder zueinander fanden, hatte sie mich bereits so erregt, dass sich mein bestes Stück gegen die Boxershorts presste.
Amilie legte eine Pause ein.
»Puuh, mir ist heiß«, stöhnte sie erregt.
»Dann müssen wir wohl etwas ausziehen«, kommentierte

ich trocken die Situation und grinste.
»Ich hab ja genug Oberteile an«, erwiderte sie verzückt.
Sie zog das erste dunkle Oberteil aus und dem folgte gleich das zweite. Darunter trug sie eine reizende weiße Korsage. Danach folgten ihre Stiefel und der kurze Rock. Nach einer kurzen Pause drehte sie mir den Rücken zu.
»Willst du mir die nicht ausziehen?«, fragte sie mich.
»Aber nicht so«, entgegnete ich ihr und zog sie auf mich.
»Ich öffne so etwas doch nicht, wenn du mir den Rücken zudrehst.«
Meine Hände fuhren über ihre grobmaschige Netzstrumpfhose, die sich auf ihrer Haut wirklich ziemlich geil anfühlte. Während ich mit einer Hand über ihr Gesicht strich und sie küsste, tastete ich mit der anderen Hand nach den Haken der Korsage und öffnete sie einem nach dem anderen. Als der letzte Haken befreit war, glitt sie langsam herunter und gab die großen Brüste frei.
Uns einander küssend kümmerte sich Amilie indessen um meine Krawatte und knöpfte mein Hemd auf. An der Hose kam sie mit ihren zarten Fingern nicht weiter. Also musste die Hose gleich mit dran glauben. Nachdem die kleine Raubkatze mich entkleidet hatte, fiel sie über mich her.
»Ich will dich jetzt sofort! Willst du auch?«, hauchte sie voller Geilheit ins Ohr. Sie konnte es kaum erwarten.
»Ja«, flüsterte ich zurück und ließ sie meinen harten Schwanz durch die Boxershorts spüren.
Sie stöhnte leise auf und gab mir ein wilden Zungenkuss. Meine Hände glitten über ihre Beine mit der Netzstrumpfhose und registrieren dabei jeden Stofffaden. Ich wanderte

hinauf bis zu ihren Brüsten. Mein Blick blieb an ihren großen Nippeln hängen. Mich nach vorne beugend lutschte ich daran, bis sie hart abstanden.
»Mhmmmm ...«, stöhnte Amy leise auf.
Sie schob mich zurück, küsste meinen Hals und verteilte mit ihren zarten Lippen ein paar Küsse auf meiner Brust. Mit ihrem frivolen Blick schaute sie mich von unten an und sagte nur: »Komm her, du Hengst und zeig's mir endlich. Hab ich nicht vorhin schon gesagt, dass ich es kaum erwarten kann!«
Sie scheint ein richtiger böser Sexvamp zu sein.
»Ich will dich jetzt«, riss mich Amilie aus den Gedanken. Ihre Netzstrumpfhose und ihr Stringtanga fielen zu Boden. Danach folgten meine Boxershorts.
Sie beugte sich nach vorne über meinen Schwanz und begann ihn langsam zu wichsen, bis er ganz hart war. Ich holte das Kondom aus der Verpackung und rollte es über.
Amilie setzte sich auf mich und ließ meinen Schwanz langsam in sich versinken. Ihre Pussy war ziemlich eng und sie schrie laut auf.
Als mein Schwanz endlich bis zum Anschlag in ihrer Enge verblieb, begann sie mich langsam zu reiten und ließ meinen Schwanz immer wieder vorsichtig hineingleiten. Ich griff ihr mit beiden Händen an den Po und ließ sie jede Bewegung spüren.
Amilies Stöhnen wurde lauter, zwischendurch schrie sie, wenn mein Ständer sie besonders ausfüllte.
Ich zog ihren Kopf mit beiden Händen zu mir herunter und gab ihr einen langen Kuss. Danach wurden ihre Stöße schneller und sie fuhr mit ihren Händen über meine Brust,

während sie mich weiter ritt.
Ihre Brüste wippten im Takt und ihre großen Nippel standen vor Erregung richtig ab.
»Aaaaah, aaaaah, jaaaaaa, aaaah«, schrie sie.
Solche derben Schreie erlebte ich zum ersten Mal. Amy hielt sich gar nicht mehr zurück und genoss es, wie sich mein Schwanz in ihre nasse Lustgrotte hineinbohrte. Ich gab ihr einen festen Klaps auf den Po und strich mit meinen Händen durch ihre lange blonde Mähne. Ihrem Blick war die Geilheit in allen Details zu entnehmen.
Sie bäumte sich auf und schrie weiter, während sie mich ritt und ich ihr einen weiteren Klaps auf ihren Po gab. Sich zu mir nach vorne beugend küsste sie mich, wobei meine Lippen danach über ihren Hals zu ihren Brüsten wanderten und ihre harten Knospen liebkosten. Dieser Anblick war einfach nur zu geil.
»Geile kleine Sau, du ...«, stöhnte ich erregt von ihren Rufen.
»Mhmm, das ist so geil«, ließ sie thronend auf mir verlauten und genoss ihren Ritt.
Zwischendurch schaute sie mir tief in die Augen, beugte sich zu mir herunter und gab mir mit ihren weichen Lippen einen geilen Zungenkuss.
»Süßeeee«, stöhnte ich, weil ich kaum noch konnte.
Aber Amilie ritt mich schneller und ihre Schreie wurden lauter und hallten durch das ganze Wohnzimmer. Nach ein paar Minuten kuschelte sie sich erschöpft an mich.
»Ich kann nicht mehr«, stöhnte sie außer Atem. »Bist du schon gekommen?«
»Neeeein«, musste ich grinsend zugeben.

»Lass uns eine Pause machen. Ich kann gerade echt nicht mehr«, bat mich Amilie und kuschelte sich an mich.
Nach einigen Minuten ließ sie meinen harten Ständer aus ihrer nassen Pussy und setzte sich aufs Sofa, um sich eine Zigarette anzuzünden. Ich musterte sie und stellte fest, dass mir ihre fordernder Art gefiel.
Nachdem ich mir etwas übergezogen hatte, bestellte ich etwas vom Chinesen, weil wir beide ziemlich Hunger hatten. Der Lieferservice meinte, dass es eine Dreiviertelstunde dauern würde. In dieser Zeit konnten wir jedoch nicht die Finger voneinander lassen. Immer wieder fielen wir uns in die Arme und knutschten.
»Du hast so weiche Haut«, schwärmte Amilie.
»Die weiche Haut schon wieder«, sagte ich grinsend.
»Ja, die fühlt sich total gut an«, meinte sie und kuschelte sich fest an mich.
Amilie hatte nur ein Oberteil und ihren Tanga an. Ich zog mir etwas mehr an, weil ich ja früher oder später zur Tür musste.
Nach einer Stunde lagen wir uns wieder in den Armen und waren so geil aufeinander, dass ich zwischen ihre Beine rutschte, ihren String zur Seite schob und mit meiner Zungenspitze ihre feuchte Vulva leckte. Amilie stöhnte leise und schaute mir dabei fasziniert zu. Sie war total feucht und ich ließ meine Zunge über ihrer Klit kreisen ...
Ausgerechnet jetzt klingelte es an der Tür.
Ich seufzte.
»Das war dann die Vorspeise«, entgegnete ich frech.
Amilie lachte.
Ich holte das Essen und bezahlte.

Nachdem wir gegessen hatten, wollten wir noch DVD schauen. Aber Amilie bat mich mit funkelnden Augen das Bett aufzusuchen.
Sie ist wirklich ein Vamp und unersättlich, schoss es mir durch den Kopf.
»Ich geh aber noch kurz nach draußen und rauche eine«, meinte sie. »Geh ruhig schon mal vor.«
»Okay«, stimmte ich zu und löschte das Licht und die Kerzen im Wohnzimmer, um danach ins Schlafzimmer zu gehen. Amilie stand in der Eingangstür und rauchte ihre Zigarette.
Im Schlafzimmer schaltete ich den Fernseher an. Es lief Bond, James Bond. Der Spion, der mich liebte. James war gerade damit beschäftigt der russischen Agentin ein Angebot zum Übernachten im Bett seines Zugabteils zu machen.
Laut grunzend zündete ich ein paar Kerzen an, zog mir meine Sachen aus und legte mich ins Bett.
Nach ein paar Minuten kam Amilie nach, zog sich aus und legte sich nackt zu mir ins Bett.
»Ich schlafe immer nackt. Oder stört dich das?«
»Nein, bestimmt nicht«, meinte ich überrascht, grinste jedoch zufrieden dabei und musste daran denken, wie sie wohl geschaut hätte, wenn ich nicht damit einverstanden gewesen wäre.
Unter der Satindecke neben mir liegend, atmete sie flach und musterte mich dabei. Mein Blick fiel auf ihre großen Brüste, die die Bettdecke anhoben. Ich genoss den Anblick und ihren lasziven Blick, den sie mir entgegen warf.
»Was schauen wir denn jetzt?«, meinte ich unschuldig und

hoffte darauf, dass es ihr gleichgültig sei.
»Lass uns doch mal nachgucken, was läuft«, antwortete sie jedoch und so zappte ich durch die Kanäle und wir blieben bei »Deutschland sucht den Superstar« hängen.
Langweilig, dachte ich mir und zog Amilie an mich, um ihr einen langen Zungenkuss zu geben.
Während wir uns küssten und dieses genossen, wanderte ihre Hand über mein Oberschenkel. Zärtlich und weich schmiegten sich ihre Lippen immer wieder an meine. Ich ertastete ebenfalls ihre weiche Haut und unsere Küsse wurden immer fordernder und wilder. Mittlerweile lag ich auf Amilie und sie hatte die Beine gespreizt, sodass mein harter Schwanz durch die Boxershorts ihren Venushügel massierte.
Ihre pikanten Küsse ließen mich gieriger werden und mein Phallus drückte noch fester an ihre weichen Schamlippen. Amilie stöhnte leise, als ich mit einem Finger in ihre Pussy eindrang und sie fingerte. Die kleine Lustgrotte war so eng, dass ich nicht einmal einen zweiten Finger hinzunehmen konnte.
»Lass es uns endlich tun«, hauchte Amilie ungeduldig in mein Ohr.
Ohne weitere Worte schob sie meine Boxershorts über die Beine, während ich nach einem Kondom tastete, um dieses über meinen harten Schwanz zu rollen. Amilie setzte sich auf mich und ließ meinen Schwanz in ihre Pussy eintauchen.
»Aaaaah, aaaah, aaah«, schrie sie sehr laut, als sich die harte Luststab langsam in ihre enge Pussy hineinbohrte.

Ich fühlte ihre Enge und wie mein Schwanz ihr süßes Loch langsam dehnte. Als sie ihn voll und ganz aufgenommen hatte, begann sie mich lautstark zu reiten. Ihr außergewöhnliches Schreien war beim ersten Mal etwas ungewöhnlich gewesen, nun quittierte ich ihre Laute jedoch gleich mit mehreren Schlägen auf ihren nackten Po. Nach vorne gebeugt wippten ihre großen Brüste im Takt auf und ab. Ich schob ihren Po mit meinen Händen ein Stück höher, sodass mein Schwanz wieder ein ganzes Stück tiefer in sie eintauchte. Das ließ Amilies Schreie noch lauter werden und ihren Ritt wilder.
»Aaaaah, aaaaah, jaaaaa ...«, gab sie ohne Unterlass von sich.
Begleitet wurden die Schreie von weiteren klatschenden Schlägen auf ihrem Arsch. Ich konnte mich vor Geilheit kaum mehr zurückhalten und stöhnte laut. Amilie hingegen ließ es etwas ruhiger angehen und wollte mich ihre feuchte enge Pussy spüren lassen, als sie sich langsamer bewegte. Das verfehlte seine Wirkung nicht, denn ich kam meinem Höhepunkt in kleinen Schritten näher.
Als sie sich zu mir herunterbeugte und ihre blonden Haare in das Gesicht fielen, erhob ich mich und saugte an ihren harten Nippel, die vor Erregung abstanden. Amilie drückte mich wieder zurück. Ihre Hände auf meiner Brust drückend, setzte sie mit ihrem Ritt zum Endspurt an. Die Schreie hallten durch das Schlafzimmer, begleitet vom aufeinander klatschen unserer Becken. Ich hob sie wieder an und ließ sie meinen Schwanz tiefer spüren. Ein paar Stöße später überrollte mich das Glücksgefühl und ich kam laut stöhnend zum Orgasmus.

Erschöpft legte sich Amy neben mich.
»Dass du so lange kannst, das ist echt heftig«, japste sie.
»Jetzt bin ich aber auch gekommen«, ließ ich trocken verlauten.
»Ich habe es gemerkt«, sagte sie und kuschelte sich in die Bettdecke.
Es vergingen keine fünf Minuten und sie schlief. Ich musste lächeln, beobachtete sie noch einige Zeit und schaltete danach den Fernseher aus.
Am nächsten Morgen wachten wir erst ziemlich spät auf. Amilie kam gleich näher und kuschelte sich an mich. Es dauerte nicht lange und unsere Zungen hatten sich gefunden. Mein Bein wanderte zwischen ihre und massierte ihre Vulva.
Amilie lag noch nackt unter der Decke und mir gefiel es, dass ich mit meinen Händen über ihren gesamten Körper gleiten konnte. Erst über den Po und dann weiter hinunter zu ihren Beinen. Kurze Zeit später spürte ich auch ihre Hand, die meinen Körper erkundete. Lächelnd gab Amilie mir einen Kuss, während meine Hand nach oben wanderte und ihre großen Brüste knetete. Ich beugte mich nach vorne und liebkoste ihre Nippel, die danach vor Erregung abstanden.
Amilie stöhnte leise auf.
Ich zog die Decke beiseite, holte ein Kondom und ließ meinen Schwanz damit langsam über ihre Pussy gleiten. Beim Versuch in sie einzudringen, rutschte ich mehrere Male ab und wir beließen es dabei.
»Tut mir leid«, entschuldigte sich Amilie.

Das war aber nicht schlimm, denn ich hatte noch einen anderen Wunsch, als ich sie so unter mir sah und auf ihre schönen Brüste schaute.
»Weißt du was, wir machen jetzt noch was anderes«, sagte ich bestimmend und setzte mich auf ihren Bauch.
Sie schaute mich überrascht an.
Meinen Schwanz zwischen ihre Brüste legend stieß ich lustvoll zu. Grinsend drückte Amilie ihre großen Brüste zusammen, weil sie meinen Wunsch sofort begriff. Genüsslich fickte ich ihre weichen Brüste, wobei mein Stab durch die weiche Haut stieß und Amilie sich frivol über die Lippen leckte.
Du bist schon ein böses Mädchen, schoss es mir durch den Kopf und davon angestachelt, sammelte ich gleich neue Ideen.
Ich fickte ihre süßen Titten noch etwas härter, sodass Amilie sie kaum zusammenhalten konnte. Das Gefühl ihre weichen großen Brüste zu durchstoßen war so unzüchtig, dass ich gar nicht aufhören wollte. Ihre großen Nippel waren schön hart, die Warzenhöfe etwas geschwollen. Meinen Blick nicht von ihr abwendend nahm ich sie, bis mein Liebessaft über ihre Brüste schoss. Grinsend gab mir Amilie einen langen Zungenkuss.
»Lass uns doch frühstücken und dann gehen wir zusammen baden«, meinte sie und ich stimmte ihr zu.
Ich zog mich an, ging in die Küche und legte ein paar Brötchen in den Ofen. Amelie war noch im Badezimmer während ich den Tisch deckte und uns einen Kaffee kochte.

Sie ist schon ziemlich frech, versaut und kann anscheinend nicht genug bekommen. Ob sie immer so ist? Oder will sie nur das Wochenende auskosten? Sie scheint schon länger auf das Date gewartet zu haben. Sie ist schon ein richtiger Wildfang.
Ich fragte mich, was mich noch erwarten würde. Leider war ich viel zu lange untätig, deswegen beschloss ich, meine Flirtaktivitäten wieder aufzunehmen. Genug getrauert um Saskia, es war Zeit die »Amilies« dieser Welt kennenzulernen, ganz unverbindlich und ohne Gefühle.
Nach dem Frühstücken gingen wir ins Badezimmer und ich ließ ein Schaumbad ein. Amilie gab mir einen Kuss und zog sich aus. Wir setzen uns zusammen in die Wanne, wobei sie genau vor mir saß und sich an mich schmiegte.
»Jetzt haben wir die neue Badewanne auch gleich zu zweit eingeweiht«, lächelte ich.
»Das ist aber wirklich mal ein Schaumbad«, grinste sie vergnügt und strich den Schaum etwas zur Seite.
Ihre weiche Haut berührend konnte ich es mir nicht verkneifen über ihre Brüste zu fahren und sie zu kneten. Ein paar Minuten danach setzte sich Amilie auf die andere Seite der Wanne und strich mit ihren Händen über meine Beine, bis sie meinen Schwanz erreichte. Er schlief noch ganz artig und sie begann, ihn langsam zu wichsen und massierte mir dabei die Eier. Das ließ mich aufstöhnen und ich schloss die Augen, um ihre Berührungen zu genießen.
Ich kann auch frech werden, dachte ich ein paar Minuten später und wanderte mit meiner Hand zu ihrer Vulva. Ich bemerkte, wie weich und feucht sie innen war, trotz des Wassers, welches sie umschloss. Den Film ihres Lusttropfen konnte ich sogar im Wasser spüren.

Erregt von diesem Gefühl und ihrem Handjob war mein Phallus sehr hart. Amilie beugte sich nach vorne, um meinen Schwanz vorsichtig mit ihrer Zunge zu verwöhnen. Erst verabreichte sie mir ein paar Zungenschläge auf die Eichel und dann nahm sie ihn ganz in den Mund.
Ich stöhnte leise auf.
Ihn zärtlich wichsend ließ sie ihn dabei in ihrem Mund verschwinden. Ich genoss es, wie sie mich verwöhnte und lehnte mich erneut zurück. Ein paar Minuten später stiegen wir aus der Wanne und trockneten uns ab.
Bevor sich Amilie jedoch anziehen konnte, überreichte ich ihr noch ein Geschenk, welches ich am Vortag besorgt hatte.
Nachdem sie dieses mit leuchtenden Augen ausgepackt und mir als Dankeschön einen Kuss gegeben hatte, zog sie die Dessous an.
Es war ein schwarzer durchsichtiger Stringtanga mit drei Stoffriemchen und Strasssteinen auf der Rückseite. Das Oberteil war ebenfalls schwarz und durchsichtig. Es war geschnürt und über dem Bauchnabel umgaben gleichermaßen drei Riemchen ihren Körper, die vorne wiederum mit Strasssteinchen verziert waren. Sie drehte sich um und zeigte mir ihren Rücken.
»Machst du mal hinten bitte zu«, bat sie mich.
Sie schaute sich im Spiegel an, drehte sich um und gab mir einen weiteren, wilden Kuss als Dankeschön.
»Möchtest du Fotos machen?« fragte sie mich und warf mir dabei einen kecken Blick zu.
»Klar, gerne«, stimmte ich zu und feierte mich innerlich für meine Idee.

Eigentlich war das klar, dass sie es anbieten würde. Sie war Model. Natürlich wollte sie Fotos von ihrem neuen Besitz und ich hatte ein Andenken an dieses aufregende Wochenende.
Ich grinste und holte meine Kamera.
Amilie war mittlerweile im Wohnzimmer und hatte es sich auf dem roten Sofa gemütlich gemacht.
»Dann fangen wir einfach mal an«, verkündete ich.
Amilie poste für mich in den unterschiedlichsten Positionen und an verschiedenen Orten im Wohnzimmer. Am Ende kam uns noch die Idee auf dem Laminat einige Fotos zu machen. Sie zog mein Lammfell aus der Ecke, vor das Sofa und kniete sich darauf, um mir einige frivole Blicke zuzuwerfen.
»Du könntest dir eigentlich noch die Stiefel anziehen«, schlug ich vor.
Amilie tapste über die kalten Fliesen im Flur und holte ihre Stiefel. Sie zog die beiden an und setzte sich auf das Fell, die Beine angewinkelt, danach verschränkt und sich zurücklehnend. Das anzusehen war ziemlich erregend, denn nicht nur mit ihrem Aussehen wirkte sie erotisierend auf mich.
Ihre kessen Blicke trafen zusammen mit der schwarzen durchsichtigen Unterwäsche und den Stiefel voll ins Schwarze.
Ich konnte kaum erwarten, dass das Shooting zu Ende war. Am liebsten hätte ich sie gleich zu mir gezogen, auf das Sofa geworfen und von hinten genommen. Aber die Fotos fand ich natürlich auch geil und freute mich darüber.
Nachdem wir fertig waren und uns die Fotos angeschaut hatten, rauchte Amilie eine Zigarette und schaute mich an.

»Ist irgendwas?«, fragte sie.
»Ich will dich«, sagte ich unverblümt.
Ich war direkt, sie war es zuvor auch zu mir. Was sollte mir also passieren?
Wir landeten auf dem Sofa, ihre Stiefel hatte Amilie nach meiner Ankündigung bereits ausgezogen. Meine Lippen wanderten über den nur wenig bedeckten Körper und landeten an ihren Lippen.
Unsere Küsse wurden wilder und ich griff mit meiner Hand an ihren festen Po.
Sie überlegte nicht lange.
Das tat sie nie, das hatte ich bereits bemerkt. Sie nahm sich einfach, was sie wollte. Ohne Worte zog sie ihren Stringtanga aus und ließ ihre Finger gleich zu mir hinüber wandern, um meine Sachen auszuziehen.
»Ich will dich auch spüren«, hauchte sie mir ins Ohr.
»Und ich dich erst«, bekräftigte ich stöhnend.
Sie lag mir gegenüber und ich schob ihr Oberteil beiseite, damit ihre Brüste frei waren. Ihre Brüste küssend wanderte ich weiter zu den großen Nippel, die sofort hart wurden. Amilies Hand umschloss bereits meinen harten Schwanz und wichste ihn zärtlich. Sie gab mir noch einen frechen Kuss und ich suchte mit meiner Hand nach einem Gummi, während ich Amy beobachtete. Ihre Bewegungen wurden stärker und sie wichste meinen harten Ständer immer schneller.
»Ich will dich jetzt!«, drängelte sie.
Sie schaute mich mit einem derben, geilen Blick an und setzte sich gleich auf mich. Langsam ließ sie meinen harten Phallus in ihre enge Pussy.

»Aaaah, aaahhh«, schrie sie auf und verzog ihr Gesicht. Mein großer Schwanz bohrte sich in ihrer enge Pussy, nur ein bisschen feucht von unserem kurzen Vorspiel. Ich konnte die Enge dieses Mal noch mehr spüren. So etwas hatte ich noch nicht erlebt.
Ein ziemlich geiles Gefühl.
Amilie ließ ihn weiter in sich, wobei sie laut atmete. Als ihre Pussy ihn komplett umschlossen hatte, beugte sie sich nach vorne und begann mich vorsichtig zu reiten. Es dauerte nicht lange und ihre Lustschreie hallten wieder durch den Raum.
Sie ritt mich ohne Unterlass und ich gab ihr einen Klaps auf ihren Po. Ihre weichen Brüste wippten im Takt mit und Amilies Schreie wurden noch lauter. Dann hob ich ihren Po etwas an, damit mein Schwanz ein ganzes Stück aus ihrer Pussy rutschte und ließ ihn wieder bis zum Anschlag hineinstoßen. Das machte Amilie nur noch wilder. Irgendwann legte sie eine Pause ein, weil sie erschöpft war. Sie massierte ihn dennoch weiter mit ihrem Becken. Ich gab ihr erneut einen Klaps.
»Mhmm, du geile Sau. Du bist echt böse«, stöhnte ich.
Sie presste mir ihre Brüste ins Gesicht und ich umfasste sie, drückte sie zusammen und lutschte ihre großen Nippel. Ihr Ritt wurde wieder schneller. Sie bewegte ihr Becken und verwöhnte meinen harten Schwanz. Ein paar Mal war ich kurz vor einem Orgasmus.
Aber Amilie stoppte immer vorher mit einem frivolen Grinsen. Irgendwann war sie jedoch so außer Atem, dass sie innehielt.
»Ich kann nicht mehr«, stöhnte sie erschöpft.

Von unten stieß ich meinen Schwanz in ihre Pussy, während Amilie auf mir saß. Sie stöhnte laut auf und beugte sich zu mir herunter.
»Ich kann wirklich nicht mehr, Süßer!«
Sie gab meinen Schwanz frei und legte sich völlig außer Atem neben mich.
Da ich kurz vor dem Orgasmus war, wichste ich meinen Schwanz weiter und Amilie schaute mir fasziniert dabei zu. Ihre Hand strich über meine Beine und massierte meine Eier, während meine Hand fester zugriff. Kurze Zeit später überkam es mich und mein Liebessaft schoss über den Bauch.
»Das war aber ziemlich heftig«, staunte Amilie.
»Wenn du mich auch so lange bei Laune hältst«, pustete ich völlig außer Atem.
Amilie schmiegte sich an mich.
»Es ist so schön mit dir. Könntest du dir vorstellen, dass wir uns öfters treffen? Ich habe mich zwar nur für ein Wochenende beworben, da wusste ich aber noch nicht wie zärtlich und liebevoll du wirklich bist.«
Es dauerte ein paar Sekunden, bis ich antwortete, weil ich nach den richtigen Worten suchte. Ihre Message, die sie mir sandte, war eindeutig.
Ich will mehr von dir, wollen wir es versuchen?
»Amilie, ich habe dich sehr gerne und wir können uns gerne auch öfters treffen. Aber mehr ist da von meiner Seite leider nicht. Da gibt es von meiner Seite keine Gefühle.«
Sie war hübsch, gar keine Frage. Eine hübsche Blondine mit blauen Augen, einer tollen Figur und anscheinend einem liebenswerten Charakter, was ich bisher erfahren hat-

te. Nur reichte das nicht aus, um mein Herz zu bewegen. Ich kannte sie zwar nicht lange, aber ich meinte zu wissen, dass es nicht passte. Vielleicht warnte mich mein Herz aber auch nur, dass irgendwas nicht stimmte. Es sollte damit recht behalten.
»Okay, das verstehe ich. Ich würde dich aber trotzdem gerne wiedersehen. Vielleicht kommst du mal ein Wochenende zu mir. Du bist herzlich eingeladen«, sagte sie und drückte mir einen Kuss auf die Wange.
»Wir schauen einfach mal, wann ich Zeit habe.«
»Dann kann ich dir mal zeigen, wie ich lebe. Ein Haus habe ich zwar nicht aber eine schöne Wohnung.«
»Klingt gut«, meinte ich und war erleichtert, dass sie Verständnis für meinen Standpunkt hatte.
Wir genossen weiter die restlichen Stunden, bevor ich sie am späten Nachmittag zum Bahnhof brachte und sie am Bahnsteig verabschiedete.
Bereits am gleichen Abend bekam ich eine SMS von ihr.

Hi Don, ich bin gut angekommen. Es war so schön bei dir. Würde mich freuen, wenn wir morgen Abend telefonieren könnten. Liebe Grüße, Amilie

Am nächsten Abend telefonierten wir drei Stunden miteinander und ich erfuhr noch ein wenig mehr über Amilie. Das hier aufzuführen wäre trotz der Anonymität sehr speziell und könnte dazu führen, dass ihre Person bekannt wird. Daher werde ich es etwas allgemeiner halten.
Amilie hatte mehrere Schicksalsschläge hinter sich und war deswegen in ärztlicher Behandlung. Nachdem sie mir viel

davon erzählt hatte, empfand ich Mitleid und beschloss, ihr etwas zur Seite zu stehen.

Als eine Art Freund auf Entfernung war ich ansprechbar und versuchte ihr zu helfen. Ich gab mir jedoch Mühe, dieses nicht allzu sehr auszuweiten, da ich vermutete, sie könnte dieses als persönliche Zuneigung betrachten.

Ein gewisser Abstand war jedoch schwer einzuhalten, auch wenn das Thema »Liebe« nie angesprochen wurde, hatte ich manchmal das Gefühl, ihr etwas näherzukommen.

Fünf Wochen nach unserem ersten Treffen, nahm ich ihre Einladung an und besuchte Amilie in ihrer Wohnung.

Fotoshooting in Strapsen

Es war das erste Advents-Wochenende, welches wir zu unserem zweiten Treffen auserwählt hatten. Ich fuhr Freitagabend nach der Arbeit sofort mit dem Auto los, um möglichst früh bei ihr zu sein. Nicht nur, dass ich auf der Autobahn in einen Stau geriet, ich bekam auch noch den ersten Schnee des Jahres zu spüren.

Kurz bevor ich bei ihr ankam, rief mich Amilie an, denn sie hatte sich bereits Sorgen gemacht. Nachdem ich ihr kurz erklärte hatte, warum ich über eine Stunde Verspätung hatte, fuhr ich weiter und war innerhalb von 10 Minuten bei ihr.

Auf dem mit Schnee bedeckten Parkplatz stellte ich das Auto ab, stieg aus und klingelte bei ihr. Amilie kam kurz

mit zum Auto und wir holten meine Sachen. Als wir in der Wohnung waren, nahm ich sie in die Arme und wir gaben uns einen Begrüßungskuss. Meine Hand wanderte über ihren Rücken und fuhr über ihren festen Po.
Ich musste zugeben, es gefiel mir, sie wieder in den Armen zu halten. Nachdem wir eine Kleinigkeit in ihrer Küche gegessen hatten, schauten wir noch etwas fern und unterhielten uns.
Zu später Stunde gingen wir dann ins Bett. Ich lag bereits im Bett, als Amilie dazu kam und sich mit ihrer warmen, weichen Haut an mich kuschelte. Wir küssten uns und ich schlief kurze Zeit später nach dem anstrengenden Tag erschöpft ein.
Am Samstag gegen Mittag standen wir auf und frühstückten zusammen. Danach machten wir einen Spaziergang durch die weiße Winterlandschaft. In der Nacht hatte es noch mehr geschneit und so stapften wir Hand in Hand durch den Schnee.
Nach einer Stunde kehrten wir zurück in die warme Wohnung. Wir beschlossen, etwas Warmes zu essen, weil uns beiden kalt war. Ich half Amilie beim Kochen und wir unterhielten uns dabei. Zwischendurch zog ich sie an mich, während sie am Herd stand.
Nachdem wir gegessen hatten, machten wir es uns im Wohnzimmer gemütlich. Ich holte das Geschenk für Amilie, welches ich einige Tage zuvor besorgt hatte. Sie konnte sich bereits denken, dass es wieder schöne Wäsche gab. Nachdem sie die ersten Sachen ausgepackt hatte, kam nur ein »Oh, jetzt müssen wir aber Fotos machen« von ihr.

Sie war nicht aufzuhalten, verschwand im Badezimmer und zog diese an. Ich hatte ihr einen schwarzen BH, Höschen, Strapse, Strümpfe und dazu passende Handschuhe ausgesucht.

Für das Fotoshooting wird das richtig gut aussehen, dachte ich mir, während ich gespannt auf Amilie wartete.

Kurze Zeit später kam sie wieder und ich half ihr noch etwas. Es passte alles perfekt zueinander.

Jetzt erst die Fotos machen und dann werde ich mich schon um dich kümmern, dachte ich.

Amilie setzte sich auf mich und gab mir als Dankeschön einen langen Kuss. Ich strich über ihre Strümpfe und den nackten Po und schaute ihr dabei tief in die Augen.

»Ich weiß gar nicht was ich will, Fotos machen oder erst etwas anderes«, kam es mit einem lüsternen Blick von ihr.

»Erst was anderes, dann die Fotos und dann zieh ich dich noch mal aus«, sagte ich frech.

»Das könnte dir so passen.«

Mit meinen Händen erneut über ihre Strümpfe fahrend zog ich sie ganz zu mir und küsste sie innig. Die Küsse wurden leidenschaftlicher und zugleich fordernder, wodurch wir langsam die Kontrolle verloren.

Erst als Amilie aufstand, meine Hand nahm und mich nach nebenan in ihr Schlafzimmer zog, war klar, dass das Fotoshooting auf unbestimmte Zeit verschoben wurde. Ihre blauen Augen funkelten, als sie mich aufs Bett zog und mich weiter mit ihren Küssen verwöhnte.

Mir blieb der Atem stehen. Sie sah sehr sexy mit den schwarzen Dessous und den schwarzen Handschuhen aus. Amilie zog meinen Pulli aus und verging sich danach sofort an meiner Hose. Als diese auf dem Boden lag, überfiel ich sie mit meinen Küssen und sie umklammerte mich mit ihren Beinen.

Ich fuhr mit meinen Händen zu den Strümpfen und trennte sie vom Strapsgürtel. Amilies durchsichtiges Höschen wurde nun das nächste Opfer meiner Finger. Vorsichtig streifte ich es über die Strümpfe, so dass sie nur noch mit Strümpfen und BH vor mir lag.

»Ich will dich jetzt, Süßer! Ich will dich endlich wieder spüren«, flüsterte sie in mein Ohr und zog mir dabei meine Boxershorts aus.

Ihre Hand glitt gleich über meinen harten Schwanz und begann ihn zärtlich zu wichsen. Mit zwei Fingern ertastete ich unterdessen ihre feuchte Lustgrotte und begann sie zu fingern.

Amilie konnte es kaum abwarten und saß kurze Zeit später bereits mit ihren sexy Dessous auf mir und ließ meinen Schwanz in ihre weiche Pussy gleiten.

Sie ist vollkommen verrückt nach dir, dachte ich und schob den Gedanken sogleich beiseite.

»Mhmmm, jaaaa ...«, stöhnte sie thronend auf mir und ließ mich spüren, wie sehr sie mich begehrte.

Ihre Enge ließ mich jeden Millimeter spüren. Amilie zu mir herunterziehend schob ich den Stoff ihres BHs zur Seite, um ihre großen Brüste zu liebkosen.

Du hast echt hübsche Nippel, schoss es durch meinen Kopf und als sie sich das nächste Mal vorbeugte, küsste ich sie und saugte daran.

Sie waren hart und standen vor Geilheit schön ab. Amilies Stöhnen wurde lauter und ihre Bewegungen schneller. Immer wieder stieß mein Schwanz tief in ihr Allerheiligstes.
»Mhmmm, jaaaa«, stöhnte sie völlig außer Atem.
Sie hielt inne und blickte mich mit ihren blauen Augen an.
»Lass uns bitte wechseln«, bat sie.
Wir tauschten nachdem sie mich freigelassen hatte die Positionen. Nun lag sie unten, direkt vor mir. Die Beine waren weit gespreizt und sie erwartete mich mit ihrer glänzenden Pussy. Ich nahm ihre Beine mit den schwarzen Strümpfen und zog sie an mich, sodass diese auf meinen Schultern lagen.
Dann stieß ich mit meinem Phallus tief hinein und begann sie zu ficken. Amilie stöhnte wieder laut, während ich sie schneller nahm.
Ich ließ ihre Beine wieder herab, gab ihr einen langen Kuss und fickte sie weiter.
»Endlich wieder dieser geile Schwanz«, stöhnte Amilie ungeduldig.
Sie mal schneller, mal langsamer nehmend näherte ich mich meinem Orgasmus. Amilie zog ihre Beine an und nahm sie erneut auf meine Schultern, so konnte ich tiefer in sie eindringen.
»Jaaa, mhmm, jaaa. Noch härter ...«, forderte sie laut.
Amilie streckte ihre Beine kerzengerade in die Luft und ließ mich sie komplett ausfüllen, was dazu führte, dass meine Oberschenkel laut an ihre Pobacken klatschten. Es dauerte nicht lange, ich fickte sie immer schneller und härter und kurze Zeit später kam ich.
»Das war echt heftig«, keuchte ich außer Atem.

Nach einer kurzen Pause rutschte ich nach unten, gab ihrer Vulva einen Kuss und kreiste mit meiner Zunge um ihre Lustgrotte. Gierig leckte ich ihren Liebessaft, nahm meine Finger dazu und fickte sie damit. Amilies Stöhnen wurde lauter und ich genoss es, sie zu verwöhnen. Mit der anderen Hand strich ich über ihre Brüste und knetete sie.
»Jaaa, mach weiter, noch mehr ...«, stöhnte sie lustvoll und schaute mir dabei zu.
Ich saugte abwechselnd an ihrer Klit und verwöhnte sie mit kreisenden Bewegungen. Das ließ Amilie nach einiger Zeit schreiend zum Orgasmus kommen. Erschöpft lagen wir auf dem Bett und kuschelten uns aneinander.
»Lass uns jetzt mal Fotos machen«, sagte sie einige Minuten später und ihre Augen leuchteten dabei.
Ohne eine Antwort von mir abzuwarten zog Amilie sich wieder an und ging ins Bad, um sich zu schminken.
Dann gingen wir ins Wohnzimmer und suchten uns einen Stuhl als Hintergrund. Amilie machte verschiedene Posen für mich und uns kamen dabei immer wieder neue Ideen. Ich genoss es, sie zu fotografieren und schaute ihr fasziniert dabei zu, wie sie sich mit den Strapsen, der Unterwäsche und den Handschuhen in Szene setzte.
Nach unserem Fotoshooting verbrachte ich noch eine Nacht mit ihr. Am nächsten Tag bekam ich von Amilie beim anschließenden Spaziergang noch einmal die Frage gestellt.
»Kannst du dir wirklich nicht mehr vorstellen? Ich mag dich wirklich sehr und es wäre für mich auch kein Problem zu dir zu ziehen. Nur, falls du ein Problem wegen der Entfernung siehst.«

»Amy, ich habe dich ja auch sehr gerne. Aber da sind überhaupt keine Gefühle. Das wäre doch sicher kein guter Start für eine Beziehung, oder? Wenn das alles nur von dir ausgeht?«
Sie gab mir keine Antwort und schwieg.
Ich hatte es am Anfang doch klar gesagt. Und dann noch ihre Aussage, dass sie direkt zu mir ziehen könnte. Das ging mir dann doch etwas zu weit.
Amilie wechselte das Thema und ich atmete erleichtert durch. In den nächsten Tagen verhielt sie sich völlig normal und ich dachte, dass die Sache damit erledigt wäre. Doch da sollte ich mich gehörig irren.

Böse Überraschung

Am darauffolgenden Wochenende schrieb mich Amilie über ICQ an.
»Na du, es gibt eine krasse Neuigkeit«, begann sie.
»Was denn?«, fragte ich neugierig.
»Ich werde morgen beim Frauenarzt anrufen und einen Termin machen, der so bald wie möglich stattfinden soll.«
»Warum?«, fragte ich und bekam langsam eine Vorahnung.
»Na ja, du weißt, warum man das macht. Mehr weiß ich auch nicht. Weiß auch nicht, was ich denken oder schreiben soll.«
Was sollte das nun bedeuten, fragte ich mich.
»Wie? Was denn?«, fragte ich irritiert.
»Ich bin vielleicht schwanger. Meine Tage sind überfällig.«

Da sie mehrmals betont hatte, ich sei der Einzige mit dem sie in der letzten Zeit Sex hatte, fing ich gleich an zu grübeln.

»Hm, aber das Kondom war bei uns in Ordnung und wir haben ja auch nicht herumprobiert.«

»Kein Plan, wie das passieren konnte.«

Ich spürte meinen Puls nun ganz deutlich.

Wie sollte denn etwas passiert sein, versuchte ich mich zu beruhigen.

»Wir werden es herausfinden müssen«, schrieb sie, als könnte sie meine Gedanken lesen.

»Wann hätten deine Tage denn kommen müssen? Vielleicht ist der Körper auch etwas durcheinander.«

»Ja, kann auch sein aber sieht so aus, als wenn es eine Schwangerschaft ist.«

»Okay. Erst einmal abwarten. Denke, bei mir ist es wohl recht unwahrscheinlich. Als du zu mir kommen wolltest, meintest du ja noch zu mir: 'Gut, dass ich sie die Woche vorher hatte.' Oder hab ich das falsch in Erinnerung?«

Es kam keine Antwort und ich suchte im Internet.

»Du machst mir doch gerade Angst. Blähbauch in der 7. Woche steht bei Google. Es ist sieben Wochen her mit uns.«

»Tja ...«, kam es nur von Amilie.

»Na ja, sich verrückt machen bringt wohl nichts.«

»Ich geh mal offline und bin bei meinem Ex, mich trösten lassen. Rufe morgen beim Arzt an und mache einen kurzfristigen Termin.«

»Ich muss das auch erst einmal realisieren. Hab dich lieb.«

»Wenigstens hast du mich noch lieb :-)«

»Wieso sollte ich dich jetzt nicht mehr lieb haben?«
»Weil, wenn es dein Kind ist und ich es kriege, dann ist es doch Stress für alle.«
An den nächsten Tagen dachte ich viel zu oft daran, was passieren würde, wenn sie wirklich schwanger wäre. Trotz das ich mir sicher war, dass nichts passiert sein konnte, gab es noch die Ungewissheit und das ließ mir keine Ruhe.
Am Tag vor dem Termin schrieben wir noch einmal miteinander.
»Wenn es sicher wäre, würdest du zu mir stehen? Es wäre ja sicherlich nicht leicht«, fragte sie.
»Natürlich. Wir wären die Eltern, also werden wir uns um das Kind kümmern«, meinte ich entschlossen.
»Jap ...«, kam es zurück.
»Vielleicht mag ich ja auch eine Familie haben aber da zählt selbstverständlich auch deine Meinung.«
»Ich weiß momentan, was ich will.«
»Und das wäre?«
»Also, wenn das Kind nicht von dir ist, werde ich es alleine hier in meiner Wohnung großziehen ...«
»... und ist das Kind von mir, willst du, dass wir gemeinsam das Kind großziehen?«
»Genau.«
»Am Wochenende hast du gesagt, du hast dich vor ein paar Monaten noch nicht mal für ein Kind bereit gefühlt.«
»Ja, das stimmt, aber ich wünsche es mir ja. Schade, dass du keine Gefühle für mich hast. Na ja, dann muss ich mich wohl damit abfinden.«
»Ich dachte, wir hatten das letztes Wochenende schon geklärt.«

»Dann ist es nun ganz geklärt.«

Jetzt wurde mir einiges klar.

»Ich bin gerade ehrlich etwas sauer. Anstatt, dass du auf normalem Wege zu mir kommst und über deine Gefühle sprichst, schiebst du ein Kind nach vorne! Ich glaube, ich spinne!«, schrieb ich empört.

»Ist halt gerade viel auf einmal, ich weiß. Aber nun kann ich das nicht mehr ändern. Es ist nicht so gemeint, dass ich dich halten will und ein Kind vorgeschoben habe.«

»Aber du hast es erfunden?«, wollte ich von ihr wissen.

»Das mit den Gefühlen habe ich dir ganz am Anfang gesagt und dich gefragt, und du meintest, du hast keine«, wich sie aus.

»Dann weißt du das doch! Wir hätten letztes Wochenende auch mal darüber ordentlich reden können, aber da hieß von dir 'Ja, wir finden uns beide sympathisch, wir ticken gleich und wollen unsere Freiheit'. Ich geh nun schlafen, sonst schreib ich noch etwas falsches«, meinte ich und verabschiedete mich.

Schlafen konnte ich jedoch nicht wirklich. Das ganze Wochenende war ich aufgeregt wegen der Schwangerschaft, bei der ich bereits wusste, dass es nicht sein konnte. Die Ungewissheit hielt mich jedoch dauerhaft unter Spannung. Nun war zwar alles von mir abgefallen, aber die Wut über Amilies Lüge trieb meine Aufmerksamkeitskurve wieder in die Höhe.

Wie konnte sie nur so dreist sein? Ich hätte es schon direkt am Anfang wissen müssen. Sie war so fixiert auf das Treffen und ließ mich danach nicht mehr los. Nachdem ich ein weiteres

Mal gesagt hatte, dass ich keine Gefühle hatte, war es doch sehr offensichtlich, dass die Schwangerschaft eine Lüge war.
Amilie schrieb mich in den nächsten Tagen wieder an und entschuldigte sich, wollte sich noch einmal mit mir treffen, um ein Gespräch zu führen aber ich lehnte ab. Ich wollte ihr nicht mit einem weiteren Treffen Hoffnungen machen und brach den Kontakt mit ihr komplett ab. Für sie sollte es der beste Weg sein, mich zu vergessen. Wir sollten uns jedoch noch einmal wiedersehen.

Böser Junge

Bereits vor meinem Abenteuer mit Amilie hatte ich Michelle kennengelernt. Über eine regionale Suche bei MSN hatte ich einfach sehr viele weibliche Accounts geaddet und ein paar sehr interessante, darunter auch Michelle angeschrieben. Eine Handvoll schrieb zurück.
Als ich mit Michelle ins Gespräch kam, stellte sich heraus, dass sie vergeben war. Das hielt mich jedoch nicht davon ab, die kesse Blondine zwischendurch mit Informationen zu meinem Blog und meinen Dates zu versorgen.
Im Laufe der Zeit wurde unser Austausch etwas ruhiger, weil ich mit Amilie eine Frau gefunden hatte, die ich auch daten konnte.
Nach dem Theater mit Amilie schaute ich am Sonntagmorgen nach dem letzten Chat auf das Profil von Michelle und stellte fest, das sich in den letzten Wochen etwas geän-

dert hatte. Als ich sah, dass sie wieder Single war, schrieb ich sie sofort an.

»Hi, wie geht's dir? Haben schon etwas länger nichts voneinander gehört«, leitete ich vorsichtig den Chat ein.

»Hi, schreibst du mir auch mal? Ich dachte schon, du hättest mich ganz vergessen«, kam es frech zurück.

Wenn sie bei einem Date genauso frech und dominant ist, könnte das sehr interessant werden.

Ich schaute auf ihr Profilfoto. Die hellblonden Haare und die großen braunen Augen passten genau zu ihrem makellosen Gesicht. Mein Jagdinstinkt erwartete einen Volltreffer inklusive aufregendem Date.

»Seit wann bist du denn wieder Single?«, wollte ich nach einiger Zeit wissen.

»Ungefähr eine Woche. Es lief nicht mehr bei uns und als ich erfahren habe, dass er mit einer Freundin herumgemacht hat, habe ich einen Schlussstrich gezogen. Eine Beziehung brauche ich nun nicht mehr. Das reicht mir erst einmal.«

»Lieber das Leben genießen und schauen, was man erleben kann«, ergänzte ich, um das Gespräch in Richtung Date zu lenken.

»Genau.«

»Dann könnten wir uns ja endlich mal sehen.«

»Ja, das wäre eine gute Idee. Jetzt darf ich das ja wieder und gedacht habe ich ehrlich gesagt schon daran. Dein Blog hat mich sehr neugierig gemacht. Hast du am Wochenende Zeit?«

Moment, ich dachte, ich müsste noch um ein Date kämpfen, meldeten sich meine Gedanken.

»Klar, das sollte kein Problem sein. Wenn es nicht gerade am Freitagabend ist. Ich muss noch nach Köln in dieser Woche. Samstagabend wäre gut.«
»Das passt mir auch. Es gibt nur ein Problem.«
»Welches?«, fragte ich verwirrt.
»Du müsstest mich abholen und zurückbringen«, schrieb sie.
»Das bekomme ich hin. Sonst noch etwas?«, fragte ich provokant und bekam sofort eine Antwort.
»Du kannst mir aus Köln so eine Tasche mitbringen. Es gibt doch Taschen, wo der Städtename darauf steht. Kennst du diese?«
»Ja, die habe ich schon mal gesehen.«
»So eine hätte ich echt gerne. Aber ich hole mir die irgendwann selbst. Wenn ich mal nach Köln fahre. Ich kenne dich ja nicht, das kann ich nicht verlangen«, ruderte sie zurück und mir wurde klar, dass ihre Aussage nur als Spaß gemeint war.
Ich würde ihr trotzdem eine mitbringen.
Wir schrieben in den folgenden Tagen sehr lange und ich erfuhr etwas mehr über ihre Vorlieben und Erfahrungen. Das würde mir beim Date sicherlich in die Karten spielen. Nach einem Messebesuch in der Wochenmitte ging es weiter nach Köln zu einem Geschäftstermin. Da ich in der Mittagszeit viel Luft hatte, schaute ich in der Innenstadt durch die Geschäfte und besorgte Michelle die »Köln«-Tasche, die sie sich wünschte.
Als ich im Zug war, schrieb ich ihr eine SMS, weil ich ihr die gute Nachricht schon mitteilen wollte. Sie war total überrascht und bedankte sich sogleich.

Am Freitagabend schrieben wir noch über unser bevorstehendes Dates. Neben den Kleidungswünschen, die ich äußern durfte, bekam ich gleich noch ein paar Abneigungen mitgeteilt. Ihre Brüste würde ich nicht zu sehen bekommen, was ich nicht verstehen konnte, denn ich fand sie sehr ansehnlich.
Meinst du, dachte ich und hatte mir schon ein neues Ziel gesetzt.
Auf »Lecken« stand sie ebenfalls nicht, was mich noch mehr enttäuschte. Wir konnten es kaum abwarten und Michelle war am Samstagnachmittag bereits ziemlich aufgeregt. Morgens hatten wir noch ausgemacht, dass sie bei mir übernachten könnte.
Wir chatteten bis zum Schluss und machten uns dann beide auf den Weg zum Treffpunkt. Als ich mit dem Auto vorfuhr, sah ich sie bereits auf dem Parkplatz stehen. Sie trug ihre blonden Haare glatt, ein kariertes Hemd, enge Jeans und Highheels hatte sie an.
»Hi«, sagte sie lächelnd, nachdem sie sich auf der Beifahrerseite niedergelassen hatte und die Autotür ins Schloss fiel.
Das wird ein sehr geiler Abend, schoss es mir durch den Kopf, während ich sie musterte.
Sie hatte sich sehr hübsch gemacht und ihre großen Augen beim Schminken besonders betont. So gefiel es mir.
Bei mir zu Hause zog sie als erstes ihre Jacke aus, stellte ihre Tasche hin und setzte sich ans Ende vom Sofa.
Schweigen.
So etwas war immer unangenehm und ich ergriff das Wort, um die Stille zu brechen.

»Möchtest du etwas trinken?«
»Nein, danke.«
Sie lächelte, damit es nicht abweisend aussah.
»Gut, was wollten wir schauen? SAW IV, richtig?«
Mal wieder SAW, musste mein Kopf den Ausspruch kommentieren.
»Yes«, kam nur knapp zurück und ich ging zu meiner DVD-Sammlung, um das gute Stück in den DVD-Player zu legen.
Am Anfang saß Michelle noch schüchtern am Ende des Sofas, während ich es mir schon bequem gemacht hatte.
»Komm doch mal rüber«, forderte ich sie auf und sie folgte meiner Anweisung und rutschte auf das Sofa.
Sie lag neben mir und ich zog sie zu mir, um mich an sie zu kuscheln. Ich hatte wirklich Probleme, nicht in ihren großen Ausschnitt zu schauen, der sich direkt vor mir auftat.
Ihr Gesicht musternd blickte ich wieder in ihre dunkel geschminkten Augen, die einfach nur sexy waren. Die schmale Nase und ihre Lippen krönten das Ganze. Sie war schon ein wenig zum Verlieben.
Willst du wieder ein Fehler machen? Hat sie dir nicht auch gesagt, dass es nur eine einmalige Sache wäre, bremste mich mein Kopf. *Ja, stimmt, das hatte sie gesagt.*
Ich blickte sie an und hätte sie am liebsten sofort geküsst. Michelle lächelte mich an.
Wenn du nicht anfängst ...
Mir blieb nichts anderes übrig, als mich über sie zu beugen und ihre zarten Lippen zu berühren.

Sie erwiderte den Kuss und ich saugte kurz an ihrer Unterlippe, bevor sich unsere Lippen wieder vereinten.
Frech, wie ich war, wanderte meine Hand unter das karierte Hemd und ertastete das weißes Top. Sie trug eine Korsage, das war gleich zu spüren. Als ich bemerkte, was sie trug und wir die ersten Zungenküsse austauschten, war es vorbei.
Mein Kopfkino sorgte dafür, dass ich total geil wurde und mein hartes Glied sich gegen die Boxershorts presste.
Ihr Zungenpiercing unterstützte das nur. Meine Hand griff an ihren Po und drückte zu, bevor ich weiter nach oben wanderte und ihre Brüste knetete. Ich schob Michelle zu mir herüber, sie stoppte und legte vorher ihre Brille auf dem Tisch.
Schön, dachte ich, *endlich kann es wilder werden.*
Mein Bein zwischen ihre Schenkel legend massierte ich ihre Vulva durch die Hose. Grinsend zog ich sie zu mir, um ihr beim Küssen noch näher zu sein.
Als sie erregt auf mir thronte, öffnete ich die Druckknöpfe von ihrem Hemd und sie zog es aus. Michelle genoss es, wie sich mein Phallus an ihre Pussy presste. Ich musste dabei in ihre markanten Augen schauen, die einfach nur umwerfend aussahen.
Wir küssten uns weiter und ich griff ihr in den festen Po, während unsere Zungen fordernd nach mehr miteinander spielten. Meine Hände fanden ihren Weg jedoch wenig später wieder zu den Brüsten, um sie zu streicheln und zu kneten.
»Böser Junge …«, stöhnte sie mit einer sehr erotischen Stimme.

Ich zog ihr das weiße Top über den Kopf, gab ihren Titten mehrere Küsse, um mich danach erneut von ihrer frechen Zunge verwöhnen zu lassen. Mit einer Hand legte ich ihren Hals frei, der von den blonden Haaren verdeckt war. Er duftete verführerisch nach ihrem Parfüm und so biss ich zärtlich zu und Michelle stöhnte leise auf. Wir hatten uns mittlerweile aufgerichtet und Michelle massierte mit ihrer Hüfte ungeachtet davon meinen Schwanz.

Ich befreite mich von meinem Pulli und von meinem Shirt. Mit meinen Fingern strich ich ungeduldig einen Bügel der schwarzen Korsage von ihrer Schulter. Mit einem weiteren Biss an ihrem Hals erahnte Michelle bestimmt, dass es nun wirklich aufregend werden würde.

Da sie ein paar Tage vorher noch ausdrücklich betonte, ich würde sie oben nicht nackt sehen, überlegte ich kurz, wie ich das am Besten anstellen konnte.

Ich gab ihr einen langen Zungenkuss, griff mit der linken Hand fest an ihren Po und ließ die rechte auf ihren Rücken alle Haken der Korsage lösen, die sofort herunterglitt. Das krönte ich mit einem unschuldigen Blick, als sie mich böse anblickte.

Sieger, jubelte ich innerlich. *Der erste Satz geht an mich.*

»Böser Junge, du ...«, flüsterte sie, wobei mir ein wohliger Schauer über den Rücken lief. Mein tiefstes Inneres sehnte sich gerade nach einer Bestrafung von ihr. Schließlich war ich unanständig und hatte die Regeln gebrochen. So deutlich ausgeprägt waren meine Wünsche zu der Zeit noch nicht, aber das sollte sich in weniger als zwei Jahren ändern.

»Ich weiß, das war nicht erlaubt«, sagte ich frech grinsend.
»Wenigstens das weißt du noch«, kommentierte sie meine Aussage.
Ich ließ mich aber nicht davon ablenken und begann gleich damit, ihre Brüste zu liebkosen, sie zu küssen und an ihren großen Nippeln zu saugen. Michelle stöhnte auf und genoss es sichtlich.
Das erregte mich nur noch mehr. Während ich ihre weichen Brüste knetete spielten als Dankeschön unsere Zungen miteinander. Mit einer Hand öffnete ich den Gürtel an ihrer Jeans. Mit unendlicher Begierde griff ich an ihren Po und sorgte dafür, dass wir unsere Positionen wechselten. Nun war ich oben und hatte leichtes Spiel. Im Handumdrehen hatte ich ihre Hose ausgezogen.
»Vorsichtig, da ist noch etwas drunter«, ermahnte sie mich.
Ich zog die Hose vorsichtig weiter herunter und sah die schwarzen halterlosen Strümpfe. Ihr schwarzer String war verziert und halb durchsichtig. Zu ihrer Pussy schielend platzierte ich meine Hand an ihren Tanga.
»Nein, vergiss es. Gibt es nicht.«
Michelle hatte ihre Beine angewinkelt und ich presste meinen harten Schwanz an ihren Tanga. Mich zu sich herunterziehend küsste sie mich und grinste dabei frech, als wollte sie sagen: »*Genau so will ich das ...*«
Fragend blickte ich sie an.
»Wolltest du nicht die böse Hose anziehen mit den vielen Knöpfen?«, stellte ich etwas später fest.
»Ist in der Wäsche, hast du nochmal Glück gehabt«, sagte sie und zwickte mich in den Po.
Du aber nicht, dachte ich, denn ich hatte extra die Hose

mit den Knöpfen angezogen.
Ich kroch zu ihr, schaute in ihre braunen Augen und küsste sie. Dann spürte ich Michelles Hand an meiner Hose. Sie öffnete nacheinander die Knöpfe.
»So viele Knöpfe ...«
»Ich habe gedacht, wenn du damit ankommst, kann ich das auch.«
Ich küsste ihre zarten Lippen.
»Dann muss die jetzt schnell runter, schließlich habe ich meine auch nicht mehr an«, meinte sie sehr überzeugend.
Als meine Hose auf dem Fußboden lag, kniete ich mich über Michelle, um mit meinen Fingern, ihre Pussy zu ertasten. Schnell zog ich ihr den String aus, damit sie nicht denken würde, dass ich sie lecken wollte.
Meine Finger strichen über ihre weiche Pussy, die bereits sehr feucht war. Michelle griff mir unterdessen in die Boxershorts und massierte meinen Schwanz. Ich zögerte nicht lange und zog sie aus, sodass Michelle freie Bahn hatte und ich dieses sofort zu spüren bekam. Sie umschloss mit ihrer Hand meinen Phallus und wichste ihn langsam.
»Mhmmm«, stöhnte ich leise und genoss es.
Nach einiger Zeit richtete ich mich auf, beugte mich zu Michelle und legte meinen Schwanz auf ihre Pussy, um ihn durch ihren Schlitz zu ziehen, bis er richtig hart war. Michelle zog mich wieder zu sich und verwöhnte mich mit ihren lustvollen Küssen, die durch ihre Piercings eine besondere Intensität bekamen. Ein Gummi über den Schwanz gerollt, ließ ich ihn langsam in ihre feuchte Lustgrotte eintauchen.

»Oaar«, stöhnte ich auf, weil ihr Allerheiligstes so eng war und ich jeden Millimeter spüren konnte.
Ich hielt inne.
Michelle stöhnte laut auf, als ich sie langsam begann zu ficken. Sie hatte ihre Beine angewinkelt und das Gefühl war somit noch intensiver. Ich nahm ihre Beine auf die Schulter und fickte sie weiter.
»Oh mein Gott, hör auf! Das ist zu heftig. Das geht nicht. Die Beine wieder runter«, stöhnte sie und verzog das Gesicht.
»Wenn du dir so schöne Sachen anziehst, musst du damit rechnen«, meinte ich und küsste ihr Bein, welches vom dunklen Stoff verhüllt war.
Sie winkelte ihre Beine an und ich nahm sie langsamer.
Michelle zog mich zu sich und küsste mich, wobei ich immer wieder zustieß.
»Oooooh ... du böser Junge ...«, stöhnte sie mit einer unglaublich erotischen Stimme.
»Du süße geile Sau, du wolltest es doch so«, stöhnte ich und stieß einmal richtig zu.
Michelle stöhnte laut auf.
Dann etwas mehr, dachte ich und fickte sie schneller und heftiger. Michelle stöhnte noch lauter.
»Mhmmm, jaa, jaa«, spornte sie mich an.
Mein Becken klatschte immer wieder an ihren Po, während ich sie schneller nahm und dabei zuschaute, wie mein Luststab ihre Pussy ausfüllte. Michelle blickte zu mir hoch.
»Komm her, Süßer«, flehte sie und zog mich zu sich herunter für einen weiteren Kuss.

Ich wurde wieder langsamer. Sie zog mich ganz zu sich herunter aber ich ließ mich dadurch nicht aufhalten. Sie hatte die Augen geschlossen und ich musterte sie, versank in ihren blonden Haaren und biss ihr ein weiteres Mal sanft in den Hals.
Michelle stöhnte erneut auf. Mich wieder aufrichtend fickte ich sie, mein Schwanz war bis zum Anschlag in ihr.
»Bitte ... hör auf! Bitte ... du böser Junge ...«, flehte sie.
»Du geile Sau, du hast so eine enge Pussy«, raunte ich und stieß wieder zu, dass man es richtig hören konnte.
Das brachte weitere Seufzer aus Michelles Mund heraus. Sie bremste mich etwas, indem sie mich wieder herunterzog und mir eine Kuss gab.
»Ich finde deine Brüste richtig geil«, flüsterte ich, gab ihnen einen Kuss und richtete mich wieder auf.
Ich wusste gar nicht, was daran so schlimm war, dass sie mir diese weiblichen Reize nicht zeigen wollte. Mein Schwanz tauchte erneut in ihre Lustgrotte ein und ich musste daran denken, ihn jetzt einfach herauszuziehen und ihren nassen Schlitz mit meiner Zunge zu verwöhnen.
Aber das wollte die Dame ja nicht, dachte ich. *Dann bekommst du jetzt was anderes.*
Sofort war das Klatschen wieder zu hören, mit jedem Stoß in ihr Allerheiligstes. Michelles Stöhnen wurde immer lauter und ich konnte mich nicht mehr zurückhalten.
Laut stöhnend kam ich tief in ihr zum Orgasmus. Das Glücksgefühl überrollte mich, wobei ich Michelle tief in die dunklen Augen sah.
Grinsend gab sie mir einen Kuss, bevor ich meinen Schwanz herauszog. Sie suchte ihren String und streifte ihn

über, während ich nach meiner Boxershorts Ausschau hielt.
»Ich muss jetzt dringend eine Zigarette rauchen«, flüsterte
sie. »Gibst du mir mal meine Tasche?«
Ich suchte nach ihrer Tasche.
»Möchtest du jetzt auch was trinken?«, sagte ich lächelnd
und kannte die Antwort bereits.
»Jaahaaa.«
Die letzten fünf Minuten vom Film bekamen wir noch mit
und ich musste innerlich grinsen.
War das nicht immer so? Wir schauen einen Film und dann:
Ups, nichts mitbekommen.
Wir einigten uns darauf, gleich den nächsten Teil zu
schauen. Michelle hatte noch ihr Hemd angezogen und zugeknöpft. Ich rutschte mit ihr unter die Decke und wir
schauten wirklich den 5. Teil von SAW. Danach legte ich
noch Mirrors ein und zog mir mein T-Shirt über, bevor
ich wieder aufs Sofa zurückkehrte.
Während des Films verloren wir keine Worte und als dieser
zu Ende war, wechselte ich auf das TV-Programm. Zurück
auf dem Sofa kniete ich mich über Michelle und meinte
nur ganz trocken:
»Ich glaube, ich muss dich mal auf andere Gedanken bringen.«
Ihre zarten Lippen küssend näherte ich mich ihr und wurde mit meinen Küssen forscher. Michelle lehnte sich zurück bis wir zusammen auf dem Sofa lagen. Mit meiner
Hand über ihre Brüste streichend öffnete ich erneut die
Druckknöpfe, bis ich das Hemd zur Seite ziehen konnte
und diese freilagen.

Ihren Hals küssend wanderte ich hinab zu ihren Nippeln, um genüsslich daran zu saugen. Michelle fing leise an zu stöhnen. Ich zog sie mit ihrem Becken bis zu meinem Schwanz und massierte damit ihre Vulva.
Dann musste erneut ihr Hals dran glauben, indem ich noch einmal zubiss. Sie küssend wanderten meine Finger zu ihrer Vulva, zogen ihren String etwas zur Seite und drangen langsam in sie ein. Sie war noch sehr feucht und so tauchte ich tief in sie ein.
Michelles Hand erkundete meine Boxershorts und ich war bereits so geil, dass ich es nicht mit ansehen konnte. Ich gab ihr meinen harten Schwanz frei und trennte mich von meiner Boxershorts. Michelle wichste ihn voller Wolllust und ließ ihn anschließend langsam in ihre Lustgrotte gleiten.
Mit laszivem Blick schaute sie mir dabei zu, wie ich die ersten Male wieder in sie stieß. Es sah so aufreizend aus, dass ich am liebsten meinen Schwanz herausgezogen und ihr mitten ins Gesicht, auf ihre Brille gespritzt hätte. Mit der Brille wirkte sie auf mich wie eine Sekretärin, die ich zum Diktat gebeten hatte.
Ich beugte mich über sie und sie klammerte ihre Beine um mich. Ich wollte wieder ihre Beine auf meine Schultern nehmen, weil das Gefühl noch viel geiler war.
»Gibt es nicht«, stöhnte Michelle und zog mich wieder zu sich, weil es zu tief war.
Ich fickte sie schneller, so hart, dass mit jedem Stoß ihre Titten wippten und Michelles Flehen lauter wurde.
»Du geile Sau«, brachte ich nur heraus und stieß fester zu.
»Bitte, mhmm ... hör auf, bitte! Ich kann nicht mehr«,

keuchte sie.
Ich ließ es etwas langsamer angehen und beugte mich zu ihr herunter.
»Da musst du schon etwas mehr flehen, Süße«, flüsterte ich ihr ins Ohr und gab ihr einen Kuss.
Nutzen würde das natürlich nichts, dachte ich und wurde wieder schneller.
»Biiiittteee, hör auf! Biiitte, ich kann nicht mehr. Mhmm, du böser Junge!«, rief sie.
Aber das spornte mich nur zusätzlich an und die Stöße wurden stärker und es klatschte wieder an ihrem Po.
»Mhmmm bitte, bitteeee... aufhören...«
Ist nicht, das kannst du vergessen.
Ihre Beine umklammerten mich noch fester und ich stieß so hart und schnell zu, wie ich nur konnte.
Dafür, dass ich dich nicht lecken darf. Strafe muss sein, dachte ich.
Ihre süßen Titten wippten mit jedem Stoß mit und es sollte nicht mehr lange dauern, bis sie die nächste Ladung in ihre nasse Pussy bekommen würde.
»Mhmmm, jaaaa, ooar...«, stöhnte ich und genoss ihre Enge.
Noch ein paar Stöße und du bekommst deinen Willen.
Michelles Stöhnen war nicht zu überhören.
»Geile Sau, du... mhmmm«, stöhnte ich laut auf und kam in ihrem Allerheiligsten zu meinem Orgasmus.
Ich beugte mich zu ihr herunter und kuschelte mich an sie. Wir waren beide total außer Atem und konnten ein paar Minuten nichts sagen.
»Das gibt morgen Muskelkater« sagte Michelle grinsend.

Nachdem wir uns etwas übergezogen hatten, schauten wir noch eine DVD und gingen danach ins Bett, weil es bereits sehr spät war.

Am nächsten Tag wachte ich gegen Mittag auf. Michelle lag neben mir unter ihrer Decke und war noch fest am schlafen.

Ich drehte mich zu ihr und beobachtete sie dabei. Ihre hellblonden langen Haare lagen auf dem blauen Satinkissen, ihr Gesicht hatte sie zur anderen Seite gedreht. Ich musste an den Abend zuvor und den geilen Sex denken.

Es dauerte nicht lange und ich bekam etwas Lust auf mehr. Ich rutschte vorsichtig zu ihr unter die Decke. Sie schlief und rührte sich nicht. Mit meiner Hand über ihren Po streichend zog ich sie an mich, um meinen harten Schwanz an ihren Po zu drücken. Meine Hand fand den Weg unter ihre Shorts und strich über ihren Tanga zwischen den Beinen entlang.

Michelle zog ihre Beine ein wenig auseinander, schlief aber immer noch tief und fest. Ich massierte ihre Pussy durch ihren String und wartete etwas ab. Dann zog ich die Hand etwas zurück und vergrub sie unter ihrem String, um die weiche Haut zu erspüren und weiter zu ihrer Vulva zu wandern. Vorsichtig drang ich mit den Fingern in sie ein. Nach kurzer Zeit war Michelle feucht, sie schlief aber immer noch und bekam nichts davon mit. Leider. Oder auch nicht?

Ich grinste.

Ich stieß noch einmal tief mit meinen Fingern in ihre Pussy hinein und zog sie dann heraus.

Lecken darf ich dich nicht, Baby aber dass ich dich jetzt probiere, dagegen kannst du nichts unternehmen.
Genüsslich leckte ich meine Finger ab.
Was sie nur hatte? Mein Geschmack war es auf jeden Fall. Sie an mich ziehend griff ich unter ihr Shirt, um ihre Brüste zu kneten.
Ich malte mir aus, wie ich von hinten immer wieder in ihre Pussy eintauchte, Michelle laut stöhnte, es sei ihr viel zu tief und flehte aufzuhören. Ich stieß aber wieder zu, ihren schönen Rücken vor mir und die langen hellblonden Haare. Sie würde ihren Kopf kurz heben und ich könnte ihr süßes Gesicht im Spiegel sehen.
Sie würde noch weiterflehen und irgendwann würde ich meinen Schwanz aus ihrer nassen Pussy ziehen, ums Bett herum gehen, mich direkt vor ihr Gesicht stellen und ihr meinen harten Schwanz zwischen ihre weichen Lippen schieben. Dann würde ich langsam ihren Mund ficken und ihr dabei in die langen Haare greifen. Immer wieder würde ich ihn hineinschieben bis sie bereit wäre, ihn bis zum Anschlag in ihre Kehle aufzunehmen.
Jetzt könntest du aber langsam mal aufwachen, Baby! Ich hätte nicht übel Lust, dich jetzt wirklich auf allen Vieren auf dem Bett vorm Spiegel schön durchzuficken, schoss es mir durch den Kopf.
Aber Madame zog es vor weiter zu schlafen. Ich knetete ihre Brüste noch fester und fuhr über ihre harten Nippel.
Wach endlich auf, du Sau...
Ich küsste ihre Schulterblätter aber Michelle schlief so fest.
Dann werde ich dich nochmal fingern und deinen Saft lecken, beschloss ich.

Kurze Zeit später vergrub sich meine Hand wieder in ihrer nassen Pussy und meine Finger fickten sie mit schmatzenden Geräuschen. Nach ein paar Minuten wurde ich noch dreister und zupfte an ihrer Shorts und zog sie so weit es ging herunter. Aber dummerweise lag sie auf der anderen Seite darauf und ich versuchte sie irgendwie herunterzuziehen.
»Lass das«, zischte Michelle.
Aah, auch mal wach, dachte ich und bemerkte, dass sie sich dafür wohl gerade den schlechtesten Zeitpunkt ausgesucht hatte.
Kurze Zeit später saß sie dann auf der Bettkante, mir den Rücken zugewandt.
War sie nun beleidigt, oder war das ein Spiel von ihr? Sollte ich sie nun erobern und sie mir einfach nehmen? So wie sie es gestern wollte?
Ein weiteres »Lass es« verunsicherte mich noch mehr und ich ließ es dabei. Nach einer Dusche traf ich Michelle rauchend im Wohnzimmer an.
»Es ist schon ziemlich spät, bringst du mich nach Hause?«
»Kein Problem«, meinte ich und wir brachen auf.
Im Auto sagte sie kaum ein Wort. Klar, hatten wir gestern unseren Spaß aber warum sie morgens so komisch war, konnte ich nicht nachvollziehen.
Die Verabschiedung fiel sehr kühl aus und danach brach der Kontakt ab. Ich fand es sehr schade. Dieses Erlebnis blieb mir lange im Kopf und ich hätte es gerne ein zweites oder drittes Mal erlebt.
Ungefähr einen Monat nach dem Treffen fand ich auf meinem Blog einen Kommentar unter dem Erlebnis:

Lass die Finger von meiner Freundin, sonst kannst du etwas erleben. Ich werde dich zusammenschlagen, wenn du dich noch einmal mit ihr triffst.

Da ich noch Michelles Kontakt hatte, fragte ich sie, ob sie einen neuen Freund hatte und wie es sein könnte, dass er das wissen könnte. Es kam nur ein »Ich regele das.« zurück und damit war das Thema erledigt.
Ich grübelte trotzdem.
Wie kam der Typ auf meine Seite und erkannte sofort Michelle? Hatte sie den Link oder die Geschichte irgendwo gespeichert? Aber warum dachte er, dass wir uns nochmal treffen würden?
Irgendwann schloss ich das Kapitel ab und dachte daran, was mir mit den letzten zwei Damen passiert war.
Es war Ende des Jahres, als mein Kontakt zu Melanie wieder intensiver wurde. Unsere Unterhaltung verlief wieder in eine Richtung: Wir wollten uns Anfang des Jahres erneut treffen. Es war wieder das Gefühl der Vertrautheit, was uns dazu trieb. Das es dieses Mal zum letzten Mal sein würde, konnten wir noch nicht wissen.

Spiele der Sehnsucht

Ich hatte in Hamburg wieder geschäftliche Termine zu erledigen und nachdem ich im Hotel eingecheckt hatte, ging ich zu unserem Treffpunkt am Bahnhof.
Leider hatte alles etwas länger gedauert und ich sah schon von Weitem, dass Melanie auf mich wartete.
Wir umarmten uns zu Begrüßung.
»Hi, tut mir leid, dass es länger gedauert hat«, entschuldigte ich mich.
»Hi. Das ist nicht so schlimm. Durch die Stadt zu kommen ist in der Feierabendzeit nicht einfach.«
»Was machen wir jetzt?«
»Wie wäre es mit einem Kaffee?«
»Gute Idee«, stimmte ich zu und wir gingen ins nächste Café, um uns zwischen den vielen Menschen einen Platz zu suchen und etwas zu bestellen.
Ich atmete tief durch und versuchte nach dem Stress zu entspannen. Wir erzählten uns die Neuigkeiten der letzten Monate, so verging ungefähr eine Stunde. Ich erfuhr, dass sie in der Zwischenzeit mal einen Freund hatte und dieser sehr komische Eigenarten besaß, weswegen ihm Melanie kurzerhand den Laufpass gab. Bei ihren Erzählungen gab es viel zu lachen und so rannte die Zeit sehr schnell.
»Was machen wir als nächstes? Schlag mal was vor! Ich komm gleich wieder«, meinte Melanie, stand auf und ging in Richtung Toilette.
Ich bezahlte inzwischen und machte mir Gedanken. Kurze Zeit später kam Melanie zurück.

»Und was hast du für eine Idee?«, fragte sie gespannt.
»Ich weiß nicht, was meinst du? Ich kenne hier ja auch nichts«, entgegnete ich.
»Ja, so viel gibt es hier auch nicht.«
Hier gibt es nichts? Wir sind in Hamburg, dachte ich mir.
Sie blickte mich eindringlich mit ihren braunen Augen an.
»Ich hätte ja einen Vorschlag: Wir gehen ins Hotel. Aber das magst du bestimmt nicht«, sagte ich grinsend.
Da hatte ich was gesagt!
»Nein, ich glaube nicht. Ich weiß ja, was dann passiert«, meinte sie lachend und musste sicherlich an die letzten beiden Treffen denken.
Dann frage ich mich, warum du sagst, in Hamburg gibt es nichts zu sehen, dachte ich.
»Ach, so schlimm bin ich doch nicht. Ich kann auch ganz lieb sein«, versuchte ich mich herauszureden.
»Mhmmmm. Ich kenne dich ja schon etwas«, entgegnete sie. »Das nehme ich dir nicht ab!«
»Doch, ich kann auch lieb sein.«
»Ich glaube, wir gehen erst einmal hinaus und schauen mal«, konterte Melanie.
Außerhalb des Bahnhofs war es ziemlich windig und nass, das hinderte uns nicht daran, etwas spazieren zu gehen.
»Ist dir kalt?«, fragte ich.
»Ja, etwas …«, bekam ich zu hören.
Ich legte meinen Arm um sie und zog sie zu mir, während wir weitergingen.
»Das ist aber die falsche Richtung, das Hotel ist da hinten«, neckte ich sie.

»Ja, dann ist das wohl genau die richtige Richtung«, entgegnete Melanie frech.
Ich zog sie wieder an mich und wir schlenderten Arm in Arm weiter.
»Im Hotel ist es wärmer, wollte ich nur anmerken«, sagte ich trocken.
Sie schaute mich ernst an.
»Nerv ich schon?«, fragte ich grinsend.
»Nein, aber wenn du so weiter machst, könntest du sogar noch Erfolg haben.«
Dann werde ich sicherlich weitermachen, dachte ich.
Ein paar Minuten später drehten wir um und schlenderten Richtung Hotel.
»Komm doch einfach mit«, setzte ich nach.
»Ich muss aber morgen wieder früh raus. So lang kann ich nicht bleiben«, entgegnete sie, nahm aber doch den Weg mit mir ins Hotel.
Sie konnte nicht widerstehen.
Nach einigen Minuten waren wir am Hotel angekommen, der Kerl an der Rezeption guckte etwas verdattert, denn ich hatte ja vorher mit meinem Kollegen eingecheckt und jetzt stand da so eine nette Dame neben mir.
Wir fuhren mit dem Fahrstuhl hoch ins Zimmer.
»Ist nicht groß hier«, meinte ich und schaute sie an.
»Aber besser als das andere Hotel letztes Mal«, erwiderte sie.
»Wir können ja mal schauen, ob der Fernseher hier geht«, sagte ich und lachte.
Melanie schaute mich total gespannt an, weil sie daran dachte, was beim letzten Mal danach passierte.

Der Fernseher funktionierte und wir setzten uns aufs Bett. Melanie hielt etwas Abstand, aber ich begann sie zu necken und zu kitzeln. Nach ein paar Minuten hatte ich bereits meinen Arm um sie gelegt und schaute ihr direkt in ihre braunen Augen.

Wenn nicht jetzt, wann dann, dachte ich und gab ihr einen kurzen Kuss.

Sie erwiderte meinen Kuss und ich nahm diesen zum Anlass, um noch forscher vorzugehen. Ihre weichen Lippen schmeckten nach mehr. Melanie kuschelte sich an mich und langsam fand meine Zungenspitze ihren Weg durch ihre Lippen. Ich zog sie noch weiter an mich und unsere Küsse wurden wilder. An ihrer Unterlippe saugend fuhr ich mit einer Hand durch ihre dunklen langen Haare.

Sollte ich nun wirklich weitermachen? Vor einer Stunde war sie nicht so begeistert von der Idee.

Melanie kam mir jedoch im nächsten Moment näher und so schob ich meine Zweifel beiseite. Ich holte sie etwas weiter aufs Bett und legte meine Schuhe ab.

Meine Lippen wichen nicht von ihren, als ich mich wieder an sie schmiegte. Vorsichtig massierte ich ihre Vulva mit meinem Bein, welches ich zwischen ihren Schenkel positionierte. Ich konnte ihr Verlangen und die Hingabe spüren, ihre Küsse wurden fordernder und sie näherte sich mir. Meine Hände wanderten von ihrem Rücken zu ihren festen Brüsten, die ich genüsslich knetete. Ihre Zunge vergrub sich bei den Küssen immer mehr in meinem Mund. Ich schob Melanie auf mich und streifte ihr Oberteil über den Kopf.

Unter ihre Jeans greifend fühlte ich ihren Po und das kleine bisschen Stoff ihres Tangas, welches ich hochzog, damit das Vorderteil ihre Lippen teilte.

Melanie gab ein wohlklingendes Stöhnen von sich. Ich konnte mich kaum noch beherrschen und griff fest in ihre Pobacken.

Nachdem ich ihr Shirt abgestreift hatte, kam ihr schwarzer verzierter BH zum Vorschein. Sie zu mir herunterziehend küsste ich sie fordernd und öffnete die Haken ihres BH, der von ihren Schultern rutschte. Ihre schönen festen Brüste erhielten natürlich gleich meine Aufmerksamkeit und ich vergrub mich mit meinem Mund darin, um sie zu lecken und sie zu liebkosen.

Melanies Hände fanden ihren Weg mit etwas Hilfe zu meinem Hemd und knöpften es auf. Ich leckte ihre Knospen, als sie mir das Hemd abstreifte und sich an meiner Hose zu schaffen machte. Dann war es soweit und ich lag nur noch in Boxershorts auf dem Bett. Melanie rutschte mit ihrer Hand herunter und begann meinen Schwanz zu wichsen, bis er richtig hart war. Während ich leise vor Erregung stöhnte, musterte sie mich und genoss anscheinend den Anblick.

Sex mit dem Ex. Man weiß genau, was der andere gut findet und wie man ihn überzeugen kann.

Den Knopf ihrer Jeans öffnend vergrub ich meine Hand unter ihrem Tanga. Ich konnte spüren, dass sie nicht rasiert war und kurze Haare hervorstanden. Weiter kam ich aber gar nicht, weil Melanie meine Hand zurücknahm. Wir küssten uns weiter und ich griff an ihren Po.

»Ich würde dich gerne lecken ...«, stöhnte ich ihr leise ins

Ohr.

»Mhm, das kannst du vergessen. Ich habe da im Moment so ein Frauenproblem.«

Ich seufzte.

Jetzt war man schon hier, lag zusammen fast nackt im Bett und war kurz vorm Ziel und dann das.

Melanie rutschte etwas herunter, bis mein Schwanz zwischen ihren Titten lag und schaute mich grinsend an.

Was jetzt kommt, wird dir auch gefallen, Süßer, sagte ihr Lächeln.

Da ich dort breitbeinig lag, stieß mein Schwanz genau zwischen ihren Brüsten hervor. Melanie rutschte langsam hoch und wieder herunter. Ich genoss es, wie ihre Brüste meinen Schwanz umschlossen und sie ihn fickten.

Ihre Bewegungen wurden schneller und ich half noch etwas mit, drückte die beiden zusammen, um noch mehr zu spüren.

Nach ein paar Minuten kam sie wieder zu mir hoch, küsste mich und strich mit ihrer Hand über meinen Bauch, bis sie am Schwanz angekommen war. Ihn in die Hand nehmend begann sie ihn hart und schnell zu wichsen.

Ich stöhnte laut, weil sie nicht aufhörte und mich damit richtig geil machte. Den Augenblick genießend schloss ich die Augen. Melanie ließ nicht nach und wenig später kam ich, spritzte ihr meinen Saft über die Hand und den Bauch. Melanie lächelte.

»Na, war´s schön?«

»Ja, nur schade, dass ich mich nicht revanchieren kann«, hauchte ich außer Atem.

»Das macht nichts. Du weißt doch, dass mir das hier genauso viel Spaß bereitet«, meinte sie, stand auf und ging ins Bad.
Nachdem sie wieder im Zimmer war, zogen wir uns schnell an, da Melanie mit der nächsten Bahn nach Hause musste und es schon ziemlich spät war.
Als wir uns am Bahnhof verabschiedeten, wusste ich nicht, dass dieses unser letztes Treffen sein sollte. Melanie und ich blieben zwar in Kontakt, aber sie fand ihren Partner und so war unser Kontakt nur noch freundschaftlich. Als die beiden zusammenzogen und heirateten riss unser Kontakt endgültig ab.

Wildes Abenteuer

In meinem Haus hatte ich mich mittlerweile gut eingelebt. Die letzten Baustellen waren beseitigt und mein großer Garten nahm Gestalt an. Weil ich auf dem Land lebte und sehr viel Platz hatte, entschied ich mich, einen Schwimmteich zu bauen. Die nächsten Nachbarn waren etwas entfernt und so konnte ich künftig mit meinem Besuch im Sommer ein kühles Bad nehmen.
Mit meinem Blog lief es ebenfalls gut. Die Besucher wurden immer mehr und die Bewerbungen stiegen ebenfalls. Viele Bewerbungen entsprachen jedoch nicht meinem Geschmack, weil sie nur einen Satz enthielten. Schrieb man zurück, erhielt man zudem selten eine Antwort. Aus die-

sem Grund entschied ich mich, ein Bewerbungsformular zu erstellen. Dadurch wurden die Bewerbungen zwar weniger, aber diese waren ernst gemeint.
Eine der neuen Bewerberinnen war Verena. Es war bereits drei Wochen her, als sie sich beworben hatte und seitdem schrieben wir uns. Es gab sogar zwei längere Telefonate, in welchen wir uns für ein Wochenende bei ihr verabredeten.
Am Freitagabend machte ich mich mit dem Zug auf den Weg nach Frankfurt. Während der Fahrt schrieben wir uns, sie hatte nachmittags nach der Arbeit noch einen Bummel durch die Stadt geplant und wollte mich danach am Bahnhof abholen.
Als ich aus dem Zug stieg, wartete sie am Bahnsteig und kam auf mich zu. Ich hatte sie mit ihren langen schwarzen Haaren gleich erkannt.
Wir umarmten und begrüßten uns mit einem flüchtigen Kuss. Anschließend verließen wir den Bahnsteig und kämpften uns durch die Menschenmassen am Bahnhof. Ein Freitag war halt keine gute Zeit zum Reisen. Draußen angekommen ging es zum Parkplatz durch ein paar Seitenstraßen zu ihrem Auto.
»Ist nicht mehr weit ...«, entschuldigte sich Verena, »hier am Bahnhof ist immer so ein Chaos.«
»Ist ja auch Frankfurt«, murmelte ich.
Endlich waren wir an ihrem Auto angekommen und nachdem wir ihre Tüten und meine Tasche verstaut hatten, ging es quer durch Frankfurt.
»Ich muss noch bei einer Freundin vorbei, soll ihr etwas aus der Stadt mitbringen«, informierte mich Verena.

»Kein Problem«, stimmte ich zu und musterte sie, während sie Auto fuhr.
Ihre grünen Augen konzentrierten sich auf dem Verkehr.
An der nächsten Ampel standen wir und sie schaute zu mir herüber.
»Warum schaust du mich die ganze Zeit so an?«, fragte sie mich.
Ich beugte mich zu ihr herüber und gab ihr einen Kuss auf ihre schmalen Lippen.
»Deswegen«, entgegnete ich und grinste.
Sie lächelte und als es grün wurde, fuhr sie weiter.
Fünf Minuten später standen wir vor der Wohnung ihrer Freundin. Sie kam bereits aus dem Haus und wir erzählten noch ein paar Minuten, bevor es weiter ging.
»Wünsche euch viel Spaß«, meinte sie, als wir uns verabschiedeten.
Anscheinend wusste sie Bescheid, warum ich hier war. Ganz schön frech von Verena.
Da Verena und ich noch Hunger hatten, beschlossen wir beim nächsten McDonald's anzuhalten und dort etwas zu essen.
Eine halbe Stunde später waren wir schließlich in ihrer Wohnung angekommen. Ich stellte meine Sachen in eine Ecke und Verena kümmerte sich im Wohnzimmer darum, dass es gemütlich wurde. Als ich reinkam, hatte sie einige Kerzen angezündet und der Fernseher lief. Sie kam auf mich zu und gab mir einen langen Kuss. Mit so einem Überfall hatte ich nicht gerechnet, erst recht nicht, dass sie mich anschließend stürmisch auf ihr Sofa schob.

Dieses war sehr groß und ebenfalls rot, ähnlich wie das von mir. Nach dem langen Kuss kuschelten wir uns aneinander und schauten TV. Da unsere Hände jedoch auf Erkundungstour gingen, war es schwer dem Programm zu folgen. Verenas Hand strich über meinen Bauch und ließ sich auch nicht von meiner Jeans abhalten.

Sie öffnete den Gürtel und die Knöpfe, um mit ihrer Hand über den harten Schwanz in meiner Boxershorts zu fahren. Meine Hand strich über ihre Brüste und nach den nächsten wilden Küssen saß Verena auf mir.

Ihre heißen Küsse waren wirklich der Wahnsinn. Der Kuss wollte gar nicht enden, unsere Zungen spielten ein paar Minuten miteinander, während unsere Hände den anderen Körper erkundeten. Ich knöpfte Verenas dünne Jacke auf und streifte sie von ihrem Oberkörper.

Danach schob ich ihr Top nach oben und zog es ihr ebenfalls aus. Mein Bein massierte unterdessen ihre Pussy und Verenas Augen wurden immer größer. Sie beugte sich zu mir herunter und ihre langen schwarzen Haare fielen mir ins Gesicht. Meine Hand fuhr in dem Moment über ihren Rücken und öffnete ihren BH. Ihr süßer Duft betörte mich.

»Nein, nicht so einfach«, wollte mich Verena bremsen aber da war es schon geschehen.

»Upps, zu spät«, sagte ich grinsend.

»Solltest du doch mit den Zähnen und nicht so einfach mit den Fingern aufmachen«, entgegnete sie frech.

Aber kaum hatte sie ihren Satz zu Ende gesprochen, rutschte ihren Lippen bereits der erste Seufzer heraus, weil ich an ihren harten Nippel saugte.

»Mhmm, du Ferkel ...«, kommentierte sie mein Vorgehen. Meine Zungenspitze spielte weiter an ihren großen Brustwarzen und meine Hand gab ihr unterdessen einen Klaps auf den Po. Ihr Becken auf meinen Schwanz kreisend verwöhnte sie mich.

»Mhmm ...«, brachte ich nur heraus und gab ihr zu verstehen, dass es mir gefiel.

Verena hatte mein Hemd schnell aufgeknöpft und von meinem Oberkörper abgestreift. Ihr lasziver Blick verriet, dass sie nur ein Ziel hatte. Wir wechselten die Positionen und sie lag danach unten. Ich streifte ihre schwarze Strumpfhose und danach ihren Tanga ab. Verena hielt die Augen geschlossen und genoss die Berührungen auf ihrer Haut.

Nach unten rutschend schob ich ihre Beine etwas auseinander und konnte den Anblick ihrer nackten glattrasierten Pussy genießen. Ihre inneren Lippen glänzten vor Vorfreude als zwei meiner Finger hineinglitten und sie langsam fingerten.

Verena stöhnte leise auf, während meine Zungenspitze über ihre Klit wanderte und meine Finger sie in einem gleichmäßigen Rhythmus fickten. Ich saugte mit meinen Lippen an ihrer Perle und begann dann ihre ganze Pussy zu lecken, diesen süß-bitteren Saft aufzusaugen und sie dabei weiter zu fingern.

Verenas Stöhnen wurde lauter. Ihre Hand drückte meinen Kopf förmlich in ihre Vulva und verlangte nach mehr. Sie leckend nahm ich noch einen dritten Finger dazu, um sie tiefer zu stoßen.

»Komm her, ich will jetzt deinen Schwanz, du Ferkel«, fuhr sie mich an und zog mich an den Haaren nach oben. Verena knöpfte meine Hose auf, zog sie mir aus und wartete nicht lange auf den nächsten Schritt. Meine Boxershorts fand den Weg auf den Fußboden.
Mit glänzenden Augen wichste sie meinen Schwanz, der nun vor ihr lag, bis er richtig hart war.
»Jaaa«, stöhnte ich nur und ihre Bewegungen wurden immer schneller.
Sie holte ein Gummi hervor und rollte es mir über den harten Schwanz. Ich beugte mich über sie, gab ihr einen Kuss und zog sie an mich. Verena legte ihre Beine auf meine Schultern und ich stieß mit meinem harten Schwanz in ihre nasse Pussy.
Verena stöhnte laut auf.
Das wolltest du doch so, dachte ich und bemerkte im gleichen Augenblick, dass sie extrem eng war.
Ein richtig geiles Gefühl, dich so sehr zu spüren.
Aber ich musste mich sehr zurückhalten.
»Das ist so tief, mach weiter... härter, bitte ...«, flehte sie.
Ich kam ihrer Aufforderung nach, nahm sie härter und ließ meinen Schwanz bis zum Anschlag hineingleiten. Immer wieder bohrte sich mein Ständer in ihr Innerstes.
Verenas Augen weiteten sich und sie hatte den Mund ein wenig geöffnet, sodass ihr Stöhnen lauter wurde. Ihre Brüste wippten mit jedem Stoß auf und ab.
»Mhmm ... noch härter«, flehte sie weiter.
Ich stieß noch heftiger und schneller zu. Ihre Augen waren so weit aufgerissen, dass es fast schon unheimlich war. Aber ich liebte diese großen Augen. Mit jedem Stoß klatschte es

lauter an es ihren Oberschenkeln. Eine Welle von Glücksgefühlen überrollte mich und ich kam tief in ihrer Pussy.
»Jaahaaa ...«, stöhnte ich laut auf.
Verena setzte sich auf und gab mir einen langen Zungenkuss. Sie schaute mich wieder mit den großen Augen an.
»Lass uns ins Schlafzimmer gehen. Das Bett ist mindestens genauso groß wie das Sofa«, meinte sie lächelnd und nahm meine Hand.
Sie führte mich eine Tür weiter ins Schlafzimmer und schaltete das kleine Licht an.
»Ich komm gleich wieder, muss nur noch mal nach nebenan. Mach es dir schon mal gemütlich.«
Mich umschauend zog ich mir meine Sachen aus und machte es mir im großen Bett gemütlich. Ein gutes Eisengestell musste ich feststellen, als ich dort im Bett lag. Das dürfte einiges aushalten. Auf ihrem Nachttisch lagen zwei Handschellen.
Jetzt wurden meine Augen groß.
Das hatte bestimmt nichts zu bedeuten. Ich schaute mich noch weiter um. Mittlerweile war Verena doch schon einige Minuten weg und ich fragte mich langsam, was sie noch trieb. Dann öffnete sie endlich die Tür.
Verena stand vor mir mit einem rot-schwarzen BH, Strapsen und schwarzen Strümpfen. Sie kam aufs Bett und setzte sich grinsend auf mich, ihre Beine weit gespreizt, sodass ich auf ihre glatt rasierte Vulva schauen konnte. Anschließend beugte sie sich zu mir herunter und gab mir einen Kuss.
Mit den Worten »Gut, dass du schon fast alles ausgezogen hast« nahm sie die Handschellen vom Nachttisch und fes-

selte mich damit an ihrem Bett. Ein paar Sekunden später hatte sie meine Boxershorts ausgezogen und setzte sich auf meinen Schwanz, um ihn mit ihrer Pussy zu massieren. Sich zu mir herunter beugend zog sie ihren BH etwas zur Seite und drückte mir ihre großen Nippel ins Gesicht.
»Die gefielen dir doch vorhin schon so. Dann gib dir mal Mühe!« forderte sie frech.
Ich begann ihre Nippel zu lutschen, während sie mit ihrem Becken meinen Schwanz massierte.
»Mhm, genug jetzt mit der Spielerei!«, fuhr sie mich an und griff mit einer Hand zu meinen Schwanz, um ihn in ihrer nassen Pussy zu versenken. Ihr Spiel gefiel mir.
Sich mit beiden Händen an dem Eisengestell festhaltend ritt sie mich lustvoll und langsam, sodass ich jede Bewegung spüren konnte. In ihrer Erregung steigerte sie sich mit dem Tempo. Stöhnend gab sie ihrer Lust freien Lauf, wobei ich ihr am liebsten ein paar Schläge auf den Po gegeben hätte, aber ich lag da, gefesselt und völlig wehrlos.
Verena lehnte sich zurück und verwöhnte meinen Schwanz mit kreisenden Bewegungen ihres Beckens. Ich schaute ihr zu, wie ihre schwarzen Haare nach hinten fielen und sie laut stöhnte. Sie setzte sich nach ein paar Minuten wieder aufrecht hin und ritt mich weiter. Dann blieb sie auf einmal sitzen, löste die Handschellen von meinen Handgelenken und ließ meinen Schwanz aus ihrer Pussy.
Ich war etwas verwirrt. Was hatte sie jetzt vor?
»Den Rest gibst du mir jetzt, Süßer.«
Sie drehte sich um und begab sich auf allen Vieren, wobei sie die Hände an den Eisenstäben platzierte, an denen die Handschellen hingen. Ich überlegte nicht lange und legte

ihr die Handschellen an. Mit meiner Hand fuhr ich über ihren Rücken, den Strapsgürtel entlang bis zu den Strümpfen.
Ich holte aus und gab ihr einen ordentlichen Klaps auf ihren Po.
Verena stöhnte laut auf. Das war so geil, dass ich es auf der anderen Seite wiederholte.
»Mhm, was machst du da?«, stöhnte Verena. »Fick mich endlich!«
Ich kniete bereits hinter ihr und so stieß ich meinen Schwanz in ihre nasse Pussy, während meine Hände an ihren Hüften lagen. Ich stieß richtig fest zu, dass es mit jedem Mal laut klatschte.
Verena stöhnte laut auf.
Sie noch schneller nehmend vergrub Verena ihr Gesicht im Kissen. Ihr Stöhnen war nun leiser, bis sie wieder ihren Kopf anhob.
»Noch mehr! Härter! Bitteeee ...«, flehte sie.
Mit meiner Hand fuhr ich über ihren Rücken und stieß hart zu. Ich spürte ihre Tiefe, die wohlige Wärme, die mich meinem Höhepunkt entgegentrug. Verenas lustvolle Laute spornten mich so an, dass ich wenige Augenblicke später tief in ihrem Allerheiligsten kam.
Wir waren beide völlig außer Atem und als ich Verena von den Handschellen befreite, rutschte sie in meine Arme und klammerte sich an mich.
»Das war schön«, flüsterte sie und hatte dabei noch immer dieses Funkeln in den Augen.

Es war mittlerweile der zweite Abend in Frankfurt angebrochen. Verena und ich hatten zusammen ein Gericht mit Nudeln gekocht und einen Salat zubereitet.
Wir saßen auf dem Sofa, vorm Fernseher, und zappten durch die Programme. Nach dem Essen kuschelten wir einige Zeit, bevor Verena im Badezimmer verschwand. Natürlich konnte ich mir denken, was sie vorhatte.
Als sie wiederkam, hatte sie nur ein weißes Oberteil an und unten war ihre Strumpfhose zu sehen.
Innerlich grinsend schoss mir ein Gedanke durch den Kopf: Vor ein paar Tagen sprach sie davon, dass sie sich ein paar richtig versaute Dessous gekauft hatte und fragte mich, ob ich schon neugierig wäre, diese an ihr zu sehen. Da bereits der zweite Abend war und ich am nächsten Morgen wieder fahren würde, konnte ich natürlich eins und eins zusammenzählen. Sie kniete sich auf das Sofa und überfiel mich sogleich mit einem Kuss. Dabei glitzerten ihre grünen Augen und ohne eine Frage aufkommen zu lassen, ging es mit den Annäherungsversuchen weiter.
Als ich ihr das Oberteil über den Kopf zog, sah ich, warum das erste Teil der Unterwäsche schon richtig böse war. Der schwarze BH war auf jeder Brust unterteilt und mit einem Schleifchen versehen. Durch die beiden Schlitze stießen ihre harten Nippel heraus. Ich beugte mich nach vorne und lutschte sie. Verena stöhnte auf.
»Habe ich mir doch gedacht, dass dir so etwas gefällt.«
»Deine großen Nippel sind auch perfekt dafür«, stöhnte ich erregt.
»Deswegen hab ich es ja auch gekauft«, entgegnete sie und stieß mich zurück.

Ungeduldig streifte Verena mein Oberteil, das T-Shirt und die Hose ab. Dann folgten weitere wilde Küsse. Mich hielt nichts mehr zurück. Ihren BH zur Seite schiebend liebkoste ich ihre festen Brüste. Als nächstes strich ich ihr die Strumpfhose von der weichen Haut. Zum Vorschein kam ein String, der wie der BH, in der Mitte einen Schlitz hatte und auch hier mit einer Schleife zusammengehalten wurde. Meine Finger strichen darüber und glitten durch das Stoffloch in ihre feuchte Pussy.
Langsam fingerte ich sie und Verena stöhnte auf. Sie war bereits feucht, sodass ihre Schamlippen schmatzende Geräusche von sich gaben, als ich sie mit den Fingern fickte. Ihre Hände vergruben sich in meiner Boxershorts und umfassten meinen harten Schwanz. Fordernd massierte sie ihn, während ich mich ihrer Vulva widmete.
Nach ein paar Minuten drehten wir uns und Verena setzte sich auf mich. Mein harter Phallus drang zwischen dem Stoff hindurch in ihr Allerheiligstes. Sie fing gar nicht erst langsam an, sondern ritt mich gleich hart und wild. Es war einfach ein geiler Anblick, wie mein Ständer sich durch das Stoffloch in ihre Pussy bohrte und Verena dabei laut stöhnte.
»Das ist geil, mach weiter«, stöhnte ich.
Sie wurde etwas langsamer und beugte mich zu mir, um sich abzustützen.
Ihre weichen Brüste knetend lutschte ich an ihren harten Nippel. Verenas Bewegungen wurden erneut schneller und ich schlug ihr mit der flachen Hand ordentlich auf den Po, sodass es laut klatschte.
Verena stöhnte lauter.

Nach einem weiteren Klaps war sie angespornt und ritt meinen Schwanz wieder so hart wie am Anfang. Einige lustvolle Minuten später beugte Verena sich zu mir herunter, stützte sich ab und hielt inne.
Ich wollte aber mehr und stieß von unten in ihre Lustgrotte, immer wieder durch den Schlitz der neuen Unterwäsche.
»Mhmmm, ich kann gleich nicht mehr. Bekommst du denn gar nicht genug?«, stöhnte sie außer Atem.
Ich grinste dreckig und nahm sie weiter. Verena beugte sich zu mir herunter und biss mir in den Hals. Ein Mal, zwei Mal und noch ein drittes Mal, während ich von unten immer wieder in sie stieß.
Ihre großen Augen waren weit aufgerissen und ihr Mund ein bisschen geöffnet, während sie stöhnte.
Ein sexy Anblick.
Ihre langen Fingernägel fuhren über meine Brust und krallten sich darin fest. Ich griff ihr in die Haare und zog sie zu mir.
»Das wird dir nicht helfen, mein Miststück!«, fuhr ich sie an und stieß noch härter zu.
»Biiitte, ich kann nicht mehr ...«, flehte sie.
Ich umfasste ihren Po und stieß sie noch einmal schnell und hart von unten. Verena lehnte sich nach hinten und gab mir wieder eine Einsicht wie mein Schwanz ihren sexy String durchbohrte, verziert mit dieser pinken Schleife, die die beiden Hälften des Strings zusammenhielt. Verena trug mich mit ihrem Anblick und der Enge langsam zu meinem Höhepunkt. Es war wie bei einer Achterbahnfahrt. Ich spürte wie ich dem höchsten Punkt vom Turm immer nä-

her kam und dann kam ich und das Glücksgefühl berauschte mich in Wellen. Hoch und nieder, das Ganze noch einmal und dabei raste mein Herz wie wild. Langsam beruhigte ich mich, konnte meinen Blick aber nicht von Verenas Wäsche lassen.
»Da hat der Herr ja jetzt schön was zum Gucken, was?!« stellte Verena fest und legte dabei ein dreckiges Grinsen auf.
»Deinen String kannst du jetzt aber erst einmal in die Wäsche geben«, meinte ich amüsiert.
»Deine Brust sieht aber auch nicht schlecht aus«, konterte Verena verzückt.
»Nur ein paar rote Streifen. Wer da wohl dran schuld ist?«
Ich nahm eine Hand, griff in ihre Haare und zog sie zu mir. Mit zwei Fingern strich ich durch ihre nasse Pussy und hielt ihr die Finger vor den Mund.
»Ablecken, wenn du schon so frech bist!«, sagte ich streng zu ihr.
Sie ließ die Finger in ihren Mund und leckte sie genüsslich ab. Dabei schaute sie mich mit ihren grünen, aufgerissenen Augen an.
»Ist der Herr jetzt zufrieden?«, gab sie frech von sich.
»Voll und ganz«, antwortete ich grinsend.
Trotz meiner Befriedigung erregte mich diese Situation so sehr, dass ich erneut über Verena herfiel. Ich genoss es, sie dazu zu zwingen, ihre Lusttropfen zu lecken und ihr immer wieder den Po zu versohlen. Verena gab sich manchmal dominant, manchmal devot. Das machte mich neugierig und mein Unterbewusstsein verlangte nach mehr von diesen Erfahrungen.

Es sollte jedoch noch etwas dauern, bis mir bewusst gemacht wurde, dass sich meine Vorlieben beim Sex verändern sollten.
Verena und ich genossen die letzten Stunden, bevor sie mich zum Bahnhof brachte. Der Abschied fiel überraschend kühl aus. Da wir nur ein Wochenende miteinander verbrachten, schockte mich dieses zwar nicht aber etwas irritiert war ich schon.
Nachdem ich das Erlebnis in meinem Blog gepostet hatte, bedankte sich Verena bei mir. Der Kontakt riss jedoch danach ab.
Ich akzeptierte es und setzte meine Suche nach neuen Abenteuern fort. Dazu hielt ich meine Augen immer offen.

Geblickfickt

Die Messesaison hatte wieder begonnen und dieses Wochenende verschlug es mich nach Dortmund. Abends ging ich mit meinem Kollegen in die Stadt, um etwas zu essen. Am ersten Abend waren wir in einem deutschen Restaurant und am folgenden gingen wir zu einem Chinesen. Dieser war in der Nähe vom Bahnhof, sodass wir nur einen kurzen Weg hatten.
Als wir in den ersten Stock kamen und durch die Tür schauten, hatte ich bereits die Lust verloren. Am Buffet war eine sieben Meter lange Schlange und anscheinend war an den Tischen kaum noch ein Platz frei.

Mein Kollege bestand jedoch darauf hineinzugehen und so seufzte ich laut und folgte ihm.
Wir schlugen uns durch die Menschenmassen inklusive chinesischer Kellnerinnen, die sich durch die Besucher quetschten.
Endlich hatten wir zwei Plätze bekommen. Wir bestellten uns etwas zu trinken und machten uns auf den Weg zum Buffet. Nach dem zweiten Durchgang, wir hatten uns gerade wieder hingesetzt, wurden schräg gegenüber von uns zwei Plätze frei.
Ein junger Kerl im pinkfarbenen T-Shirt setzte sich. Wenig später tauchte eine junge Frau auf, die ich intensiv musterte. Sie war schlank, trug einen Rock, hatte ein hübsches Gesicht, lange dunkle Haare, nette 75C oder sogar etwas mehr und ein Lächeln, das alles Eis der Welt zum Schmelzen bringt. Zu meinem Entsetzen war es die Freundin von Mr. Flamingo, die sich zu ihm setzte und ihm einen Kuss gab. Mein Kollege schaute mich an.
»Hast du einen Geist gesehen?«, fragte er.
»Nein, eher ein Engel«, meinte ich und deutete auf die Dame.
Er drehte sich um und musterte sie.
»Joar, die ist wirklich hübsch! Aber der Typ geht ja mal gar nicht! Und dieses pinke Shirt!«
Wir amüsierten uns herrlich und ich schaute immer wieder zu ihr hinüber. Dann trafen sich unsere Blicke das erste Mal. Kurz blickten wir uns an und schauten beide weg. Aber nach diesem Kontakt schaute sie öfters herüber zu mir. Als die beiden zum Buffet gingen, blickte ich ihr nach.
»Hübscher Po«, flüsterte ich und mein Kollege drehte sich

sofort um.

»Ja, sehr hübsch und tolle Beine«, stimmte er zu.

Als die beiden zurückkamen, wagte ich wieder einen Blick. Wir waren mittlerweile fertig mit dem Essen und bezahlten. Danach standen wir auf, verließen den Tisch und gingen in ihre Richtung.

In diesem Moment schaute sie mich von unten her mit ihren großen Augen an und drückte einige Male mit ihrer Zunge gegen die eine Seite ihrer Wange. Ich traute meinen Augen nicht und dachte nur: *Das hast du gerade hinein interpretiert. Sie sitzt nicht ihrem Freund gegenüber, schaut mich an und macht Blowjob-Andeutungen.*

Kaum waren wir aus dem Restaurant, stieß mich mein Kollege in die Seite.

»Sag mal, was war denn das gerade? Hast du das auch gesehen? Die guckt dich an und macht da voll die Andeutungen, dass sie dir einen blasen will?! Die scheint ja sehr von sich überzeugt zu sein«,

»Und das, wo ihr Kerl noch gegenüber sitzt ...«, fügte ich ungläubig hinzu. »Die hätte ich wohl gerne mit ins Hotel genommen«, brachte ich es auf den Punkt.

Aber diese Nacht verbrachte ich alleine in meinem Hotelzimmerbett, ein wenig in Gedanken schwelgen, wie es wohl mit der jungen Dame gewesen sein könnte. Es sollte jedoch nicht lange dauern, bis ich einer meiner aufregendsten Abenteuer im Hotelzimmer verbringen würde.

Der 2-Stunden-Ritt

Alles fing auf Twitter mit einem Tweet nach einer NCIS Folge am Sonntag an. Seit einem Jahr war ich dort angemeldet und am Anfang lief es recht holprig. Nach dieser Erfahrung würde ich das allerdings anders sehen.

Da das Ende der NCIS-Folge offen blieb, wollten einige Zuschauer gerne wissen, wie es weitergeht. Darunter waren auch Nele und ich. Nachdem ich meinen Unmut geäußert hatte, stimmte sie mir zu. Wir schrieben kurz über die Direktnachrichten und so bekam ich die ICQ Nummer von ihr. Der Chat schien sehr vielversprechend. Nele hatte Interesse an einem zeitnahen Treffen nachdem sie auf meinem Blog war. Daraufhin tauschten wir Fotos aus.

»Aber dein Profilfoto ist schon hübsch ...«, schrieb ich.

»Danke ^^ deine Fotos gefallen mir aber auch gut«, kam als Antwort.

Dann wird es jetzt interessant, dachte ich.

»Soo gut, dass du neugierig bist?«, forderte ich mein Glück heraus.

»Hmm, joaar schon ☺«

»Aber wenn du kein sturmfrei hast und auch nicht zu mir kommen kannst, geht das schlecht ...«

»Zu dir kommen geht an sich schon, aber nicht dieses Wochenende.«

»Die nächsten zwei Wochenenden darauf habe ich aber keine Zeit«, antwortete ich.

»Das ist natürlich scheiße. Dann geht es erst in drei Wochen. So lange will ich nicht warten.«

Ich habe sie so neugierig gemacht, dass sie es kaum abwarten kann, dachte ich.
Mir ging es jedoch ähnlich, deswegen suchte ich weiter nach Lösungen.
»Kannst du nicht Freitag zu mir und am Samstag wieder zurück?«
»Nein, leider nicht. Ich muss an beiden Tagen Nachhilfe geben. Deswegen kann ich erst am späten Nachmittag. Hm, ich überlege gerade eine Art Kompromiss.«
»Damit wir uns dieses Wochenende treffen können?«, fragte ich.
»Ganz genau. Für dieses Wochenende. Hast du zufällig ein Auto?«
»Habe ich wohl, ja«, bestätigte ich.
»Wie wäre es, wenn ich mit meinen Freunden quatsche, dass ich wen mitbringe, du mit dem Auto vorbeikommst und dann im Auto hinterher noch einen mündlichen Vortrag bekommst? Überlege es dir, ich bin mal 20 Minuten weg«, schrieb Nele.
»Ist dann knutschen und so vorher auch schon drin?«, wollte ich wissen.
»Klar! Muss nur vor meinen Freunden ein bisschen schummeln und sagen wir kennen uns schon länger.«
»Im Auto ist es ja immer etwas eng, sonst hätten wir auch irgendwo hin gekonnt«, gab ich meine Gedanken preis.
»Eben im Auto ist nicht viel Platz aber ich wüsste gern, an was du da sonst noch gedacht hast …«
»Wie wäre es, wenn wir ein Zimmer nehmen und dann schnell verschwinden.«
»Direkt gegenüber von meinem Zimmer wäre ein Hotel.«

»Okay, dann machen wir es so«, stimmte ich zu, »ich glaube, der mündliche Vortrag lässt sich auch einrichten. Das mit dem Zimmer musst du dir allerdings jetzt schon überlegen, da wir das im Voraus buchen müssen.«
»Falls das mit dem Hotel nichts wird, können wir uns ja auch ein anderes Mal treffen, wenn du mich dann überhaupt nochmal sehen willst. Den Vortrag gibt es aber auf jeden Fall«, fügte sie hinzu.
»Lass uns mal am Donnerstag telefonieren«, schlug ich vor.
»Da ist eine gute Idee, dann kann ich dir auch eher sagen, wann wir uns treffen und ob überhaupt.«
»Hast du eigentlich einen Waffenschein? Auf dem Foto sieht das aus, als wenn du dieses für obenrum brauchst.«
»Nein, habe ich nicht. Die sind illegal hier«, schrieb sie und setzte drei lachende Smileys dahinter.
Mir gefielen die Aussichten sehr und ich konnte es kaum abwarten, sie zu treffen. Da ich nicht warten wollte, musste es am Wochenende klappen.
Am nächsten Tag schrieben wir wieder im Chat. Und es begann noch mehr zu knistern.
»Wenn ich was will, bleib ich da hartnäckig!«, meinte sie auf meine Frage, ob sie wirklich etwas dominant sei. »Ich stehe auf Haare ziehen und kratzen.«
»Das gefällt mir«, kommentierte ich ihre Vorlieben.
»Wenn ich will, dass es fester und härter wird und nix kommt, werde ich besonders nervig.«
»Dann passiert was?«, wollte ich wissen.
»Ich werde meist zickig oder fange an dominant zu werden.«

»Hauptsache, du hast nicht nach zwei Minuten schon genug. Ich will länger, kommt aber immer darauf an. Wenn du mich zu geil machst, geht es auch mal schneller.«
»Ich bin da eher so ein Nimmersatt. Das Problem ist auch, wenn ich gekommen bin, will ich noch mehr«, kam als Antwort.
»Von mir gibt´s was auf den Arsch, wenn du zu frech wirst, Fräulein.«
»Ich mag es halt nicht, wenn der Mann fertig ist und dann ist alles aus. So nach dem Motto: Ich hatte meinen Spaß. Fürchterlich ist so etwas.«
»Wenn es vorbei ist und du noch mehr willst, kannst du dir mein Gesicht zwischen die Beine drücken«, bot ich ihr an.
»Da darfst du auch sofort hin, ohne das ich was mache. Ich kann echt stundenlang nach einem Mal, das ist schon fast nymphoman.«
»Da habe ich nichts gegen.«
»Oh man, du machst mich echt fertig. Ich will dich jetzt.«
»Ich will dich jetzt auch, aber du bist nicht hier.«
»Ich will dich hart, schmutzig mit kratzen und beißen.«
»HRHR. Richtig hart, du kleine Sau und sehr laut«, spornte ich sie an.
»Ich will, dass du mir in den Hals beißt.«
»Kannst du haben und dabei knete ich deine schönen Titten.«
»Das wird einfach nur wuah ...«
»Ich habe voll den Ständer, will dich lecken, ficken, richtig rannehmen«, schrieb ich vollkommen erregt.

»Ich will einfach nur deinen Schwanz in mir«, forderte Nele. »Ich bin wirklich unglaublich horny gerade.«
»Nicht nur du, ich bin unartig ...«, gestand ich.
»Das würde ich dir ja gern abnehmen aber du wohnst ja nicht hier. Würde dir schön deinen Schwanz blasen, deine Eichel lecken und oh man ...«
»Mhm, dann könnte ich mit dem Großen mal deine großen Titten ficken und deine nasse Pussy aufspießen.«
»Ich will jetzt von dir gefickt werden«, forderte Nele.
»Wenn du hier wärst ...«
»Ey, wir schreiben nur und ich bin feucht wie sonst was. Am Wochenende brauchst du glaube ich nicht mal mehr viel machen. Ich glaub, ich brauche danach erst einmal eine halbe Stunde Pause, um überhaupt wieder denken zu können.«
»Wuuuh, ich kann jetzt wieder etwas denken«, meinte ich.
»Ich nicht.«
»Dann musst du mal Abhilfe schaffen.«
»Das lass ich lieber von anderen übernehmen. Ernsthaft, ich kann es gar nicht richtig selber. Da bin ich viel zu geil und zittrig.«
»Hmmmm, dann muss ich mich am Wochenende darum kümmern.«
»Gerne! Auch die Finger dürfen stoßen.«
»Das hätten sie sowieso gemacht.«
»Oh man, ich glaub ich bin echt leicht sexsüchtig«, meinte Nele und ließ mich am Abend mit meinen wilden Träumen alleine.
Trotz meiner »Erleichterung« regte mich mein Kopf so sehr an, dass ich nicht brav sein konnte. Am Dienstag ver-

abredeten wir uns für Telefonsex, weil wir es beide nicht mehr aushielten. Ihr aufregendes Stöhnen ließ mich noch mehr vom kommenden Wochenende träumen.
Es durfte einfach nichts dazwischenkommen, dachte ich. Aber es kam alles anders.
Wir hatten ausgemacht, dass wir uns bei einem DVD-Abend mit ihren Freunden treffen und wenn es zu aufregend würde, könnten wir die Flucht ins Auto antreten und an einer abgelegenen Stelle unser geiles Spiel fortsetzen. Danach würden wir ins Hotel fahren und den Rest der Nacht dort verbringen.
Aus dem DVD-Abend wurde nichts, weder bei ihrem Kumpel und auch nicht bei ihrer Freundin. Wir überlegten, was wir sonst machen könnten, da bei ihr zu Hause ein Treffen nicht möglich war.
Am Samstagmittag stand immer noch keine Lösung fest und ich kümmerte mich um das Hotel, direkt in ihrer Nähe. So konnten wir wenigstens das Staffelfinale von NCIS sehen, daraus hatte sich schließlich alles ergeben. Wir waren beide so neugierig aufeinander, dass wir um jeden Preis ein Treffen an diesem Wochenende benötigten. Niemand von uns wollte weitere zwei Wochen warten.
Am Sonntagnachmittag fuhr ich ins Ruhrgebiet und checkte dort im Hotel ein. Es war nichts besonderes, eigentlich enttäuschte mich die Unterkunft. Für den Preis hatte ich mehr erwartet. Ich schrieb Nele sofort eine SMS und wir verabredeten uns am Eingang auf der Rückseite. Nachdem ich eine Kleinigkeit gegessen hatte, blickte ich im Hotel erwartungsvoll auf das Handy, um Neles SMS zu empfangen, die besagte, dass sie vor der Tür wartete.

»Bin da! Holst du mich ab?«
Ich sprang förmlich aus dem Zimmer und stand kurze Zeit später vor der Eingangstür.
»Hi«, begrüßte mich Nele und drückte mir einen leidenschaftlichen Kuss auf die Lippen.
»Hi«, entgegnete ich und zog sie auf den Flur in Richtung Hotelzimmer.
Als wir uns im Zimmer befanden, blickte Nele kurz auf das kleine Bett, zog mich dann aber direkt an sich und schaute mir in die Augen. Ich hatte mir extra nur ein T-Shirt angezogen und auf den Pulli verzichtet. Wir standen im Zimmer und ich spürte gleich ihre großen Brüste, während sich unsere großen Augen erwartungsvoll anblickten. Nele gab mir erst einen flüchtigen Kuss, bevor sie sich ungezügelt auf mich stürzte. Ich hatte meine Arme noch um sie gelegt, als wir uns küssten, da machte sie gleich kurzen Prozess: Sie knöpfte meine Hose auf und griff unter die Boxershorts, um meinen Schwanz hervorzuholen und ihn ordentlich zu wichsen.
Freches Ding, dachte ich und war total perplex.
Nele ließ sich aber nicht beirren und kümmerte sich weiter um meinen Schwanz, der langsam immer größer wurde. Wild küssend fanden wir uns kurze Zeit später auf dem Bett wieder. Ganz schnell waren die Hosen ausgezogen und alles, was sich darunter befand. Ich beugte mich über Nele und genoss den Duft ihres Parfüms, wobei ich mit geschlossenen Augen ihre Hand spürte, die meinen Ständer verwöhnte.
»Ich will deinen Schwanz jetzt«, hauchte sie mir ins Ohr.
Dass Nele zeigen würde, was sie wollte, bekam ich nun zu

spüren. Ihre zweite Hand schob meinen Kopf bis zu ihrer
Vulva herunter. Mit zwei Fingern rutschte ich langsam in
ihre Lustgrotte, die bereits sehr feucht war. Mit den Fingern fickend drang ich tiefer in sie ein. Lustvoll schob Nele
mir ihr Becken entgegen. Jeder Stoß ließ ihre großen, weichen Brüste wackeln.
Als ich meine Zunge auf ihrer Klit kreisen ließ, wurde Neles Stöhnen immer lauter. Sie griff mir in die Haare, zog
daran und drückte mich noch fester an ihre Vulva. Ihre
Lust stieg ins Unermessliche und Nele konnte sich nicht
mehr zurückhalten.
»Mhmmm, jaaa, ooooaar, mach weiter«, forderte sie und
verlieh ihrem Willen noch einmal Nachdruck, indem sie
meinen Kopf erneut fest zwischen ihre Schenkel drückte.
»Ich will deinen Schwanz jetzt«, stöhnte sie völlig außer
Atem.
»Da müsstest du wohl erst deinen mündlichen Vortrag halten«, meinte ich und tastete nach einem Kondom.
Nele beugte sich nach vorne und ihre prallen Brüste hatten
dabei meine volle Aufmerksamkeit.
Ihre Hand wichste meinen Schwanz, dieses Mal sehr hart
und fordernd. Dann verschlangen ihre weichen Lippen
meinen kleinen Ständer, um ihn ganz schnell mit ihrer
Zunge zur richtigen Größe zu formen. Mit ihren Zungenschlägen brachte sie mich genüsslich in Stimmung.
Nachdem ich das Kondom übergerollt hatte, wechselten
wir küssend die Positionen. Dieses Mal war ich unten und
Nele saß thronend auf mir. Sie ließ ihn langsam in ihre
Lustgrotte eintauchen.

»Mhmm, oooar«, stöhnte sie laut auf und begann mit ihrem Ritt.

Da ahnte ich noch nicht, wie lustvoll und ausdauernd es werden sollte. Ich schob erst die eine Hälfte ihres BHs zur Seite und später die andere, um ihre großen Titten zu kneten.

»Was für ein geiler Schwanz«, stöhnte Nele und griff zum Bettrahmen, um sich abzustützen, während sie mich weiter ritt.

In ihrem frivolen Blick spürte ich die ungezügelte Lust. Ihr nächster Stoß mit dem Becken kam wie eine Zustimmung direkt hinterher.

Nele ließ mich ihre Fingernägel spüren und kratzte mich tief in die Brust.

Du bist so ein böses Mädchen, brachten meine Gedanken nur heraus. Es folgten weitere Kratzer und Nele ließ mich spüren, dass sie ein richtiger Vamp war.

Aber an Halloween ist so etwas auf jeden Fall erlaubt, dachte ich und verkniff mir das Grinsen.

»Kleine geile Sau, mhmm ...«, stöhnte ich und gab ihr einen ordentlichen Klaps auf ihren Arsch.

Nele beugte sich zu mir herunter und küsste mich. Mit meiner Hand durch ihre langen Haare fahrend erwiderte ich den Zungenkuss. Sie ließ nicht davon ab, ritt mich weiter und stöhnte unüberhörbar.

Erschöpft legten wir nach einigen Minuten eine Pause ein und Nele schaute mich mit ihren großen braunen Augen an:

»Du machst mich so geil. Leck mich noch einmal«, forderte sie.

Nachdem sie sich auf die Seite gelegt hatte, führten meine Lippen mich über ihre weichen Titten hinab zu ihrer Perle. Nele öffnete erwartungsvoll ihre Schenkel und ich ließ meine Zungenspitze auf ihrer Klit kreisen. Stöhnend nahm sie zwei Finger dazu und fickte sich, während ihre andere Hand sich erneut in meinen Haaren vergrub und nach mehr verlangte.
Neles Stöhnen in den dünnen Hotelzimmerwänden wurde deutlich lauter.
An ihrer Perle saugend verwöhnte ich sie weiter mit heißen Zungenschlägen. Mittlerweile hatte ich ihre Finger herausgezogen und nahm sie nun mit drei meiner Finger, die ein schmatzendes Geräusch erzeugten.
Ich liebte es, zu wissen, dass sie so viel Lust in sich trug.
»Mmhmmm, noch mehr. Du machst mich so geil ...«, wies sie mich mehrere Male an.
Ich spürte ihre Nägel auf meinem Rücken und ihren festen Griff sowie ein ordentliches Ziehen in den Haaren.
Genauso will ich es, zeig mir, wie sehr es dir gefällt. Wir haben noch die ganze Nacht für uns.
Ihr süßer Saft lief mir die Kehle herunter, denn Nele wurde noch feuchter und ich nahm dieses liebend gerne entgegen.
Nach längerer Zeit war es mir einfach nicht mehr möglich, weiterzumachen und ich legte eine Pause ein.
»Das war ein mündlicher Vortrag zu meiner vollsten Zufriedenheit«, sagte Nele erschöpft.
Ihre haselnussbraunen Augen blickten mich jedoch erwartungsvoll an.
»Hältst du mir denn jetzt auch einen mündlichen

Vortrag?«, fragte ich vergnügt.
»Kann ich machen, lehne dich zurück.«
Ich tat, was sie sagte und konnte sie nun dabei beobachten, wie sie mit der Hand meinen Schwanz wichste, um ihn mit ihrem Mund zu umschließen und genüsslich auszusaugen. Entbrannt von ihrem Liebesspiel stöhnte ich lauter. Nele nahm erneut ihre Hand dazu und wichste meinen Ständer mit heftigen Auf- und Abbewegungen.
Dieses Date werde ich bestimmt nicht bereuen. Das Gespräch vorher war nicht nur erregend, die erste halbe Stunde war so aufregend, dass es eine lange Nacht werden könnte.
Kreisend liebkoste Neles Zungenspitze meine Eichel bis mein Schwanz wieder ganzen in ihrem Schlund verschwand. Wollüstig griff ich mit einer Hand an ihre Brust und knetete sie, mit der anderen Hand drückte ich ihren Kopf noch mehr auf meinen Schwanz.
Mit ihren lustvollen Bewegungen trieb sie mich Richtung Orgasmus. Genau zum richtigen Zeitpunkt nahm sie ihn wieder in den Mund und lutschte ihn bis zum Schluss aus.
»Ich komme«, brachte ich nur noch stöhnend heraus und Nele schluckte unterdessen brav alles herunter.
»Na und wie war mein mündlicher Vortrag?«, fragte sie.
»Das war auch mindestens eine 1. Wenn nicht sogar 1++«, sagte ich und grinste zufrieden.
Wir kuschelten uns aneinander und ich wollte etwas Pause machen aber Nele ließ mich nicht zur Ruhe kommen. Erregt widmete sie sich meinem Schwanz. Unsere NCIS-Folge hatten wir inzwischen verpasst. Es war kurz nach 21 Uhr. Aber das war nun egal, denn Nele zog meine Hand zu ihrer Pussy, um mir zu zeigen, dass unser Liebesspiel

noch lange nicht zu Ende war.

Wenig später lag ich unter ihr, rollte das Gummi über und Nele setzte sich auf mich und ließ meinen harten Ständer in ihre feuchte Lustgrotte gleiten.

Sie stöhnte zufrieden und ritt mich langsam. Meine Lieblingsspielzeuge, ihre großen Brüste, waren erneut Ziel meiner Hände. Nele beugte sich zu mir herunter und ich erhaschte dabei einen ihren Nippel, den ich jetzt lutschte. Dabei stieß ich von unten nach, während sie auf mir thronte. Sie stöhnte laut auf und kratzte mit ihren Fingern über meine Brust.

So geil findest du das also, wenn ich ihn das letzte Stück ordentlich hineinstoße, dachte ich und tat es gleich noch einmal.

»Mhmmmm. Du machst mich so geil. Ich will noch mehr«, stöhnte sie laut auf.

Die Nachbarn werden ihren Spaß haben, dachte ich.

Das Hotel war ausgebucht. Ich hatte das vorletzte Zimmer bekommen. Und beim Nachbarn hatte ich das Schild »Bitte nicht stören« vor der Tür gesehen. Ich musste daran denken und grinste vergnügt. Nele setzte sich aufrecht hin und ließ meinen Schwanz weiter ihre nasse Pussy stoßen. Das schien ihr besonders zu gefallen.

»Du kleine, geile Sau«, stöhnte ich und setzte einen Klaps auf ihren Arsch, sodass es richtig laut klatschte.

»Mhmmmm, jaaaa«, stöhnte Nele weiter und übertönte ohne Probleme den Fernseher, der nebenbei lief.

Wieder ein Stoß von unten, mit dem sie nicht gerechnet hatte. Ich grinste und tat es immer wieder. Mit ungezügelter Geilheit stieß ich noch tiefer zu, was wirklich ein aus-

füllendes Gefühl mit sich brachte. Nele beugte sich zu mir herunter, küsste mich und presste mir ihre großen Titten ins Gesicht.
Du weißt deine Reize einzusetzen.
Ich griff zu ihrem Po und gab ihr erneut einen Klaps. Das Spiel wiederholte sich etliche Male und immer wieder bekam ich ihre Fingernägel auf meiner Brust zu spüren, während sie sich auf mir austobte.
»Mhmmm, endlich mal nen großen Schwanz, der auch hält was er verspricht«, stöhnte sie und biss mir in den Hals.
»Auch wenn es am Anfang nicht so aussah«, warf ich ein.
»Egal. Dafür spüre ich ihn jetzt umso länger«, lächelte sie und setzte sich wieder aufrecht hin. Mein Schwanz rutschte tief in ihr Allerheiligstes.
»Mhmmm, jaaa, ist das geil«, stöhnte sie laut auf und schaute mich mit ihren dunkel geschminkten Augen an.
Geil siehst du damit aus, richtig schön dreckig geil, Baby, dachte ich.
Ich stöhnte laut auf, als sie wieder los ritt und mit ihren Nägeln über meine Haut fuhr, um noch mehr rote Streifen zu hinterlassen.
Irgendwann konnten wir nicht mehr und Nele stieg kraftlos von mir, gab meinen Schwanz wieder frei. Als wir beide zur Uhr schauten, konnten wir es nicht fassen: Es war schon nach 23 Uhr.
»Du hast mich wirklich zwei Stunden geritten?«, fragte ich völlig erstaunt.
Nele nickte grinsend.

Wir waren beide sehr erschöpft und legten dieses Mal eine längere Pause ein. Ich musterte ihren Körper, während Nele zum Fernseher schaute und mir den Nacken kraulte. *Da könnte ich fast anfangen zu schnurren, so zufrieden wie ich bin*, schoss es durch meinen Kopf.
Klar, Nele hatte keine Modelmaße. Sie war etwas drall, aber dafür passte alles. Mit einer schönen Oberweite darf eine Frau auch etwas mehr an der Hüfte haben. Bei dem Gedanken fiel mir auf, wie viele unterschiedliche Frauen in meinen Armen lagen. Ich hatte nicht nur einen Typ, der mir gefiel: Blond, braun- oder schwarzhaarig, drall, dünn oder ganz normal. Ob Tussi oder doch die Nachbarsfrau, jede von mir erwählte Dame hatte etwas besonderes, etwas was mich faszinierte. An Nele faszinierten mich ihre dunkelbraunen Augen.
Mit diesen Augen fokussierte sie mich wenig später und wir konnten die Finger nicht mehr voneinander lassen. Nele widmete sich meinem Schwanz und gab mir einen mündlichen Vortrag mit ihren weichen Lippen. In der 69-Position fickte ich Neles Pussy mit meiner Hand, so tief ich in sie eindringen konnte.
Nele fing laut an zu stöhnen.
Irgendwann hatte sie zwar meinen Schwanz in der Hand, konnte aber nichts mehr machen, weil sie es einfach nur genoss, dass ich es ihr mit der Hand besorgte. Nele nahm ihre Hand dazu und massierte ihre Klit. Ihr Stöhnen hallte durch das ganze Zimmer.
Nachdem Nele sich eine Pause gönnte, kümmerte sie sich wieder um meinen Schwanz. Sie nahm ihn in die Hand und wichste ihn. Mein Schwanz war durch den langen Ritt

so empfindlich geworden, dass es nicht lange dauerte und ich auf meinen Bauch im hohen Bogen abspritzte.
Nele grinste und machte sich daran, die Sahne von ihm und meiner Brust zu lecken.
»Habe ich dich wohl ganz schön gekratzt, was«, bemerkte sie und deutete auf die roten Streifen.
Ich lächelte zufrieden und setzte mich aufrecht hin.
»Oh und erst der Rücken«, sagte sie überrascht und hielt sich die Hände vor den Mund.
Ich vernahm unterdessen von irgendwo Geräusche.
»Hörst du das?«, fragte ich. »Da schnarcht jemand. Die Wände sind wohl doch etwas hellhörig.«
»Ein Wunder, dass derjenige schläft …«, meinte Nele und lachte leise.
„… so laut wie du warst!" sagte ich vergnügt und gab ihr einen Kuss.
Wir kuschelten noch etwas, bis ich Nele vor die Tür brachte und sie das Hotel verließ. Es war 4 Uhr nachts und ich legte mich erschöpft ins Bett. Der Hotelgast nebenan schnarchte noch, dieses Mal war es aber ruhig und ich konnte ihn laut und deutlich hören. Ich schlief trotzdem nach ein paar Minuten ein, weil Nele mich so geschafft hatte.
Am nächsten Morgen besuchte ich den Frühstückstisch und musste grinsen. Jeder aus den Nachbarzimmern würde nun vermutlich nach einem Pärchen Ausschau halten, um herauszufinden, wer in dieser Nacht so laut war. Ich saß jedoch alleine an meinem Tisch und genoss den Kaffee. Amüsiert aber müde checkte ich aus und bemühte mich zum Auto. Die Nacht hatte ihre Spuren hinterlassen.

Nicht nur, dass mein Rücken und meine Brust zerkratzt waren, ich hatte auch derben Muskelkater.
Auf dem Weg zurück musst du zum Glück nur sitzen, dachte ich.
Am Abend lockte ich mich wieder im Messenger ein und wurde von Nele angeschrieben.
»Hi, na geht es dir gut?«
»Mir tun ein bisschen die Hüfte und die Beine weh. Aber vor allem dazwischen schmerzt es.«
»Das tut mir leid. Bestell ihm liebe Grüße, gute Besserung und einen Kuss von mir«, scherzte sie und setzte zwei lachende Smileys dahinter.
»Und du hast jetzt richtig Muskelkater?«, vermutete ich.
»Jahaa, die Nacht war ja sehr kurz aber da ging es noch. Als ich vorhin aufgestanden bin, konnte ich echt kaum laufen! Aber das kann ich sehr gut verschmerzen.«
Ich grinste.
»Nach dem 2-Stunden-Ritt gestern wäre es auch eher ein Wunder, wenn du keinen Muskelkater hättest.«
»Leider konnten wir das nicht bis heute Morgen fortsetzen. Das war auch gut so, meine Mutter war schon um halb 8 auf, gesagt hat sie nichts.«
»Na ja, was soll sie auch sagen?«
»Genau, schließlich war ich ja bei meinen Freunden. Ich bin mich eben umziehen«, schrieb Nele und war für mehrere Minuten offline.
»So, bin wieder da. Ich darf ja heute lernen.«
»Kannst du dich denn jetzt wieder konzentrieren?«, fragte ich provokant.

»Sehr viel besser auch nicht, aber ein wenig abreagiert habe ich mich. Und es war endlich mal jemand, der hält was er verspricht, wenn er sagt 18 Zentimeter.«
»Sagen das andere so aus Langeweile, oder wie?«, wollte ich wissen.
Ich musste unweigerlich an »Push-Ups« denken und vermutete, dass es für die Person egal wäre, wenn man sich zu zweit entkleidet und dann »etwas weniger« hatte.
»Ja oder weil sie denken, dann wären sie die Besten und man landet mit ihnen im Bett und haben gar nichts bzw. nicht viel. Das ist nicht schlimm, auch wenn ich es gerne groß mag, aber vorher große Töne spucken, so etwas mag ich nicht.«
»Hauptsache, er war in dir groß genug, ich glaube, es hat dir wohl sehr gefallen.«
»Nein, du überhaupt nicht! Ich habe so laut gestöhnt, weil es sooo langweilig war«, scherzte sie und brachte mich damit zum Lachen.
»Die Nachbarn haben sich bestimmt auch amüsiert.«
»Der hat ja laut geschnarcht, der darf nichts sagen!«
»Heute beim Frühstück gab es zum Glück keine verdächtigen Blicke.«
»Die hätten sich gedacht 'Was ist das denn für ein geiler Typ, wenn der die so zum Stöhnen bringt'.«
Nele schaffte es wirklich, dass ich am PC rot wurde. Ich überlegte, ob ich mich ein weiteres Mal mit ihr treffen sollte und mein Kopf pirschte gleich mit einem 'Klar willst ich' vor. Meinem Herz war das egal.
»Ich hatte auch Kopfkino heute Morgen. Es wäre irgendwie geil gewesen, wenn sich das Pärchen am Nebentisch

unterhalten hätte 'Heute Nacht, dieses Pärchen im Nebenzimmer, die hatten die ganze Nacht Sex und ich habe KEIN Auge zubekommen'.«
»Dann hättest du nur ganz nett geschaut und gewunken.«
»Immer lächeln, winken und weitergehen«, schrieb ich und grinste.
»Genau, aber war es denn wirklich so laut? Ich bemerke das teilweise nicht mehr.«
»Es war schon sehr unterhaltsam. Mir hat es sehr gefallen. Einem weiteren Treffen mit dir, wenn ich mal wieder in der Nähe bin, stände nichts im Wege.«
»Oder ich komme einfach zu dir«, schob sie ungeduldig hinterher.
»Das machst du wirklich?«, fragte ich.
»Danach könnte ich wohl zwei Wochen nicht mehr laufen, aber hey, klar!«
Wir blieben über den Messenger und SMS in Kontakt. Erst war ein Treffen für November geplant, dann für Anfang Dezember und schließlich für die Tage zwischen Weihnachten und Neujahr. Leider mussten die Treffen immer wieder verschoben werden, an den Weihnachtstagen bekam ich das Gefühl, dass Nele kein großes Interesse mehr an einem weiteren Treffen hatte. Sie meldete sich nicht bei mir, als ich sie nach dem geplanten Date zwischen den Feiertagen fragte.
Ich ärgerte mich etwas, da ich mich darauf gefreut hatte, mit einer Bekannten die Feiertage verbringen zu können. Sicherlich wären wir aus dem Bett nicht wieder herausgekommen, dafür gäbe dies bestimmt ein schönes Weihnachtsfest.

Noch mehr ärgerte ich mich darüber, dass ich nichts von ihr hörte.

Dafür bekam ich ein anderes Angebot für ein Date, was ich kurzerhand annahm und welches mich etwas aus dem Grübeln befreite.

Der Studentinnen-Quickie

An den Weihnachtstagen schrieb mir Nicole ihre Bewerbung, in der sie sich ein Kuschelsex-Date wünschte. Sie wohnte nicht weit entfernt und ihr Anliegen war schon sehr direkt: Ich sollte sie in der Studenten WG in ihrem Zimmer besuchen und wir würden einen Quickie haben. Nachdem ich auch ein paar Fotos von ihr gesehen hatte, war ich der Sache gegenüber nicht abgeneigt.

Ihre langen blonden Haare und das schmale Gesicht fielen mir positiv auf.

Das ist eigentlich mein Typ, schloss ich den Gedanken ab. Normalerweise bin ich ja eher der Genießer, der Wert darauf legt, mehrere Stunden miteinander zu verbringen. Aber nach der Wartephase und den Enttäuschungen mit Nele hatte ich Lust auf dieses kurze, unverbindliche Treffen. Nicole studierte an meiner alten Uni und so gab es schnell Gesprächsstoff. Wir verabredeten uns für Freitagnachmittag, einen Tag vor Silvester und tauschten dafür unsere Handynummern aus.

In der Nacht vorher konnte ich kaum schlafen, wusste aber nicht genau, ob es an dem Sturm lag, der draußen tobte

oder weil ich so aufgeregt war, diese hübsche Blondine zu treffen. Am nächsten Tag schien die Sonne, als wenn vorher nichts gewesen wäre.
Strahlender Sonnenschein, Frühlingstemperaturen und das im Winter. Das war wirklich nicht normal.
Ich machte mich frühzeitig auf den Weg zu Nicole. Es ging über die Autobahn und nach einer Stunde hatte ich mein Ziel bereits erreicht. Ich parkte mein Auto auf dem Parkplatz vor dem Hochhaus.
An der Haustür angekommen, klingelte ich und Nicole öffnete sogleich. Sie wohnte im Erdgeschoss und schaute grinsend um die Ecke, als ich den Hausflur betrat.
»Hey, hier bin ich«, rief sie, dabei hätte ich sowieso an ihr vorbei gemusst.
In der Wohnung führte sie mich ohne Umwege gleich in ihr Schlafzimmer. Andere Mitbewohner konnte ich auf die Schnelle nicht ausmachen.
»Hast du es schnell gefunden mit der Beschreibung?«, fragte sie.
»Das war überhaupt kein Problem, danke«, sagte ich und grinste zufrieden.
»Darf ich dir was zu trinken anbieten? Ich bin etwas nervös. Hoffentlich stört dich das nicht.«
»Ja, danke. Ich nehme gerne etwas. Mach dir keine Sorgen, ich bin auch etwas aufgeregt.«
»Das ist ja beruhigend«, sagte sie, während sie mir ein Glas mit Cola einschenkte. »Ich bin erst seit ein paar Wochen wieder Single, weil ich mich von meinem Freund getrennt habe.«

»Und dann bist du auf meiner Seite gelandet?«, ergänzte ich großzügig.

»Nein, ich lese bereits länger deinen Blog und dachte mir, für den Start in mein Singleleben wäre ein Treffen mit dir bestimmt eine Erfahrung.«

Nachdem ich einen Schluck getrunken hatte, nahm Nicole meine Hand.

»Wollen wir uns nicht aufs Bett legen?«, fragte sie zaghaft.

Ihren Körper an mich ziehend gab ich ihr den ersten Kuss und es dauerte nicht lange, da fielen alle Hüllen. Mit der letzten Wäsche zwischen den Beinen lagen wir nackt auf dem Bett. Nicole streichelte meine Beine und ich fuhr mit der Hand über ihren Rücken.

Ihre Blicke musterten meinen Körper, als sie neben mir lag, während die Hand zu meiner Boxershorts wanderte und über meinen Schwanz strich. Ich half nach und zog sie aus, damit Nicki freie Bahn hatte. Mit meiner Hand griff ich zu ihren festen Brüsten und knetete sie, während Nicole meinen Schwanz wichste.

»Ich will dich, Don«, hauchte sie mir ins Ohr, während sie sich über mich beugte.

Mit ihren Küssen wanderte sie von meinen Lippen in Richtung Schwanz. Dort angekommen, ließ sie ihn langsam in ihrem Mund verschwinden und begann ihn zu saugen. Ihre Lippen umschlungen meinen harten Ständer, ließen ihn dabei immer wieder ein und aus.

»Mhmmmmm«, brachte ich nur heraus und genoss die Situation.

Mein Ständer wurde noch härter und während sich Nicki genüsslich darum kümmerte, griff ich mit der Hand zu

ihrem Po und gab ihr einen kleinen Klaps. Nicole richtete sich wieder auf und wichste weiter. Meine Hand wanderte unterdessen zwischen ihre Beine und streichelte ihre Vulva. Dieses Mal lehnte sich Nicole zurück und genoss es, dass ich ihren Körper küsste. Zwei meiner Finger begannen ihre Pussy zu ficken.
Eine sehr zurückhaltende Studentin, da bin ich doch andere Sachen gewohnt.
Nicole stöhnte leise auf.
Sie griff mit einer Hand auf den Nachttisch, um ein Kondom hervorzuholen und dies über meinen Ständer zu rollen. Aufgrund der Größe klappte dies nicht beim ersten Mal, wie sie es wollte. Beim nächsten Versuch zog sie das Gummi auseinander und streifte es über. Nicki auf mich ziehend ließ ich meinen Schwanz in ihre feuchte Lustgrotte eintauchen. Das quittierte sie mit einem lauten Stöhnen.
»Ohhhh«, brachte sie nur heraus, während sie mich langsam ritt. »Ich habe es geahnt.«
»Was denn?«, fragte ich etwas verwirrt.
»Die Größe ...«, brachte sie nur heraus und lief dabei rot an. »Daran muss ich mich erst einmal gewöhnen.«
Sie ritt mich langsam und vorsichtig. Ich strich mit meiner Hand über ihren Bauch und knetete ihre weichen Brüste. Ihre Bewegungen wurden schneller und ich spürte, wie mein Schwanz tief bis zum Anschlag in ihr Allerheiligstes stieß.
»Ich will, dass du mich von hinten nimmst«, sagte sie schüchtern und konnte mir dabei gar nicht richtig in die Augen schauen.
Mein Schwanz glitt aus ihrer Pussy, Nicki drehte sich um

und streckte mir ihren Po entgegen. Ich stieß tief in ihr Innerstes und nahm sie hart von hinten.
»Halt, das geht nicht, das ist zu tief«, stöhnte sie. »Lass mich nach unten.«
Ich schaute total verwirrt und verlor in dem Moment die Lust. Nicole bemühte sich, mich wieder in Stimmung zu bringen. Mit meinen Fingern fickte ich unterdessen ihre nasse Lustgrotte.
Zuerst ließ ich sie dabei zwei Finger spüren, später dann drei. Nicole drehte sich und gab mir breitbeinig einen Anblick auf ihr glänzende Vulva. Ich drang zwischen ihren Lippen hindurch in ihr Allerheiligstes. Zunächst fickte ich sie langsam und tief. Nickys Stöhnen wurde dabei lauter. Als sie ihre Beine nach oben streckte und ich wusste, dass es okay war, nahm ich sie härter. Ich hielt ihre Beine fest und jeder Stoß gab wieder ein klatschendes Geräusch.
»Mhhhhmmm, jaaa, weiter …«, stöhnte Nicole außer Atem.
Ihre weichen Titten wippten mit jedem Stoß mit. Zwischendurch senkte sie die Beine und ließ etwas nach. Das war ihr aber nicht recht.
»Bitte härter«, flehte sie umgehend und warf mir einen lasziven Blick zu.
Vorher so zaghaft und jetzt bekommst du nicht genug? Das kannst du haben, dachte ich.
Mit lautem Klatschen nahm ich sie härter. Wenig später kam ich laut stöhnend zum Höhepunkt.
Nicole seufzte nur zufrieden. Außer Atem legte ich mich neben sie und musterte sie. Ich musste grinsen.

Eine kleine schüchterne Studentin ist sie. Eigentlich müsste man sie noch viel mehr versauen. Vielleicht ein anderes Mal.
»Man strahlst du eine Hitze aus«, unterbrach Nicole meine Gedanken.
»Schlimm?«, fragte ich.
»Nein, ich mag es sogar«, meinte sie und lachte.
Ich zog sie etwas an mich und wir kuschelten noch, wobei Nicole meine Wärme genoss. Eine halbe Stunde später zog ich mich an und verabschiedete mich von ihr.
Dieses Kurzerlebnis erinnerte mich daran, dass nicht immer alles glatt lief.

Kleine Knutscherei

Gabrielle hatte ich bei Facebook kennengelernt und mich mit ihr für Freitagabend verabredet. Sie kam zu mir nach Hause und wir begrüßten uns. Als sie vor mir stand, war sie nicht ganz das, was ich erwartet hatte.
Ihr Gesicht fand ich zwar hübsch und auch die Oberweite war ganz nett, aber der Rest war nicht so mein Fall. Ich beschloss abzuwarten und zu sehen, was der Abend so bringen würde.
Und die ersten Sätze, die wir wechselten, machten sie auch nicht viel interessanter.
Kennt ihr das? Ihr hört ein paar Sätze und denkt dann: Nee, irgendwie nicht! Nicht wirklich!
Dieser Abend würde wohl nicht wirklich interessant werden. Das fing bereits damit an, dass ich trotz meiner gro-

ßen Auswahl an DVDs kaum eine interessante DVD hatte, die Gabrielle interessierte. Kein Horror, keine lustigen Filme und die anderen waren auch nichts!
Ich sah bestimmt sichtlich genervt aus.
Im Normalfall hatte ich nach zwei Minuten einen Film. Dieses Mal suchten wir bestimmt 10 Minuten. Und zum Schluss wurde es X-Men.
Wir machten es uns auf dem Sofa gemütlich.
Nach einiger Zeit legte ich meinen Arm um sie und wir kuschelten uns zusammen. Gabrielle schaute mehr zum Film und ich überlegte, wie ich etwas Aufmerksamkeit bekommen würde.
Aber der Film brachte ein paar Minuten später schon die Antwort.
»Meinst du, ich würde auch sterben, wenn ich dich küsse?«, fragte ich provokant und beugte mich zu ihr hinüber.
»Kannst es ja mal probieren«, grinste sie vergnügt.
Anscheinend wird es doch noch interessant, dachte ich.
Das ließ ich mir nicht zweimal sagen und küsste ihre weichen Lippen. Erst einmal, danach noch ein weiteres Mal – in der Hoffnung, Gabrielle würde dies gefallen und sie wollte mehr davon haben.
»Schätze, ich lebe noch«, sagte ich trocken.
»Ja aber jetzt möchte ich erst den Film zu Ende schauen. Danach kann es weitergehen«, meinte sie.
Wie nett abweisend sie ist ...
Wir schauten weiter den Film und kuschelten zumindest.
Die Küsse sind ganz okay. Da würde ich noch ein paar von nehmen, dachte ich mir. *Den Rest werden wir sehen.*

Eine Stunde später war der Film zu Ende und wir schauten etwas TV. Gabrielles gesagte Einladung nahm ich wenig später noch mal auf und setzte mich auf sie, um ihr den nächsten Kuss auf die Lippen zu drücken. Ein paar Küsse später zog sich Gabrielle jedoch zurück.
»Lass mal gut sein. Ich habe mir das anders vorgestellt. Wenn es okay ist, würde ich jetzt gerne fahren.«
»Klar, warum nicht ...«, stammelte ich verwirrt und ließ sie ziehen.
Kennt ihr das? Wenn nur noch unangenehme Stille herrscht und keiner mehr etwas zu sagen hat? Genauso endete dieser Abend.
Das Date hatte für mich nicht so eine große Bedeutung, sodass ich nicht sehr enttäuscht war. Jedoch hatte sie mich mit ihrer Art eiskalt erwischt. Wenn, kam es bereits vorher zu einer Absage bei einem Date. Ein solches Treffen hatte ich jedoch noch nicht erlebt. Ich kam mir danach etwas verarscht vor.
Ein guter Start in das neue Jahr war es jedenfalls nicht.
Von Nele hatte ich mehrere Wochen nichts gehört, bis ich ganz überraschend von ihr eine Nachricht bekam. Sie schrieb etwas von Problemen in ihrer Familie und dass sie sich deshalb nicht melden konnte und Zeit für sich brauchte. Nach dem letzten Erlebnis konnte ich nur müde darüber lächeln.
Kann man sich nicht mal kurz mit ein oder zwei Nachrichten melden, damit ich Bescheid weiß, regte ich mich innerlich auf.

Sie wollte es in den nächsten Wochen oder Monaten wieder gut machen, versicherte sie. Ich sollte ihr einfach Bescheid geben, wenn ich mal in der Nähe sei.
Der Zeitpunkt kam schneller als erwartet. Vier Wochen später musste ich nach Köln zu einem Bewerbungsgespräch. Mit Nele machte ich aus, dass ich am Nachmittag gegen 15 Uhr anrufen und ihr genau sagen könnte, wann ich bei ihr vorbeikommen würde.
Das Bewerbungsgespräch verlief erfolgreich und ich verließ mit einem guten Gefühl das Medienzentrum. Auf dem Parkplatz rief ich bei Nele an.
Sie drückte mich weg.
Noch nahm ich es gelassen, stieg ins Auto und fuhr Richtung Autobahn. Ich versuchte es erneut und dieses Mal sprang die Mailbox an.
»Hi Nele, ich bin in 45 Minuten bei dir. Rufe dich gleich aber noch mal an«, hinterließ ich als Nachricht.
Auf der Autobahn versuchte ich es weitere Male, konnte sie jedoch nicht erreichen. Als ich an der Ausfahrt vorbeifuhr, hinterließ ich wütend eine zweite Nachricht auf der Mailbox.
»Ich versteh dein Problem nicht. Warum kannst du dich nicht melden? Bin jetzt an dir vorbeifahren. Du brauchst mich auch nicht zurückrufen. Umdrehen werde ich nicht. Ich habe keine Lust, von dir verarscht zu werden. Du brauchst dich nicht mehr bei mir melden. Anscheinend meinst du es ja mit einem Treffen sowieso nicht ernst.«
Ich musste mich sichtlich bemühen, meinen Ärger im Zaum zu halten, um meine Aggressionen nicht auf das Autofahren umzulenken.

Die Enttäuschungen erdeten mich und machten mich auch etwas traurig. Ich hätte mir etwas mehr Rückmeldungen erhofft. Wenn ich nicht ihr Typ bin, können Frauen mir das gerne sagen. Bei Nele war ich aber sehr irritiert, weil wir eine tolle Nacht miteinander verbracht hatten und ich verstand einfach nicht, was in ihrem Kopf vorging. Bei meinem nächsten Treffen wäre ich sehr enttäuscht gewesen, wenn sie abgesagt hätte. Chantal kannte ich bereits länger und sie war inzwischen eine gute Freundin geworden. Wir schrieben bereits über mehrere Jahre und sie wusste sehr viel über meine Treffen. Sie war immer eine der Personen, mit der ich über alles reden konnte. Optisch war sie zudem genau mein Fall und so pochte ich darauf, sie endlich einmal zu treffen. Da sie einige hundert Kilometer entfernt wohnte, hatten wir nicht oft die Möglichkeit für ein Treffen. Dieses Mal sollte es jedoch ein reales und prickelndes Treffen geben, was mich meine negativen Treffen schnell vergessen ließ.

Kabinenparty

Ich kannte Chantal bereits seit zwei Jahren und wir schrieben uns regelmäßig über Facebook und ICQ. Kennengelernt hatten wir uns damals über MySpace. Im Jahr zuvor hatte ich schon kurzfristig überlegt, sie zu besuchen, das hatte sich aber zerschlagen.
Dieses Mal war alles schon lange im Voraus geplant. Da ich ein halbes Jahr vorher den Termin für einen Kunden in

ihrer Gegend bekommen hatte, konnten wir uns frühzeitig darüber austauschen. Um Ostern hatte ich für den Juli ein Hotel gebucht.

Eine Woche vorher hatte ich alles zusammen, was ich noch mitnehmen wollte. Es war ein kleines Geschenk für sie und eine Flasche Asti für uns. Wir freuten uns sehr darauf und ich musste die Tage vorher fast nur an sie denken: Ihre schönen blauen Augen, ihre Lippen und ihre markante Nase.

Sie hasste es, darauf angesprochen zu werden, ich hingegen liebte sie. Einen Tag vor dem Date raste ich in Gedanken versunken an Chantal über die Autobahn.

Es blitzte und ich sollte ein paar Wochen später ein schönes Ticket als Andenken bekommen. Mein Arbeitskollege fand das natürlich sehr amüsant. Abends waren wir endlich im Hotel angekommen.

Am nächsten Tag ging es zum Geschäftstermin, danach waren wir kurz etwas zu Mittag essen und fuhren zum Anschlusstermin. Bis ich wieder im Hotel angekommen war, schrieb ich auch noch einige Male mit Chantal.

Meinem Arbeitskollegen musste ich eindringlich klarmachen, dass er besser den Abend woanders verbringen sollte, weil ich nicht wusste, was so alles passieren konnte. Er hatte das Zimmer genau nebenan und ich musste an die Situation mit Nele denken.

Ich hatte mich gerade fertiggemacht, da klopfte es um halb sieben an meiner Tür. Die Tür öffnend stand mir Chantal mit einem bezaubernden Lächeln gegenüber.

Sie trug eine enge blaue Jeans, ein pinkfarbenes Oberteil mit Ausschnitt und hatte ihre braunen Haare zu einem

Pferdeschwanz zusammengebunden.
»Hey, du Spinner ...«, grinste sie über beide Wangen.
Ich musste lächeln, weil ich an Saskia denken musste, die mich damals öfters so nannte.
»Komm rein, du Nase«, meinte ich trocken und schaute auf den kleinen Hügel auf ihrer Nase.
Sie ist einfach süß und es passt zu ihr, schob mein Kopf ein.
Dafür erntete ich hingegen einen bitterbösen Blick.
Okay, keine Anspielungen mehr auf die Nase.
Ich schaute in ihre strahlend blauen Augen und auf die glänzenden Lippen.
Lipgloss. Natürlich!
Chantal ging grinsend an mir vorbei.
»Ah, du hast ja doch einen Balkon«, meinte sie überrascht.
»Ja, als Ausländer bekommen wir hier so etwas für die schöne Aussicht gleich dazu«, scherzte ich.
Ich übergab Chantal das Geschenk und sie setzte sich hin und entfernte vorsichtig das Papier. Gespannt schaute ich ihr dabei zu.
»Das Papier hat die passende Farbe zur Asti-Flasche«, meinte ich vergnügt.
»Ich sehe schon, du hast an alles gedacht. Und wow... das sieht noch zehnmal geiler aus als auf der Internetseite.«
»Freut mich, dass es dir gefällt. Ist jetzt doch der schwarze String geworden. Aber passt ja trotzdem zur Korsage.«
»Lass uns mal den Sekt trinken ...«, drängelte Chantal.
Ich zog sie zu mir und schaute ihr in die weit aufgerissenen Augen. Dann ließ ich meine Nase an ihre stupsen und bewegte sie vorsichtig über die Nasenspitze zu anderen Seite. Chantal kicherte und brachte zeitgleich ein »Spinner« her-

aus. Ich wiederholte den Eskimokuss und war so dicht mit meinen Lippen an ihren, dass die Versuchung in der Luft lag, ihr einen kurzen, richtigen Kuss zu geben.
»Du musst mir aber dabei helfen die Flasche zu öffnen. Die war etwas unterwegs. Könnte etwas Druck darauf sein.«
»Okay«, stimmte sie zu.
Meine Nase strich noch einmal über ihre Nase und ich gab ihr doch einen kurzen Kuss. Chantal schaute mich überrascht an.
»Daaas… daaas war…«, stotterte sie.
»Nicht abgemacht«, brachte ich den Satz zu Ende und hatte sie indessen schon wieder geküsst.
Die Flasche Sekt in die eine Hand nehmend umfasste ich ihre Hand, um sie mit ins Bad zu schleppen. Wir ahnten noch nicht, was gleich passieren würde. Beim letzten Mal im Hotelzimmer hatte ich nach einer längeren Fahrt auch eine Flasche im Bad geöffnet. Dieses stellte sich als besser heraus, weil der Korken sofort herausschoss, als ich losgelassen hatte. Viel Sekt wurde dabei nicht verschüttet. Dieses Mal würde es anders werden.
Wir waren im Bad.
»Ich nehme die Flasche, halte den Korken und du drehst den Draht auf.«
»Okay«, stimmte Chantal zögernd zu und öffnete den Draht.
Dann ging alles ganz schnell. Den Korken hatte ich noch in der Hand, aus der Flasche schoss der Sekt heraus und stoppte nicht mehr. Den meisten Sekt bekam Chantal direkt ins Gesicht, bevor ich die Richtung ändern konnte. Sie schluckte und konnte in diesem Moment nichts sagen.

Ich ebenfalls nicht, weil ich total geschockt war über diese langanhaltende Fontäne.
Der Rest vom Sekt lief ihr in den Ausschnitt und durchnässte ihr Top. Die Flasche noch in der Hand haltend schaute ich nach dem Inhalt. Da war höchstens noch ein Drittel vorhanden.
Ich wusste nicht was ich sagen sollte, Chantal bekam einen Lachanfall, schrie nur „Kabinenpaartyyy!" und knallte die Badezimmertür zu. Hierzu muss man sagen, dass das zu dieser Zeit ein Lied war, welches wir oft gehört hatten.
Nun musste ich auch lachen, konnte nicht ernst zu bleiben und zeigte auf die Flasche:
»So viel hast du jetzt übrig gelassen, du bist vielleicht eine Saufziege!«
»Guck mich mal an, wie ich aussehe! Ey, so 'ne scheiße«, fluchte sie.
Wie sexy das klingt, mit dem leicht schwäbischen Akzent.
Ich zog sie an mich, gab ihr einen Kuss und wanderte mit meinen Lippen über ihren Hals, um den süßen Sekt abzulecken.
Meine Lippen wanderten weiter zu ihrem Ausschnitt. Vorsichtig rollte ich ihr das nasse Top über den Kopf.
»Das müssen wir mal zum Trocknen aufhängen, denke ich.«
»Da muss erst einmal der ganze Sekt raus.«
Chantal nahm mir das Oberteil aus der Hand, drehte es zusammen und meinte nur zu mir: »Los! Mund auf, du bist schließlich Schuld daran, dass es nass ist!«
Sie ließ den Sekt in meinen Mund tropfen und grinste mich dabei ganz frech an. Ich bedankte mich bei ihr mit

einem Kuss, erst kurz, dann lang und innig. Chantals Zunge fand den Weg zwischen den Lippen zu meiner Zunge. Ihre Lippen fühlten sich unglaublich sanft an.
»Ich möchte nicht in den Spiegel schauen und wissen wie ich aussehe.«
»Mir gefällt es mit den nassen Haaren. Gut, dass du sie zusammen hast«, meinte ich amüsiert.
»Spinner! Küss mich!«
Der Aufforderung kam ich gerne nach.
»Da ist aber noch mehr nass, Schnucki«, kam es von mir und eh sie sich versah, hatte ich schon die Haken ihres BHs geöffnet.
»Du kannst ja mein Geschenk anziehen«, versuchte ich als Verteidigung aufzuführen.
Ich ging gleich in die Knie und leckte den klebrigen Sekt von ihrem Bauchnabel. Und ohne viel Nachzudenken wanderten meine Hände von ihrem süßen Po zu ihren wohlgeformten Brüsten.
»Da klebt es auch ...«, brachte ich nur heraus und ließ meine Zungenspitze über ihre harten Knospen fahren.
»Ich kleb dir gleich auch eine, du Spinner ...«, stöhnte Chantal, aber das konnte ich nicht mehr ernst nehmen. Meine Hände kneteten weiter ihre Brüste. Alles schmeckte nach dem süßen Asti-Sekt. Ein paar Minuten später nahm ich Chantals Hand und ging mit ihr zum Bett.
»Jetzt bist du erst einmal dran, bevor du bei mir weitermachst«, wies mich Chantal an und zog mir das T-Shirt aus. »Und die Hose bitte gleich auch!«
Ich gehorchte und meine Jeans fiel zu Boden.
»Warte mal, ich habe ne Idee. Du kannst dich schon mal

ins Bett legen. Ich ziehe mich kurz um.«
Im Augenwinkel vernahm ich, wie sie das Geschenk mit ins Badezimmer nahm.
»Boaar, das riecht vielleicht alles nach Sekt! Ich stell mich gerade unter die Dusche. Es klebt alles«, rief sie von nebenan.
»Okay, Schnucki!«
Ich schaltete den Fernseher an.
Mieser Empfang.
Da lag ich nun, etwas geil, auf dem Bett und hätte gerne mit Chantal weitergemacht. Aber nun musste ich warten. Zehn Minuten später stand sie wieder im Zimmer. Dieses Mal mit schwarzem durchsichtigen String und der schwarz-roten Korsage von mir.
»Woow, das steht dir echt«, brachte ich nur heraus.
»Dann mach mal Platz unter der Decke«, meinte sie und kam zu mir, um sich an mich zu kuscheln. Ich umarmte sie und fuhr mit meiner Hand durch ihre Haare.
»Mhmm, hier ist schön warm. Danke für das Geschenk«, meinte Chantal und gab mir einen Kuss.
Ich musterte sie, ihre nassen Haarspitzen, das Lächeln und ihre großen, himmelblauen Augen.
»Süß bist du immer noch, aber du klebst nicht mehr so«, neckte ich sie.
»Dafür rieche ich jetzt nach Männer-Duschgel«, lachte Chantal.
Ich küsste sie und strich mit meiner Hand über ihren Rücken und danach über die Seite, wo ich ihre Brüste spüren konnte.

»Fühlt sich aber noch sehr nach Frau an«, entgegnete ich und fiel mit Chantal in den nächsten innigen Kuss.
Ihre weichen Lippen fielen nicht nur über meinen Mund her, sie wanderten über meinen Hals, weiter bis zu meiner Brust. Ich fuhr bei ihren Liebkosungen durch das noch feuchte, lockige Haar und genoss ihre Berührungen. Meine Hände packten sie derweil an ihrem festen Po und verlangten nach mehr. Mit dem Mund tief in ihrem Ausschnitt versinkend, gab ich ihren eingeschnürten Brüsten ein paar Küsse. In meiner Shorts pochte es mittlerweile unaufhörlich und es wurde sehr eng.
»Mhmhm, da ist wohl jemand geil«, bemerkte auch Chantal und nahm mir die Worte aus dem Mund.
»Etwas«, grinste ich und spürte, wie Chantal mit ihrer Hand unter meine Boxershorts fuhr, um sich vorzutasten. Meine Hand wanderte in der Zeit über ihren Rücken und öffnete alle Haken ihrer schwarzen Korsage, die ihre Brüste freigaben.
»Mhmm«, kam es leise von Chantal, als meine Zunge ihre harten Nippel berührten.
Ich tastete mich langsam unter ihren String und erkundete die weiche Haut ihrer Vulva. Zwei meiner Finger drangen tief in sie ein.
»Da ist noch jemand geil«, sagte ich trocken, weil ich ihre Feuchtigkeit spüren konnte.
Chantal brachte nur ein langgezogenes Stöhnen hervor.
Ihre Hand hatte mir mittlerweile die Boxershorts ausgezogen und wichste fordernd meinen harten Schwanz. Kurze Zeit später entfernte sie ihre Hand, schlug die Decke zur Seite und rutschte nach unten. Ich spürte, wie ihr weichen

Lippen meinen Schwanz umschlungen.
»Mhmmm, Chantal ...«, brachte ich nur stöhnend hervor.
Ihre Zunge umkreiste spielend meine Eichel, bis sie immer weiter hinab, in ihren Mund ausfüllend, meinen Schwanz fickte. Den Anblick genießend fuhr ich mit meiner Hand durch ihre lockigen Haare und beobachtete, wie sie über mir kniete und mich verwöhnte.
Das möchte ich gerne öfter sehen, sie ist bestimmt eine wundervolle Freundin, mit der man aufregende Dinge anstellen kann, schob mein Kopf ein.
Aber es würde nur einmal stattfinden. Das war so abgesprochen. Ich schob die Gedanken beiseite und widmete mich wieder Chantal. Mit meiner Hand strich ich über ihren Rücken und gab ihr einen kleinen Klaps auf ihren süßen Apfelpo, den sie so fordernd nach hinten streckte. Laut stöhnend lehnte ich mich zurück, weil ihre Zungenschläge so intensiv waren. Ich gab ihr zu verstehen, dass es ausreichte, sonst wäre ich bestimmt wenig später gekommen.
Chantal quittierte das mit einem frechem Lächeln und einem lasziven Blick.
Sich vor mir kniend zog ich ihr mit beiden Händen den String aus.
»Komm hoch«, forderte ich sie auf, während ich etwas herunterrutschte.
Chantal gehorchte, bis sie genau über mir war und ich ihr in die glänzende Pussy schauen konnte. Ich zog sie etwas zu mir herunter und leckte mit meiner Zungenspitze durch ihren Schlitz. Chantal ergriff meine Hände und stöhnte

kurz auf. Daraufhin erhielt ihre Vulva einen Kuss und ich begann ausgiebig ihren süßen Saft zu lecken.
Ihr Stöhnen erhellte nun mehr und mehr den Raum. Zwei Finger hinzunehmend ließ ich diese tief zwischen ihre weichen Lippen eintauchen.
»Mhmmm«, stöhnte Chantal lauter.
Sie saß thronend auf meinem Gesicht und nichts wollte ich in diesem Moment mehr als das. Es hätte eine Ewigkeit anhalten können, wenn wir nur die Zeit dafür gehabt hätten. Ihre Finger streiften mir durch meine Haare, während ich vorsichtig an ihrem Kitzler saugte und meine Zunge darüber fahren ließ. Meine Finger fickten sie immer schneller und härter. Mit der anderen Hand bekam sie einen Klaps auf ihren Allerwertesten.
Ich genoss den Anblick, den ich von unten hatte, vorbei an ihren Brüsten mit den harten Nippeln, zu ihrem halb geöffneten Mund, der immer wieder kleine Seufzer herausbrachte. Ich griff mit einer Hand zu meiner Hose und holte ein Kondom heraus. Chantal schaute mir dabei zu.
»Ich will dich endlich richtig spüren, nicht nur mit den Fingern«, stöhnte sie.
Sie legte sich auf den Rücken, spreizte ihre Beine, sodass ich wieder ihre glänzende Pussy sehen konnte. Gerne nahm ich ihre Einladung an, wollte nichts lieber, als mit ihr vereint sein. Mein Schwanz fand seinen Weg durch ihre weichen Lippen, in die Lustgrotte und so begann ich sie langsam zu ficken. Ihr süßes Stöhnen war wieder da, erst zaghaft, aber dann mit jedem Stoß umso lauter. Immer wieder stieß ich zu, schaute Chantal dabei in ihre weit aufgerisse-

nen Augen und auf ihre weichen Lippen, aus denen nur
»mehr ... tiefer ... bitte ...« kam.
Chantal nahm ihre Beine hoch, so konnte ich sie noch tiefer nehmen. Ihre Finger fuhren währenddessen über meine Brust und ihre Nägel hinterließen rote Streifen. Sie erhielt dafür noch tiefere und härtere Stöße.
Ein kleines Biest kann sie also auch sein.
»Mhmm, ich komme gleich, Süße ...«, konnte ich nur noch kurz vorher herausbringen, stieß tief zu und sank langsam lustüberströmt in ihre Arme. Chantal gab mir einen Kuss, während mein Orgasmus mich überrollte.
Ihre Finger fuhren durch meine Haare und sie blickte mich verträumt mit ihren blauen Augen an.
»War es so, wie du es magst?«, fragte sie mich.
»Oh, ja es war einfach wundervoll.«
»Leider kann ich aber nicht mehr so lange bleiben. Der letzte Bus geht bald zurück.«
»Es wäre schön, wenn du die Nacht hier bleibst. Am liebsten würde ich dich mitnehmen«, rutschte es mir heraus.
»Don, das ist nett aber du weißt doch. Wir sind nur Freunde.«
»Nun Freunde mit etwas mehr«, sagte ich grinsend.
»Ja, aber auch nur das.«
Mach nicht wieder den Fehler wie bei Saskia, warnte mich mein Kopf. *Du weißt, dass das hier nur eine einmalige Sache ist, egal wie aufregend und umwerfend du sie findest.*
Oh ja, ich fand sie mehr als das. Ich war schon ein klein wenig verliebt. Nur war ich nun vorsichtiger geworden, ließ mich von meinen Gefühlen nicht einfach überrennen.

Chantal riss mich aus meinen Gedanken, weil sie sich langsam aus meiner Umarmung löste.
Konnte ich nicht einfach mal jemand finden, der mich auch liebt und wo es passt, motzte mein Herz.
Haben das Problem nicht alle, antwortete mein Kopf.
»Ich werde dann mal gehen, wir schreiben uns gleich, ja? Danke für das Geschenk«, sagte Chantal, die nun bereits angezogen vor mir stand.
»Können wir machen, Süße. Komm gut zurück.«
Chantal gab mir einen langen Kuss.
»Das was im Badezimmer liegt, darfst du als Andenken an unser feuchtes Erlebnis behalten. Bye.«
Ich lächelte. Wahrscheinlich war es ihre Unterwäsche. Schließlich trug sie nun mein Geschenk.
»Wir schreiben uns! Bye, du Nase.«
Ich erntete ein bösen Blick, der sich jedoch in ein Lächeln verwandelte.
Die Hotelzimmertür fiel ins Schloss und so war ich mit meinen Gedanken alleine.
Ich raffte mich auf, setzte ein Lächeln auf, indem ich an unser Erlebnis zurück dachte und ging in das Restaurant, um etwas zu essen.
Am nächsten Tag ging es wieder zurück in die Heimat, mit Chantals Unterwäsche im Gepäck. Sie hatte mir ein paar Mal auf dem Messenger geschrieben und im Gegensatz zu anderen Begegnungen blieben Chantal und ich weiterhin in Kontakt. Es sollte jedoch kein persönliches Wiedersehen geben.

Am nächsten Wochenende klingelte das Telefon bei mir und als ich abnahm, hörte ich eine bekannte Stimme.
»Hi, ich bin es, Amilie. Wie geht's dir? Ich wollte mich mal wieder melden.«
Mein Ärger über ihre Aktion damals war längst verflogen und so ließ ich das Gespräch einfach zu.
»Bist du noch sauer auf mich?«, fragte sie, als hätte sie meine Gedanken gelesen.
»Nein, ich bin ja nicht nachtragend«, antwortete ich und war gespannt darauf, was sie mir zu erzählen hatte.
»Ich habe heute ein Andenken in meinem Schrank gefunden und das hat mich an dich erinnert. Da dachte ich mir, es wäre an der Zeit mich mal zu melden.«
Wir unterhielten uns etwas länger über die aktuelle Lebenslage und was in den letzten Monaten passiert war. Sie hatte seit einiger Zeit einen festen Job, was mich etwas beruhigte. Ich hoffte für sie, dass ihr die Arbeit etwas Halt gab. Von einem Nebenjob zum nächsten zu springen würde ihr keinen Halt geben.
»Hast du Lust mich noch einmal besuchen zu kommen und etwas Verrücktes mit mir zu erleben«, fragte Amilie mich ganz überraschend.
Ich zögerte etwas, entschloss mich jedoch dann ihr zuzusagen.
»Aber es ist klar, dass wir über ein Abenteuer reden, Amy?«
»Ja, das weiß ich und werde ich respektieren. Hättest du denn schon eine Idee für unser Treffen?«
Mir fielen unsere Fotoshootings ein, aber das fand ich zu langweilig. Sie wollte etwas Aufregendes? Als ich sie damals von Bahnhof abholte, sah sie wie ein Schulmädchen aus.

Der Geschäftsmann und das Schulmädchen. Das war eine interessante Idee.
Amilie gefiel der Vorschlag und so vereinbarten wir ein letztes Treffen.

Der Schulmädchenfick

Nach meinem Treffen mit Chantal fand ich die Idee nicht schlecht. Ich wusste, was mich erwartete und Gefühle würden mir sicherlich nicht entgegenschlagen. Es war einfach ein Abenteuer.
Nachdem alles abgesprochen war, packte ich meine Sachen zusammen und machte mich am nächsten Tag auf den Weg zu ihr.
Es war ein heißer Sommertag und ich bereute die Idee schon am Vormittag, dass ich mich für Hemd und Sakko entschieden hatte.
Das Sakko ließ ich im Auto, als ich zu ihrer Wohnung ging. Ich hatte dieses schon während der Fahrt abgelegt, weil es im Auto so heiß war.
In ihrer Dachwohnung wird es bestimmt noch wärmer sein, befürchtete ich.
Die Sonne brannte, während man einige Grillen zirpen hörte. Unter den Bäumen am Haus war es zum Glück etwas kühler. Die Haustür stand offen und ich ging in dem kühlen Hausflur die Treppen hinauf. Oben angekommen, schlug mir die Hitze entgegen, die sich unter dem Dach

staute. Wenn es in der Nacht so warm blieb, könnte ich direkt nackt schlafen, dachte ich mir und grinste vergnügt, da mich das an Amilies Vorlieben erinnerte.
Ich klingelte und Amilie öffnete die Tür. Sie stand im Schulmädchendress vor mir und ich musterte sie: Karierter Minirock, rotes Top, hohe Strümpfe und Schuhe mit Absätzen.
Das sieht ziemlich geil aus, schoss es durch meinen Kopf.
»Hi«, begrüßte sie mich und bekam sogleich eine Umarmung.
Sie zog mich ins Wohnzimmer und wir setzten uns. Zum Glück wehte der Wind durch die offenen Fenster, dadurch wirkte es etwas kühler.
Kurz nachdem wir begonnen hatten zu reden, klingelte es an der Tür und eine Freundin kam zu Besuch. Geplant war das eigentlich nicht. Sie blieb etwas länger und da Amilie und ich noch Essen gehen wollten, beschlossen wir das gleich im Anschluss zu tun.
Wir fuhren in die Stadt und parkten direkt neben dem Einkaufszentrum. Den Rest ging es zu Fuß weiter. Amilie begleitete mich und im Augenwinkel bemerkten wir, wie sich alle umdrehten und uns nachschauten. Der Herr in guter Hose mit dunklem Hemd und das böse Schulmädchen im kurzen Rock.
Du hättest Amy noch einen Lolly kaufen sollen.
Beim Gedanken daran grinste ich.
Als wir im Restaurant einkehrten, schaute die Kellnerin etwas verdutzt, fing sich aber gleich wieder und bat uns einen Tisch an. Unbewusst ging das Ganze weiter: Ich bestellte ein Steak und Amilie, die in Zeiten von EHEC auf

den Salat mit Sojasprossen verzichtete, ließ sich Fingerfood kommen.
Da schien es selbst der Kellnerin zu heiß zu werden.
Vergnügt nahmen wir unser Essen zu uns und mir fiel es ebenfalls schwer, die Blicke von Amilie abzuwenden.
Hoffentlich geht's bald heim, drängelte mein Kopf.
Nach dem Essen gingen wir die Straße entlang, kauften noch etwas zu trinken und fuhren wieder zu Amilies Wohnung.
Wir waren gerade einige Minuten alleine, ich wollte den ersten Annäherungsversuch starten, da klingelte es an der Tür: Eine andere Freundin kam, die mit Amy über ihre Probleme sprechen wollte.
Die Freundin war nach einiger Zeit gerade im Begriff zu gehen, da klingelte es wieder. Die Freundin vom Nachmittag.
Nachdem wir uns unterhalten hatten, sie auch erfahren hatte, wer ich war, konnte sie sich denken, warum ich bei Amy war. Sie verabschiedete sich mit den Worten »Ihr wollt bestimmt alleine sein«.
Jetzt war Ruhe, die Stimmung war aber irgendwie nicht mehr die, um übereinander herzufallen. Wir beschlossen kurzerhand ins Bett zu gehen und es uns dort gemütlich zu machen. Innerlich war ich etwas verärgert, versuchte mir aber nichts anmerken zu lassen.
Wir zogen uns aus, denn Amilie hatte die nette Angewohnheit nackt zu schlafen und so kuschelte sie sich sofort mit ihrem nackten warmen Körper an mich. Amy küsste mich erst nur kurz und sogleich folgte ein Kuss mit Zunge.

Unsere Hände erkundeten den anderen Körper. Ich tastete über ihren Po, griff zu und wanderte weiter aufwärts zu ihren großen Brüsten, um diese zu kneten.
Unsere Lippen berührten sich wieder, fordernd und leidenschaftlich, während sich unsere Körper fest aneinander pressten. Amilie übersäte meinen ganzen Körper mit Küssen, streichelte ihn und tastete nach meinem Schwanz. Ihn mit Fingerspitzen ertastend wichste sie in zärtlich, während sie sich über mich beugte.
Ihre großen Brüste wippten über meinem Gesicht und ich fuhr mit meiner Hand über ihren Nabel, durch ihren Schritt, hinunter zu ihrer Pussy. Ich drang erst mit einem Finger in ihr Allerheiligstes ein, später nahm ich einen zweiten hinzu. Ihre Pussy gab schmatzende Geräusche von sich.
»Mhmmmm ...«, stöhnte Amilie lauter werdend.
Ich fickte sie noch schneller und tiefer mit den Fingern. Amilie legte sich auf die Seite und ließ ihre Hände über meinen Körper fahren. Meinen Schwanz zärtlich massierend wichste sie ihn weiter. Sie erhielt dafür einen Klaps auf den Po, denn ein unartiges Schulmädchen gehört bestraft.
Meine Finger gruben sich erneut in ihre Pussy, dieses Mal gleich zwei Finger. Durch das Dachfenster wehte ein kühler Wind über unsere verschwitzten Körper. Amilie rutschte nach unten und bedeckte meinen ganzen Körper erneut mit ihren Küssen.
»Magst du, dass ich ihn blase?«, fragte sie ganz förmlich.
»Bitte ...«, flehte ich erregt.
Amilie nahm meinen harten Schwanz und küsste ihn. Ihn

langsam in ihren tiefen Schlund aufnehmend fickte sie ihn mit den weichen Lippen. Immer wieder, auf und ab.
Ich spürte wie sie nach einiger Zeit von ihm abließ und meine Eier lutschte.
»Kleines geiles Schulmädchen ...«, stöhnte ich nur, während sie weiter genoss.
Das Spiel gefällt dir. Am liebsten würde ich dir nun richtig den Arsch versohlen, deine Hände fesseln und dich von hinten nehmen.
Amy kam wieder nach oben, nachdem sie noch einmal meinen Schwanz mit ihrem Mund gefickt hatte.
»Ich will dich jetzt spüren«, flüsterte sie voller Sehnsucht und riss mich aus den bösen Gedanken.
Ich zog ein Kondom über meinen Schwanz, Amy setzte sich auf mich und ließ meinen Ständer in ihre Pussy gleiten. Sie fing an mich zu reiten, erst langsam, dann immer schneller.
»Es ist so geil, dich wieder zu spüren«, stöhnte sie.
Ihre Enge trieb mich schnell meinem Höhepunkt entgegen. Dieses bekräftigte ich mit einem weiteren Klaps auf ihren nackten Po. Amy ließ nicht von mir ab, beugte sich nach vorne und fickte weiter ihre Pussy mit meinem Schwanz.
»Ja, ja, ja ...«, heizte sie unsere Zweisamkeit erregt weiter an.
Noch ein Klaps und Amy setzte sich wieder aufrecht hin. Mein Schwanz drang sehr tief in ihre nasse Pussy ein.
»Versohle mir weiter den Po. Ich war ein unartiges Schulmädchen«, keuchte sie und blickte mich dabei unterwürfig an.

Das kannst du haben.
Ich holte aus und schlug mit voller Wucht auf ihren Po, was Amilie noch mehr anspornte und uns schnell zu einem gemeinsamen Höhepunkt trug.
Außer Atem legte sich Amilie neben mich. Die Schweißperlen rollten über ihren Körper.
»Es ist so heiß hier, obwohl die Fenster auf sind. Und jetzt machst du mich noch völlig fertig«, flüsterte sie, während ihre Hand meine Brust streichelte.
»Auf jeden Fall wissen die Nachbarn nun auch Bescheid, dass der Geschäftsmann dem Schulmädchen den Po versohlt hat.«
»Oh ja, das hat mir sehr gefallen. Und meine Nachbarn sind mir egal«, meinte sie frech.
Irgendwie hatte ich nach der Aussage das Verlangen, ihr noch mal auf den Po zu hauen.
Während Amy in meinen Armen lag und von jetzt auf gleich eingeschlafen war, dachte ich daran, was gerade passiert war.
Hat sie mich angespornt, ihr den Arsch zu versohlen? So explizit hat das früher von mir keine Frau verlangt, aber es gefällt mir, wenn mich eine Frau anbettelt.
Ich überlegte weiter und musste feststellen, immer wenn ich in solche Situationen kam, Gefallen daran zu haben. Mir fiel ein, das ich damals Phebey und Anita ein Halsband geschenkt hatte. Ich mochte es an ihnen, aber war das wirklich alles? Oder hatte ich sogar andere Neigungen? Die Fragen wurden mir schneller beantwortet, als ich erwartet hatte. Denn mit Lea veränderte sich mein Liebes- und Sexleben radikal.

Neuland

Lea und ich schrieben uns bereits über Twitter, weil sie auf einen meiner Beiträge geantwortet hatte. Meinen Internetblog entdeckte sie nach einiger Zeit auch und so tauschten wir unsere MSN, um dort zu schreiben und Fotos zu schicken.
Wir waren beide so begeistert, dass wir gleich unsere Handynummern tauschten. Und dort ging es dann mit dem Schreiben weiter. Mir fiel auf, dass sie sehr devot war und sprach sie bei unserem ersten Telefonat gleich darauf an. Wir telefonierten regelmäßig, mit der Überlegung uns bereits am nächsten Wochenende zu treffen. Lea hatte aber keine Zeit und so verschoben wir die Aktion auf das nächste Wochenende. Sie wollte mich von Freitag bis Sonntag besuchen. Die ganze Woche telefonierten wir abends, meistens bis spät in die Nacht. Und langsam wurde immer klarer, wie wir uns positionierten.
Ich hatte stark Gefallen daran gefunden, den dominanten Part zu übernehmen und Lea zeigte ihre unglaublich devote Seite. Es endete häufig damit, dass ich ihre unartige Art züchtigte, nachdem sie einer meiner Geschichten gelesen hatte – erst per SMS, später am Telefon. In der ersten Zeit fragte sie noch »Darf ich es mir machen?«. Ich stimmte sofort zu.
Nach einer Woche stellte sie die Frage »Darf ich es mir bitte selbst machen, Herr?« und mein »Es ist dir erlaubt, mein kleines Miststück« kam in wenigen Fällen direkt hinterher. Entweder hatte ich etwas auszusetzen, weil sie mich nicht

ordentlich gefragt hatte oder sie bekam eine Einschränkung auferlegt.

Meistens gab ich ihr vor, wie sie sich anzufassen hatte. Das führte dazu, dass sie entweder noch einmal mit Anrede für den nächsten Schritt fragen musste oder sie bettelte, was aber wieder zu einer Bestrafung führte. Ein »Darf ich bitte kommen, Herr?« war dann das erlösende Ende für sie, wenn ich es ihr auch erlaubte.

Nach meinem »Es ist dir erlaubt« kam noch ein »Danke, Herr« von Lea. Manchmal hatte sie es vergessen und sie hatte gemerkt, dass sie deswegen ein paar Minuten auf ihre Erlösung warten musste.

Drei Tage vor unserem Treffen passierte dann etwas, was uns beide ziemlich ärgerte. Lea hatte sich den Fuß gebrochen und konnte daher weder mit dem Auto, noch alleine mit der Bahn reisen. Leider war es so schlimm, dass es sich einige Wochen hinziehen würde. Am Wochenende telefonierten wir dafür aber von Freitag auf Samstag fünf Stunden am Stück.

Sie rief mich wie immer an, es war bereits nach 23 Uhr.

»Naa, wie geht's dir? Was macht der Fuß?« erkundigte ich mich.

Wir erzählten einige Zeit darüber, wie der Tag war. Den Tag zuvor hatten wir ebenfalls telefoniert und so waren nur die Neuigkeiten von Freitag interessant.

»Jetzt wärst du eigentlich hier, Süße ...«, warf ich irgendwann ein, weil es unser Date-Wochenende gewesen wäre.

»Ja, das wäre ich auch jetzt gerne. Fände es besser jetzt in deinen Armen zu liegen.«

»Mhmm, daran hätte ich gefallen, hier unter meiner Bett-

decke.«
»Und dann?«
»Würde ich mich schon um dich kümmern, Süße.«
»Klingt interessant, da wüsste ich jetzt gerne mehr ...«
»Ich küsse, verwöhne dich, wandere langsam nach unten und lecke deine nasse Pussy.«
Lea gab einen lauten Seufzer von sich.
»Und wehe, du stöhnst dabei«, sagte ich forsch.
»Was habe ich da zu erwarten?«, fragte Lea.
»Ich werde dich ans Bett fesseln und dich knebeln.«
Wieder ein Stöhnen von Lea.
»Du weißt, dass mir so etwas gefällt.«
»Genauso, vor allem, wenn ich dich im Badezimmer an der großen Heizung fesseln würde?« fragte ich provokant.
»Ja, genau so etwas! Da bin ich schon besonders gespannt drauf.«
»Bist du schon feucht, Süße?«
»Weiß nicht, darf ich mal fühlen?«, fragte sie vorsichtig.
»Ja«, erwiderte ich nur und wusste bereits die Antwort.
»Fühlt sich sehr feucht an.«
»Dann streichel dich! Mein Schwanz ist ganz hart und ich werde ihn jetzt langsam wichsen.«
»Mhmm stell dir vor, wie ich ihn blase, ihn mit meiner Zunge verwöhne«, stöhnte Lea und strich dabei durch ihre nasse Pussy.
Ich wichste mir meinen harten Ständer, Lea stöhnte weiter und geilte mich damit nur noch mehr auf.
»Was möchte mein kleines geiles Miststück jetzt?«
»Mich fingern, Herrrrr...«, hauchte sie leise mit ihrer sexy Stimme.

Sag's mir noch einmal, du geile Sau, dachte ich. Ich liebte es, wenn sie es sagte.
»Dann frag mich gefälligst ordentlich, meine kleine Hure«, fuhr ich sie an, um das zu erhalten, wonach meine Sinne verlangten.
»Darf ich mich bitte fingern, Herr?«, hauchte sie erneut.
»Nein«, war meine Antwort.
Ich ließ sie zuhören, wie ich mir meinen Schwanz wichste und gab ihr kurze Zeit später zu verstehen, dass sie etwas warten müsste.
»Bitte, Herrrrrr. Darf ich mich fingern?«
»Du hast mich vernünftig zu fragen, mein Miststück«, gab ich ihr zu verstehen.
»Darf ich mich bitte fingern, Herr?«, gehorchte sie. Ich zögerte.
»Es ist dir erlaubt, meine kleine Schlampe«, stimmte ich doch zu. »Und du weißt, du hast mich um Erlaubnis zu fragen, bevor du kommst.«
»Ja, Herr. Danke, Herr.«
Wir stöhnten beide, geilten uns gegenseitig weiter auf. Leas Stöhnen wurde lauter und intensiver. Ich wichste mir meinen Schwanz vor Geilheit härter und wartete nur auf ihre Frage.
»Darf ich bitte kommen, Herr?«, stöhnte Lea in den Hörer.
»Nein«, fuhr ich sie an. »Du hast vorhin gebettelt. Dafür hast du jetzt zu warten. Frag mich in einer Minute noch einmal.«
Lea stöhnte leiser weiter und ich wartete darauf, dass sie mich fragte.
»Darf ich kommen, Herr?«

Dieses Mal erlaubte ich es ihr ohne zu zögern.
Einige Tage später, fragte ich sie, ob sie nicht ihr Spielzeug am Bett hatte. Sie verneinte und somit gab es eine herbe Strafe für sie, da sie es auch noch selbst vorgeschlagen hatten. Ihre Aufgabe bestand darin, mir zuzuhören und sie durfte sich dabei selbst nicht anfassen. Ich änderte kurzfristig die Spielregeln, um ihr etwas Hoffnung zu geben.
»Was möchtest du gerne, mein kleines Miststück?«, stöhnte ich, während ich mir meinen harten Schwanz massierte.
»Ich möchte es mir selbst machen, Herr«, stöhnte sie völlig erregt.
»Du darfst dir deine Pussy streicheln. Aber nur streicheln, nicht fingern«, sagte ich streng.
»Danke, Herr«, kam es brav von ihr zurück. Das würde aber nichts nützen.
Ich ließ sie ihre Pussy massieren und hörte dabei ihr leises Stöhnen. Zu schade, ich hörte es so gerne und doch musste ich sie bestrafen. Sie hatte ihr Spielzeug vergessen.
»Nimm die Finger von deiner Pussy, du kleine Hure«, fuhr ich sie an.
»Ja, mein Herr«, kam es ganz leise zurück.
»Du hast nicht auf mich gehört, also hörst du jetzt zu und deine Finger bleiben über der Decke.«
Lea gab nur ein leises »Ja« zurück.
»Du hättest es verdient übers Knie gelegt zu werden. Und ich würde dir ordentlich den Arsch versohlen, kleines Miststück«, stöhnte ich und verwöhnte mich dabei weiter.
»Ich weiß, Herr«, stimmte Lea zu.
Mein Stöhnen wurde lauter und kurze Zeit später musste

sie mit anhören, wie ich kam – ohne sich dabei berühren zu dürfen.

Auch in der folgenden Nacht war es ihr nicht erlaubt.

Am Abend darauf rief sie wieder an. Lea kam ziemlich schnell zur entscheidenden Aussage.

»Ich hätte dich jetzt gerne hier bei mir, unter der Decke. Mir ist kalt.«

»Hier ist es schön warm, komm doch zu mir«, musste ich grinsend feststellen.

»Kann ich nicht, weißt du doch.«

»Kannst du wieder nicht hören und wirst frech, was?!«, stellte ich fest.

»Jaaaa«, antwortete sie lachend.

»Was würdest du denn machen, wenn ich bei dir wäre?«, fragte Lea nach einer Pause.

Ich überlegte kurz.

»Du würdest zur Strafe erst einmal in der Ecke stehen, die Hände auf dem Rücken, damit ich sie sehen kann. Dann würde ich dir ein paar Minuten später die Hände fesseln und dich vor mir knien lassen.«

»Mhmmm«, seufzte Lea. »und was muss ich dann machen?«

»Deinen Mund aufmachen, damit ich meinen harten Schwanz reinstecken kann. Den bläst du mir, schön bis zum Anschlag.«

Lea seufzte erneut, dieses Mal war es sehr langgezogen.

»Mmmmhm, der Schwanz ist jetzt schön hart. Wichse ihn schon für dich, mein kleines Miststück«, stöhnte ich leise.

»Wo hast du deine Hände?«

»Auf der Bettdecke, Herr.«

»Dann darfst du dich jetzt streicheln. Hast du dein Spielzeug am Bett?«
»Ja, Herr«, war ihre Antwort.
»Sehr gut. Du lernst ja doch, mein Miststück«, bekam sie zu hören.
»Kannst du mal sehen«, erwiderte sie in einem frechen Ton.
»Jetzt wirst du aber frech«, ermahnte ich sie. »Dafür dürftest du dich hier erst mal vor das Bett knien und dir deine fünf Schläge mit dem Holzpaddel abholen, meine kleine Schlampe.«
Leas Stöhnen wurde jetzt lauter. Genau das gefiel ihr. Und ich fand ihr lautes Stöhnen unglaublich sexy, gerade wenn sie noch dazwischen »Jaaa, Herr« hauchte.
»Mein Schwanz ist richtig schön hart. Ich würde ihn dir jetzt in deinen Schlund stecken, wenn du hier wärst. Was würdest du mit ihm machen, meine kleine Hure?«
»Ich würde ihn bis zum Anschlag blasen. So tief ich kann, Herr!«
»Was möchtest du jetzt gerne?«
»Mein Spielzeug benutzen, Herr.«
»Es ist dir erlaubt. Aber du hast zu fragen, bevor du kommst.«
»Danke. Ja, Herr.«
Kurz darauf stöhnten wir beide uns gegenseitig dem Höhepunkt entgegen. Ich massierte meinen Schwanz, nicht zu schnell, weil ich wieder mit ihr zusammen kommen wollte.
»Darf ich bitte kommen, Herr?«
Ich stöhnte und ließ sie auf die Antwort warten, bis ich ihr die Erlösung erlaubte. Ihr Stöhnen wurde noch einmal

richtig laut als sie kam und ich kam in dem Moment ebenfalls, erregt durch ihre Stimme.

Wieder ein paar Tage später, es war an einem Wochentag und ich musste am nächsten Tag arbeiten, wollte ich eigentlich mit dem Telefonieren aufhören. Aber Lea ließ nur einen Satz verlauten:
»Stell dir vor, ich bringe dir morgen früh deinen Kaffee im kurzen Röckchen ...«
» ... und einer Bluse mit weitem Einblick«, vollendete ich den Satz.
»Das würde dir gefallen, stimmt's?«, hörte ich sie sagen und sah förmlich ihr Grinsen vor mir.
»Davon kannst du ausgehen, Süße. Ich würde dich erst einmal in den Konferenzraum schicken. Um mit dir ein Gespräch zu führen.«
»Warum denn?«, kam es überrascht zurück.
»Du weißt doch wie ich mein Kaffee will. Blond und süß, genauso wie du es bist. Und du bringst mir wieder schwarzen Kaffee, mein kleines Miststück. Du lernst es nicht.«
»Tut mir leid.«
»Bitte? Tut mir leid, was?«, sagte ich streng.
»Tut mir leid, mein Herr.«
»Du kannst dich erst einmal hinknien, während ich meinen Schwanz auspacke und ihn schön hart wichse und ihn dir dann in den Mund stecke!«
Lea stöhnte leise auf, als ich zu Ende gesprochen hatte.
»Ich will, dass du ihn wichst und ihn ganz bis zum Anschlag bläst, meine kleine Sau.«
»Ja, Herr, soweit es geht, Herr«, stöhnte Lea laut in den

Hörer. Dabei konnte ich nicht untätig bleiben und verwöhnte mein bestes Stück.
»Du darfst dich streicheln, wenn du das möchtest«, gab ich ihr die Erlaubnis.
»Danke, Herr.«
»Aber den schwarzen Kaffee vergesse ich dir nicht, damit du es lernst. Dreh dich um, bück dich und leg dich mit dem Oberkörper auf den Besprechungstisch«, gab ich ihr in einem scharfen Ton vor.
»Und nun, mein Herr?«
»Werde ich dir deinen süßen Arsch versohlen, mein Miststück. Fünf Schläge auf jeder Seite.«
»Ohhh ...«, seufzte Lea laut.
»Deinen Mini ziehe ich etwas zur Seite, dass ich die weiche Haut sehe und es gibt den ersten Klaps!«
Ich unterbrach, wichste meinen Schwanz aber weiter und konnte mein Stöhnen auch nicht mehr zurückhalten.
»Und jetzt die andere Seite. Wieder fünf Schläge!«, verkündete ich.
Lea stöhnte laut auf.
»Bist du schon feucht, meine kleine Drecksau?«
»Ja, Herr«, kam es nur zurück.
»Finger dich, mein kleines Miststück.«
»Danke, Herr«, hörte ich von der anderen Seite und bemerkte wie ihr Stöhnen wieder lauter wurde und sie offenbar ihr Finger in ihre nasse Pussy schob.
»Du hast mich aber zu fragen, bevor du kommst!«
»Ja, Herr. Ich weiß«, sagte sie ohne eine weitere Emotion zu zeigen.
»Ich würde dich jetzt gern auf dem Tisch ficken. Meinen

Schwanz in deine Pussy rammen und dich hart ficken«, stöhnte ich.

Leas Stöhnen wurde lauter und hörte sich unwahrscheinlich gut an. Es dauerte fünf Minuten und wir stöhnten, während wir uns streichelten.

»Darf ich bitteeee kommen, Herr?«, fragte Lea und stöhnte dabei weiter.

»Es ist dir erlaubt, mein kleines Miststück«, stimmte ich heute gleich zu, ohne sie lange warten zu lassen.

Ich war auch kurz davor und wir gelangten gleichzeitig zum Höhepunkt.

In den Tagen darauf war es immer wieder ein Thema, dass wir überlegten, wie wir uns treffen könnten. Normalerweise wollte Lea zu mir kommen, ich bot ihr aber auch an, dass ich für ein Wochenende zu ihr fahren würde. An einem Tag eskalierte unser Telefonat und Lea erklärte, dass sie es für keine gute Idee hielt sich zu treffen. Ich war überrascht von ihrer Ansicht und es dauerte nicht lange, dass wir beide am Telefon weinten. Lea brach das Telefonat ab und schrieb online weiter.

»Ich kann nicht reden. Ich heule nur noch«, schrieb sie.

»Warum denn gerade jetzt und heute? Es war doch immer alles ok. Du hast nie was gesagt. Ich versteh gerade nichts mehr.«

»Mir kommt das alles so zwecklos vor durch die Entfernung. Und meine Gefühle hängen da viel, viel zu sehr drin. Soweit war ich aber schon. Und das macht mich kaputt und das weißt du auch«, erklärte sie.

»Ja, die Vermutung war da. Ich hab sie wohl auch. Sonst würde ich nicht heulen und wäre verletzt. Ich hätte am

Wochenende eh zu 95% gesagt, dass ich mehr möchte und es versuchen will. Das war mir schon klar«, gestand ich.
Sie hatte mir schon den Kopf verdreht. Nach längerer Zeit hatte ich mich verliebt und das wurde mir erst jetzt bewusst.
»Hat das Sinn?«, fragte Lea.
»Das ist wohl deine Entscheidung, denn du weißt ja schon indirekt, dass ich will. Entweder wir probieren es oder wir tun uns weh und fragen uns später immer, ob es nicht doch richtig gewesen wäre«, merkte ich an.
»Die Frage werden wir uns wohl stellen müssen, denn ich kann im Moment einfach nicht. Ich kann nicht.«
»Dann willst du jetzt alles hinschmeißen und wirst auch nicht vorbeikommen?«
»Ja«, kam es nur knapp von Lea zurück.
»Tja, gut. Ich geh mal heulen. Das tut weh!«
»Ich weiß, mir tut es genauso weh, aber es ändert nichts an der Tatsache, dass ich aus Selbstschutz handle.«
»Selbstschutz wovor? Dass es nicht klappt und wir uns dadurch wehtun?«
»Vor meinen Gefühlen. Ich bin nicht bereit für eine Beziehung. Mein Ex hat mich damals kaputt gemacht. Und das weißt du. Ich bin momentan einfach nicht das, was du brauchst.«
Doch, sie war genau das, was ich brauchte. Sie hatte mir etwas Neues gezeigt und ließ mich damit einfach alleine, obwohl es sich richtig anfühlte.
»Und deswegen ist alles aus?! Alles was wir hatten nichts mehr wert? Aber vielleicht besser so, bevor es mehr weh tut.«

»Pass auf, ich will dir nicht wehtun, das weißt du, nur ich will dich später nicht mit meinem Mist kaputt machen.«
»Mit welchem Mist willst du mich denn kaputt machen? Ich hätte dir gerne gezeigt, dass es wirklich jemand gibt, der dich liebt. Gut, du bist nicht bereit. Aber ich hab immer gedacht, du willst es versuchen und am Telefon klang es immer danach. Und vor ein paar Tagen meintest du noch, wir bekommen das hin. Und jetzt ist alles kaputt und ich sitze hier und hätte dich gerne hier. Das ist wie ein Albtraum.«
»Ich weiß auch, dass du der Richtige gewesen wärst, ich kann im Moment nur einfach noch nicht. Du weißt, was alles passiert ist und ich kann das nicht innerhalb von ein paar Wochen verdauen. Entweder du wartest auf mich, wenn du mich wirklich willst, oder nicht. Weißt du was? Ich geh jetzt schlafen. Ich bin müde. Schlaf eine Nacht drüber.«
Das klingt schon wieder etwas besser. Ich kann ja darauf warten und sie hält mich für den Richtigen. Damit kann ich leben und wenn sie das auch so sieht, wird sie nicht den Kontakt abbrechen, dachte ich mir an diesem Abend.
Am nächsten Vormittag war jedoch schon wieder alles anders. Ich fand eine Nachricht von Lea in meinem Posteingang.

Hey Don,

nachdem ich jetzt noch einmal eine Nacht über alles geschlafen habe, bin ich zu einer Entscheidung gekommen.
Es ist nun mal so, dass ich im Moment keinen Weg für uns sehe. Ich kann und will mich nicht auf eine Beziehung einlassen, ich bin einfach noch nicht wieder bereit dazu. Nach unserem Gespräch gestern sehe ich einfach keinen anderen Weg, denn auch wenn Gefühle da sind, es geht einfach nicht und ich kann und will mir nicht auch noch ein schlechtes Gewissen von dir einreden lassen. Ich weiß, dass es dir auch schlecht geht, das musst du mir nicht noch sagen, aber so kann es erst recht nicht weitergehen und genau deswegen sehe ich auch wirklich im Moment keine Basis mehr, noch nicht mal mehr zum Telefonieren, denn ich weiß auf was diese Gespräche hinauslaufen würden und das würde mich erst recht fertig machen.
Und das ist genau das, was ich jetzt gar nicht brauchen kann. Alles was ich im Moment brauche ist Abstand, ob du das nun verstehst oder nicht. Ich muss da einfach an mich denken, denn ich habe in der kommenden Zeit mehr als genug vor mir und kann mich nicht auch noch damit belasten, das es dir schlecht geht und du mich zu etwas überreden willst, was ich einfach nicht kann.
Lass uns beiden bitte Zeit um ein wenig Abstand zu bekommen. Ich denke, wir werden sie beide brauchen. So wie es jetzt ist, kann und will ich auf jeden Fall nicht mehr weitermachen...
Ich kann dir und auch mir nicht weiter wehtun.

Lea

Damit war alles gesagt. Der Kontakt zu Lea brach ab, trotz dass ich weiter wartete und hoffte, sie würde mich anrufen oder mir eine Nachricht schreiben. Sie hatte uns beiden das Herz gebrochen, aus Angst sie würde von einer schlechten Erfahrung in die nächste rutschen.

Wie viel davon wahr war, wusste ich nicht. Aber als ich nach drei Monaten auf ihrem Profil sah, dass sie vergeben war, überlegte ich, ob sie mich als Tröster und Spaßfaktor gesehen hatte.

Ich konnte mich zwar schwer über die Enttäuschung hinwegtrösten, da ich mich in den Monaten nur noch auf Lea konzentriert hatte, aber mit der herben Enttäuschung und meiner Dummheit, wieder Gefühle zu investieren, gelang mir schnell die Rückkehr in mein Flirtleben.

Der heiße Arsch

Es klopfte an der Tür meines Hotelzimmers. Ich öffnete sie und Alisa stand vor mir.

»Ihr Zimmerservice …«, sagte Alisa grinsend und poste vor der Tür in ihrem knappen schwarzen Röckchen.

Sie drehte sich einmal und streckte mir ihren Po entgegen.

Ich hatte Alisa in der Hotelbar kennengelernt. Da ich mal wieder alleine eine Messe besuchte und es in der Umgebung nicht viel gab, hatte ich im Hotel gegessen und mich an die Bar begeben, um etwas zu trinken.

Ich bestellte mir einen Cocktail, schaute ein bisschen bei Facebook und entdeckte, dass im Hotel noch jemand an-

ders mit einem Facebook-Account online war. Ich schaute mir das Profil an. Sie hieß Alisa.
Ich hinterließ ihr eine kurze Nachricht mit den Worten »Schön, dass man hier im Hotel auch jemanden findet, dem es langweilig ist.«
Dann ging alles schnell. Ein paar Nachrichten folgten in den nächsten Minuten. Danach ihre Freundesanfrage – bestätigt.
Ich schaute mich auf ihrem Profil um.
Wieder eine Nachricht von ihr »Komme gleich runter, mache mich nur gerade fertig«.
Ihre Interessen waren schon eindeutig devot: Strafe, Spanking, Sklavin, devot… Ich grinste, denn in letzter Zeit nahm das echt zu. Sie kam die Tür hinein, schaute sich um und ich gab ihr ein Zeichen. Nachdem sie sich zu mir gesetzt hatte, redeten wir einige Zeit und das Gespräch rutschte langsam in den Bereich unserer sexuellen Vorlieben ab.
Sie war bereits auf meiner Seite, wie sie erklärte und 10 Minuten später gingen wir zu unseren Zimmern. Alisa wollte sich kurz frisch machen und dann zu meinem Zimmer kommen.
Nun stand sie vor mir und ich musterte sie. Sie trug zu ihrem Rock ein weißes, knappes Top mit einem Ausschnitt, der einem klarmachte, was wirklich schöne Brüste sind – und dann noch dieser geile Po!
Ihre hellblonden langen Haare fielen auf ihr Halstuch. Das ließ in mir Fantasien aufkommen, sie daran zu nehmen und ihr freches Mundwerk mit meinem harten Ständer zu stopfen.

»Möchte mich der Herr nicht hineinbitten?«, fragte sie frech.
Und ob der Herr will. Der Herr vor allem.
»Der Herr sagt schon, wenn er dir etwas erlaubt, mein Miststück«, sagte ich forsch zu ihr. »Knie dich hin und warte.«
Sie gehorchte.
Ich schloss die Tür vor ihrer Nase. Oh ja, sie kniete jetzt vor der Tür und hatte zu warten. Mitten auf dem Flur! Zwar war mein Zimmer relativ am Ende des Ganges, aber es würde sie schon jemand sehen. Ich wartete genau zwei Minuten und öffnete die Tür. Alisa saß brav kniend davor, mit gesenktem Blick und die Hände auf ihren Beinen liegend.
»Du hast mich anzuschauen, wenn ich vor dir stehe«, fuhr ich sie an.
»Ja, Herr«, kam es zaghaft von ihren Lippen.
Sie hob den Kopf und blickte mich mit ihren himmelblauen Augen an.
»Steh auf kleines Miststück und komm mit«, sagte ich und Alisa gehorchte mir.
Sie wartete im kleinen Flur und ich schloss die Tür. Mit den High-Heels war sie nur ein wenig kleiner, als sie vor mir stand. Ich drückte sie gegen die Wand und gab ihr einen langen Kuss. Eine Hand wanderte hinunter zu ihrem Po und griff zu, die andere zu ihren großen Brüsten. Alisa ließ sich mitreißen und griff vorsichtig an meine Hose, um meinen Schwanz zu massieren. Ich zog ihre Hand weg und drückte sie an die Wand.
»Hab ich dir das erlaubt?«, bekam sie sofort von mir zu hö-

ren.

»Nein, Herr.«

»Meinen Schwanz willst du also, knie dich hin«, forderte ich sie auf.

»Ja, will ich, mein Herr«, antwortete sie frech, das würde aber ihr gleich noch leidtun.

Ich zog meine Hose und die Boxershorts herunter. Mein Schwanz war bereits hart und hätte am liebsten ihre Pussy gefickt.

»Du möchtest höchstens meine kleine Hure. Wird Zeit, dass ich dir den Mund stopfe.«

»Bitte ...«, flehte sie.

»Du lernst es nicht was?« Ich schlug ihr mit meinem Schwanz ins Gesicht. »Wie heißt das?«

»Bitteee, mein Herr«, flehte sie.

»Mund auf«, befahl ich ihr und sie gehorchte.

Ich nahm ihre blonden Haare in meine Hand, drehte sie darum und drückte ihr meinen Schwanz in den Mund. Alisa lutschte gierig daran und ließ ihn in ihren Schlund herab. Ich fickte ihren Mund tief und hart, zog ihr dabei an den Haaren und gab ihr zwischendurch etwas Zeit zum Luftholen. Alisa verschluckte sich und hustete.

»Tut mir leid, Herr«, entschuldigte sie sich.

»Komm, steh auf mein Miststück.«

Ich gab ihr einen Kuss und nahm sie mit auf das Bett. Nachdem sie ihre High-Heels ausgezogen hatte, setzte sie sich auf mich und wir küssten uns, streichelten uns und ich schob ihr sogleich das Top über den Kopf. Der Stoff war ziemlich dick und ich war umso überraschter, dass sie keinen BH darunter trug. Ich zog sie zu mir und lutschte ihre

kleinen harten Nippel. Alisa gab ein Seufzer von sich, als ich daran leckte und mit meiner Hand unter ihren Rock ging. Auch hier fehlte die Unterwäsche und ich bekam gleich ihre weiche Pussy zu spüren, die ich langsam massierte.
»Du bist ja wirklich böse, schon gleich ohne Unterwäsche aufzutauchen
«, flüsterte ich ihr ins Ohr.
»Habe mir gedacht, dem Herrn wird es gefallen, wenn er möglichst wenig zum Ausziehen hat«, stöhnte sie, während sich meine Finger tief in ihre Fotze bohrten.
Ihr Stöhnen wurde lauter, für meinen Geschmack zu laut.
»Zügel deine Stimme, Fräulein« ermahnte ich sie.
»Ich kann nicht, Herr. Ich bin zu erregt ...«
Ich zog ihr an den Haaren und entfernte meine Hand sofort von ihrer nassen Pussy.
»Knie dich hin, auf allen Vieren«, befahl ich ihr. »Du weißt, Widerworte akzeptiere ich nicht. Fünf Schläge auf jeder Seite.«
Sie nahm ihre Position ein und präsentierte mir ihren Po. Ich strich den Rock zur Seite und sah den prallen Arsch vor mir.
»Ich will nichts hören, verstanden?«
»Ja, Herr. Ich werde schweigen.«
Ich holte aus und gab ihr den ersten Schlag mit der flachen Hand auf ihren Po. Dann klatschte es noch vier Mal. Die Haut verfärbte sich in einem Rotton. Der erste Schlag auf der anderen Seite ließ Alisa zucken. Ich schaute zu ihr hinüber. Sie hatte ihre Augen zu und biss sich anscheinend voller Erwartung auf den nächsten Schlag auf die Lippe. Es

folgten die anderen Schläge. Alisa nahm ihre Bestrafung tapfer hin.

»Danke, Herr«, sagte sie ohne Aufforderung. Ich ließ meine Finger wieder in ihre Pussy gleiten und fingerte sie langsam. Dieses Mal gab Alisa keinen Ton von sich. Sie war so nass, dass es mit jedem Stoß ein schmatzendes Geräusch gab.

»Komm her, mein süßes Miststück.«

Alisa kroch zu mir und ich gab ihr zu verstehen, dass sie mir meinen Schwanz blasen sollte. Sie lutschte ihn, ließ ihn tief in ihren Mund gleiten und spielte mit ihrer Zunge an der Eichel.

»Mhmm ...«, stöhnte ich, während sie mich verwöhnte. Meinen Schaft leckend wanderte sie so tief, dass sie zum Schluss meine Eier in den Mund nahm. Das war ein geiles Gefühl, wie sie mich verwöhnte. Ich nahm ihr Halstuch ab und fesselte ihre Hände damit an einen Bettpfosten, sodass sie quer auf dem Bett lag. Als Erstes bekamen ihre großen Brüste meinen Schwanz zu spüren. Ich presste ihre Titten zusammen und fickte sie lustvoll, während Alisa hilflos dalag und alles mit ansehen musste. Dabei hätte sie jetzt gerne den Ständer in ihrer nassen Pussy gehabt.

»Fick mich bitte, bitte Herr«, flehte sie.

»Mhmm, mach ich doch schon, mein Miststück«, stöhnte ich und musste mir das Grinsen verkneifen.

»Bitte meine Pussy, Herr.«

»Ich habe dir bereits gesagt, was ich vom Betteln halte, mein Miststück.«

Sie schaute mich erschrocken an und sprach nichts mehr. Dann rutschte ich nach unten, rollte ein Gummi über und

ließ meinen Schwanz in ihr Allerheiligstes eintauchen. Ich stieß mehrere Male hart zu. Dann zog ich ihn wieder heraus.
»Du bist so nass, meine kleine Drecksau. Ich spüre einfach nichts.«
Alisa schaute mich etwas verwirrt an.
Ich ließ meine Finger wieder in ihre Vulva gleiten, bis diese schön nass waren und dehnte damit anschließend ihr kleines Hintertürchen. Alisa stöhnte leise auf.
»Muss das wirklich sein, Herr?«, fragte sie vorsichtig.
Ich ließ meinen harten nassen Schwanz langsam eintauchen und fickte sie erst vorsichtig, dann immer schneller.
Ja, du kleine Sau, das muss wirklich sein!
Und eigentlich fand sie es doch auch geil. Ich fickte sie noch härter, immer wieder in ihr kleines enges Loch.
»Aaaaah … mhmm … nicht so heftig«, flehte Alisa.
Aber sie brauchte gar nicht mehr flehen, denn ich kam und das sehr heftig in ihrem engen Po. Laut stöhnend zog ich meinen Ständer langsam heraus.
Alisa schaute mich entsetzt an.
»Und meine Pussy, Herr?«, fragte sie ungläubig.
»Du lernst nicht, mein kleines Miststück. Du hast nicht zu betteln. Deswegen bleibt deine Pussy heute auch unbefriedigt«, hörte ich mich sagen und erwachte aus meinem Traum.
Es war bereits hell und die Sonne schien in das Zimmer. Am liebsten wäre ich im Bett geblieben und hätte den Traum weitergeträumt.
Aber ich war zurück in der Realität.

Ein paar Monate waren seit Lea vergangen. Ich hatte wieder einige Kontakte geknüpft, die vielversprechend waren. Bislang war daraus noch kein Date entstanden. Aber das sollte sich bald ändern.

Schwanger gefickt

Alina schrieb mir eine Bewerbung, weil sie die Erlebnisse auf meiner Seite gelesen hatte. Wir schrieben über Monate bei Facebook und im Oktober traute sie sich ein Date mit mir auszumachen. Sie war wieder Single und neugierig darauf, was sie mit mir erleben würde.
»Ich sehe schon, ich muss nächstes Wochenende zu dir kommen. So wie jetzt bleib ich nicht in deinem Gedächtnis«, schrieb ich ihr, als sie mich nicht sofort bei Whatsapp erkannte.
»Ach du meinst, du bleibst nächstes Wochenende in meinen Gedächtnis?«, fragte sie frech.
Sie hatte immer diesen frechen Unterton.
»Oh, das denke ich doch! Hast du schon mal geschaut? Eher Freitag oder eher der Samstag?«
»Am Freitagabend würde es mir passen.«
»Ich könnte um 20 Uhr bei dir sein«, schrieb ich und freute mich, endlich wieder ein Date zu haben.
Wie schwierig es noch werden sollte, ahnte ich nicht.
Alina schickte mir ein paar aktuelle Fotos und meine Vorfreude wuchs. Ich hatte bereits bei Facebook gesehen, dass

sie optisch mein Typ war: Dunkle Haare, ein hübsches Gesicht mit einer markanten Nase und grünen Augen.
Sie legte mehr Wert auf feste Beziehungen und hatte zwischendurch auch etwas mit Frauen. Das machte mich neugierig und ich wollte mehr wissen.
»Ich bin halt keine, die es nötig hat und mit zigtausend Männern in die Kiste steigt. Ich bin bisexuell, also ist das kein Problem, wenn ich auch mal mehr mit Frauen habe.«
»Und warum ich, wenn ich mal neugierig sein darf?«
»Mal überlegen, ich schreibe gern Geschichten und du auch. Du hast schon einiges erlebt und ich bin halt neugierig.«
»Ich bin gespannt, was das gibt«, kommentierte ich die Situation.
»Deine Geschichten sind der Hammer, aber es sind immer gertenschlanke Frauen mit dicken Titten. Sorry, ich bin halt direkt.«
Ja, sie ist frech und direkt. Das gefällt mir.
»Hm das stimmt nicht. Ich hebe nur das hervor, was mir besonders gefällt. Ist ja klar, dass eine Frau mit 95D kaum gertenschlank sein wird. Das ist für mich auch nicht entscheidend. Für mich muss das einfach zueinander passen und ich muss sie interessant finden.«
»Und mich findest du interessant?«, wollte Alina wissen.
»Ja, vor allem deine Augen.«
»Vielen gefallen meine Augen, warum auch immer. Ich mag sie aber auch.«
»Wenn du frech bist heißt das, ich habe am Freitag eine aufdringliche hübsche Dame in meiner Nähe?«

»Das könnte sein, ich bin schon richtig kribbelig und aufgeregt«, gab Alina zu.
Wir schrieben die ganze Woche über und am Freitag freute ich mich schon ganz besonders auf den Abend. Es kam aber alles anders, als erwartet.
Alina sagte am Nachmittag kurzfristig ab. Ein Krankheitsfall in der Familie zwang sie dazu, das Wochenende zu opfern. Da wir beide so neugierig waren, wollten wir das Treffen zeitnah nachholen. Mittlerweile ging es in den Chats schon sehr direkt zur Sache und Alina schickte mir die ersten Nacktfotos.
»Ich will Sex, bin auf Entzug und an meinen letzten Orgasmus kann ich mich nicht erinnern«, schrieb sie.
»Na ich glaube, ich muss dich dann mal zur Reitstunde bitten. Da halte ich lange durch«, scherzte ich und musste dabei an Nele denken.
»Mich kann man nicht so leicht zum Kommen bringen.«
Das wird also noch sehr aufregend werden, hoffte ich.
Auch das nächste geplante Treffen wurde verschoben, weil es dieses Mal Alina nicht gut ging. Das hatte auch seinen Grund. Eine Woche später erfuhr sie, dass sie von ihrem Ex schwanger war. Sie war bereits im dritten Monat und so bekam ich nicht nur sexy Fotos, ich erhielt in den nächsten Wochen Fotos und Videos mit einem Bäuchlein.
Unser Vorhaben verzögerte sich Woche um Woche und ihr Bauch wuchs langsam. Wegen der Schwangerschaft war sie immer wieder Opfer von Schnupfen und Grippe und so machten wir Anfang Dezember aus, dass wir uns Anfang Januar sehen sollten. Alina wollte zu mir kommen und ein

Wochenende bleiben, als Entschädigung, weil sich alles so lange hinzog.
Vielleicht ist sie aber auch so auf Entzug, dass sie noch mal alles voll auskosten will, dachte ich mir.
Für mich war das vollkommen in Ordnung, denn ich war sehr gespannt auf den Sex.
»In drei Wochen bist du wieder gesund. Dann bist du bei mir und ich werde mir das mal genau anschauen und mich um dich kümmern«, meinte ich, als sie im Dezember einen Grippe-Rückfall erlitt. »Die Mama möchte bestimmt den Schwanz gerade an dem Wochenende ein paar Mal spüren und eine Zunge habe ich ja auch noch zu bieten.«
»Wenn ich daran denke, wird mir heiß«, kommentierte Alina mein Geschriebenes.
»Wenn du das dieses Mal absagst, werde ich dir bestimmt sehr böse sein«, meinte ich und ahnte noch nicht, was passieren würde.
»Ich gebe mir Mühe, ich freue mich sehr auf deine Spielchen, die du mit mir machst«, schwärmte sie.
Dieses Mal muss unser Date einfach klappen.
»Na also. 2012 kann kommen und wird geil.«
Ich wusste nicht, dass es für mich viel aufregender würde, als ich mir vorstellen konnte.
Aber erst einmal gab es einen Dämpfer. Ich sah bei Facebook, dass Alina wieder vergeben war.
»Ich habe gesehen, dass du schon seit einem Monat einen Freund besitzt und bin überrascht, dass du mir davon noch nichts erzählt hast. Willst du das treffen trotzdem? Ich wollte das nur wissen, ob das wirklich so der Fall ist. Ich habe ja kein Problem damit, dir trotzdem ein nettes Wo-

chenende zu geben«, schrieb ich Alina und war gespannt auf die Antwort.
»Ja, ich bin vergeben«, kam es knapp zurück.
»Also wird das mit dem Wochenende nichts?!«
»Naja, eigentlich mache ich es nicht, wenn ich vergeben bin aber es klingt dermaßen verlockend ...«
»Ist ja nicht so, als wenn ich die Situation 'vergeben' nicht schon mal hatte und dann trotzdem etwas passiert ist.«
»Achso, du hattest schon etwas mit Frauen, die vergeben waren?«, wollte Alina wissen.
»Jupp hatte ich, auch schon verheiratete Damen. Die haben sich sogar bei mir beworben.«
»Krass, das war mir nicht bewusst.«
»Ich will nur wissen, ob du das an dem Wochenende willst oder ob ich mir was anderes vornehmen kann. Das wäre gut«, bohrte ich nach.
»Nimm dir mal was anderes vor, bitte. Ist aber nicht böse gemeint.«
»Schade, sehr schade ...«, schrieb ich enttäuscht.
Wir hatten viel geschrieben, unsere Treffen immer wieder verschoben und nun sagte sie ganz ab. Ich dachte an Lea und beschloss, nicht aufzugeben. Eine Beziehung wollte ich nicht mit Alina, ich war nicht in sie verliebt, aber dieses Wochenende wollte ich sie.
»Das Problem ist, dass mein Freund sehr misstrauisch ist.«
»Ein Besuch bei der Freundin, eine Shoppingtour, ein Kinoabend mit Freundinnen, da haben sich die anderen immer was einfallen lassen.«
»Okay, dann sehen wir uns bald«, schrieb sie nach einigen Minuten Bedenkzeit.

»Du siehst mich nicht nur bald ...«
»Was denn noch?«
»Bald spürst du mich auch. Wahrscheinlich alles, was man so spüren kann.«
»Das klingt gut! Dann gibt es unsere eigene kleine Geschichte.«
Bis ins neue Jahr waren es nur noch wenige Tage und wir konnten es kaum abwarten. Ich hatte jedoch immer Angst, dass Alina doch noch kurzfristig absagt.
»Ich bin so aufgeregt, was hast du mit mir vor?«, schrieb sie einen Tag vorher. »Nichts schlimmes, oder doch?«
»Du brauchst nicht aufgeregt sein«, beruhigte ich sie. »Bin leider im Stress und werde auf der Arbeit nicht viel schreiben können. Nicht das du dich wunderst.«
Am nächsten Tag schrieb sie mir einige Nachrichten, wie sehr sie sich freue, dass sie aufgeregt sei und es nur noch wenige Stunden dauern würde.
Als ich am Bahnsteig auf den Zug wartete, war ich mir sehr sicher, dass Alina nicht mehr absagen würde und ich sie gleich in die Arme schließen könnte. Der Zug war in der Ferne zu sehen und rollte langsam in den Bahnhof ein.
Was ist, wenn sie doch kneift? Wenn sie sich einfach nicht mehr gemeldet hat und nicht aus dem Zug aussteigen wird? Wenn ich dastehen würde, der Zug wieder anrollte und niemand auf dem Bahnsteig steht?
Inzwischen hatte der Zug seine Halteposition erreicht und die Türen öffneten sich. Einige Menschen stiegen aus und ich glaubte, Alina in der Ferne zu erkennen. Als sie kurz ihre Hand hob, konnte ich sicher sein: Mein Date war angekommen.

Wir begrüßten uns, schlossen uns in die Arme und fuhren zu mir. In der Wohnung zog ich Alina an mich und gab ihr den ersten zarten Kuss. Ihr tief in die Augen blickend nahm ich ihre Hände und ließ sie erneut meine Lippen spüren.
Darauf hatte ich lange genug gewartet.
Sie schaute mich ganz überrascht an, lächelte dann jedoch zufrieden.
»Wofür waren die?«, wollte sie wissen.
»Du bist hier und wir haben endlich unser Wochenende.«
»Na dann, hoffentlich bekomme ich die Küsse morgen auch noch«, sagte sie frech grinsend.
Ich hatte unser Essen schon am Vorabend vorbereitet und wir kuschelten uns auf das Sofa, bevor wir zum romantischen Abendessen an den Esstisch wechselten. Nach dem Essen setzten wir uns zurück und schauten DVDs. Ich nahm sie zwischendurch in den Arm und meine Hände strichen über ihren Babybauch. Der »Kleine« schien aber viel zu aufgeregt, sodass wir uns auf das Kuscheln beschränkten. Beim zweiten Film schlief Alina irgendwann ein und war trotz der lauten Geräusche nicht wach zu bekommen. Ich ließ sie auf dem Sofa schlafen, weil ich wusste, dass ihr Tag anstrengend war und legte mich ins Bett. Über whatsapp schrieb ich ihr noch eine Nachricht: »Komm zu mir ins Bett. Ich will dich!!! :***«
Ich hoffte darauf, dass sie nachts aufwachte und auf das Handy schaute, um nachzusehen, wie spät es ist. Leider wachte ich morgens alleine auf. Ich schlich ins Wohnzimmer um zu schauen, ob Alina noch schlief. Es war bereits hell und ich sah, dass Alina sich nachts etwas ausgezogen

hatte und nun anders auf dem Sofa lag. Der Platz neben ihr reichte aus, um mich an sie zu kuscheln und ihr unter die Decke zu folgen. Ich zog meine Boxershorts herunter und meine harte Morgenlatte presste sich an ihren Po.
Wir lagen in Löffelchenstellung, als ich mit meiner Hand über ihren Bauch streichelte, zu ihrem Po und unter ihre Strumpfhose wanderte, um ihren nackten Po zu streicheln. Ich zog die Strumpfhose weiter herunter. Meine Hand erkundete langsam die Vorderseite. Als erstes ging ich ihr unter das Oberteil, zog den BH etwas zur Seite und knetete ihrer festen Brüste. Ihre Nippel waren schön groß und sehr hart, sodass ich sie zwischen den Fingern rieb.
Alina reagierte nicht.
Wie gerne hätte ich jetzt daran geleckt und geknabbert. Meine Hände fanden aber wieder den Weg zu ihrem Babybauch und vergruben sich in ihrem Tanga. Während ich über ihre Oberschenkel strich öffnete sie langsam ihre Beine. Ich fand ihre Pussy und streichelte ihre Lippen, bis ich merkte, dass Alina feucht war. Einen Finger in ihre Pussy eintauchend begann ich sie zu ficken, nachdem ich den Tanga heruntergezogen hatte.
Meine Finger lagen wieder zwischen ihren Beinen und massierten ihre Perle, meinen Schwanz presste ich immer wieder an ihren nackten Po. Dann nahm ich Alina mit zwei Fingern, aber sie gab keinen Laut von sich.
Ich fragte mich die ganze Zeit, ob sie wirklich noch schlief. Als ich meine Finger aus ihrer Pussy nahm, leckte ich sie ab.
Ich musste grinsen. Ja, ich würde sie gerne mal lecken, stellte ich fest.

Meine Hand war inzwischen wieder an ihren Titten angekommen, knetete sie und zog leicht an ihren harten Nippeln. Keine Reaktion.
Mit meinem Ständer stieß ich von hinten in ihre nasse Pussy ein und begann sie zu ficken. Da Alina die Beine geschlossen hatte, war dieses unglaublich intensiv und ich spürte jede Bewegung. Ich zog sie mit meiner Hand an mich und konnte es einfach nicht lassen, beim ficken ihren Bauch zu streicheln. Ich stieß nur langsam zu, merkte aber schon, dass ich bald in ihre nasse Pussy abspritzen würde. Alina lag reglos vor mir, während meine Bewegungen schneller wurden. Ich bemerkte, wie das heiße Gefühl in meinem Schwanz aufstieg und ich stöhnend in ihrem Allerheiligsten kam. Als ich meinen Schwanz aus ihrer Fotze zog, bemerkte ich, dass Alina jetzt wach war.
»War wohl doch ziemlich eng, ne?«, sagte Alina frechgrinsend.
»Mhhhmm«, konnte ich nur hervorbringen.
»Wie lange bist du schon wach?«, fragte ich neugierig.
»Seit du angefangen hast«, meinte sie.
Wir verbrachten noch einen Tag zusammen. Diese Nacht schlief Alina auch neben mir im Bett. Allerdings hatten wir an diesem Wochenende nur einmal Sex. Am Sonntagabend bekam meine kleine Drecksau Shirin meine ganze Geilheit zu spüren und wunderte sich darüber, dass ich so heftig kam.
Der Kontakt zu Alina hingegen riss eine Zeit ab. Sie meldete sich noch einmal, als sie wieder Single war und bekam meine Vorliebe zu devoten Frauen zu spüren. Das törnte sie zwar an, ein zweites Treffen schafften wir aber nicht,

weil angedachte Termine wieder und wieder verschoben wurden. Warum das alles so kompliziert war, konnte ich nicht nachvollziehen. Für das Treffen war es natürlich schade, dass wir uns zurückhalten mussten. Klar, das Baby hatte Vorrang. Aber es hätte auch noch die Möglichkeiten für andere Streicheleinheiten und Petting gegeben.

Seine kleine Hure

Etwas parallel zu meinem Erlebnis mit Alina verlief mein Kennenlernen von Shirin. Sie hatte sich ebenfalls über meine Seite beworben. Das ließ sie mich auch schnell merken. Sie hatte sich als kurvig, nicht moppelig aber auch nicht dünn beschrieben. Ihre Haare und Augen waren dunkel und aufregend. Ihre Interessen klangen ebenfalls interessant, also schrieb ich ihr eine E-Mail und bat sie, ein bisschen über sich zu schreiben und ein paar Fotos mitzuschicken. Das tat sie auch, am nächsten Abend konnte ich mir ein gutes Bild von ihr machen. Nachdem wir die Kontaktmöglichkeiten ausgetauscht hatten, schrieben wir in erster Linie bei Twitter. Shirin hatte eine stark devote Neigung. Erst kam sie nur zaghaft herüber, dann wurde sie schnell frech. Nach einiger Zeit schrieb sie mir diese Nachricht:
»Das klingt ziemlich vielversprechend mein Lieber ;) Scheint ganz so, als wären wir da auf einer Wellenlänge.«
»Ja meine Liebe, das sind wir. Aber du scheinst ganz schön frech zu sein. Das muss ich dir wohl mal abgewöhnen«, versuchte ich sie bewusst in eine Richtung zu lenken.

Wir schrieben einige Male hin und her.
»Wenn du hier bist, wird das Wochenende ganz schön böse junge Dame«, scherzte ich.
Das Gespräch lief weiter in eine Richtung, die mir gefiel. Sie versuchte mir die ganze Zeit weitere Fotos zu schicken, aber es gab technische Probleme.
»Was machen die Fotos, mein Fräulein mit der großen Klappe?! Der Herr würde die sich gerne mal anschauen«, fragte ich provokant.
»Das Fräulein bemüht sich, Herr. Aber es will nicht so recht klappen. Entschuldige das, Herr.«
Da war es: Herr!
Ich grinste. So sollte es sein. Und es nahm seinen Lauf.
»Das ist nicht in Ordnung. Ich sollte dir den süßen Po versohlen. Aber ich sehe, du gibst dir Mühe und weißt mich anzureden«, lobte ich sie.
Seit dieser Nachricht war klar, was später passieren würde. Shirin meldete sich am nächsten Tag, wir tauschten die ICQ Nummern aus, weil es bequemer war, dort zu schreiben. Shirin war an diesem Morgen ziemlich erregt und fragte mich »Hab ich die Erlaubnis vom Herrn, es mir selbst zu machen?«
Ich verneinte es, sie war unartig gewesen, war am Vorabend einfach eingeschlafen. Das konnte ich nicht dulden und wies sie an, mir endlich die Fotos zu schicken. Danach würde ich mir überlegen, ob sie mich damit zufrieden gestellt hatte.
Sie tat es. Und die Fotos gefielen mir.

Hübsche Fotos und schöne Einblicke, dachte ich.
»Gestattet der Herr dem Fräulein es denn jetzt, es sich selbst zu besorgen?«, fragte Shirin ungeduldig.
Schon bettelt sie. Die Strafe folgt sofort.
Shirin musste ein weiteres Foto senden. Zeit, die meine kleine Schlampe ausharren musste, bevor sie ihre Erlaubnis bekam.
»Ich denke an dich, Herr, wenn ich mir meinen Vibrator in mein kleines Fötzchen schiebe«, schrieb sie, nachdem sie die Erlaubnis von mir bekommen hatte.
»Melde dich wieder bei deinem Herrn, wenn du fertig bist. Ich werde mir Gedanken machen, ob ich nicht das nächste Mal dabei sein möchte. Der Herr hätte da schon eine Idee.«
Und einen Abend später telefonierten wir miteinander. Wir lagen beide im Bett, bei mir lief noch der Fernseher nebenbei, und unterhielten uns erst über allgemeine Dinge. Es kam aber natürlich, wie es kommen musste. Nach einigen zweideutigen Bemerkungen, wurde es dann eindeutig:
»Das kleine Fräulein war gestern unartig und ist eingeschlafen«, stellte ich fest.
Shirin lenkte gleich ein.
»Ja Herr, dafür muss das Fräulein bestraft werden.«
»Der kleinen Drecksau gehört der Arsch versohlt. Mit der flachen Hand fünf Schläge auf jeder Seite«, sagte ich scharf.
»Und sie wird vor dem Herrn knien und seinen Schwanz blasen. Ganz bis zum Anschlag, wie es dem Herrn gefällt«, ergänzte sie gekonnt.
»Mit den Händen auf den Rücken gefesselt, du kleine Sau.

Ich werde dir in die Haare greifen und dir ganz tief deine böse Mundfotze ficken.«
»Darf das Fräulein fühlen, wie feucht es ist, Herr?!«
»Es ist der kleinen Drecksau erlaubt«, kam es prompt von mir zurück. Es dauerte ein paar Sekunden.
»Die kleine Hure ist schon sehr feucht, Herr«, stöhnte sie.
Ich hatte meine Hand bereits unter der Boxershorts und wichste mir meinen Schwanz, der schon richtig hart war. Ihre hauchende Stimme war so erregend, dass ich mich nicht beherrschen konnte.
»Der Schwanz des Herrn ist auch schon sehr feucht und hart«, stöhnte ich.
»Mhmm, das Fräulein möchte ihn ganz tief in den Mund nehmen. Darf die kleine Hure das?«, fragte Shirin und stöhnte dabei leise in den Hörer.
»Ja ...«, stöhnte ich.
»Die kleine Hure möchte sich jetzt gerne fingern, Herr.«
»Es ist ihr erlaubt.«
Shirin seufzte lauter, als sie begann sich zu fingern.
»Was darf die kleine Hure jetzt machen, Herr?«
»Dem Herrn ihre nasse Fotze hinhalten, damit er sie tief ficken kann«, antwortete ich und wichste meinen Ständer noch schneller.
»Die kleine Hure hätte jetzt so gerne den großen Schwanz im nassen Fötzlein.«
Shirin und ich stöhnten weiter, kaum noch in der Lage weitere Sätze herauszubringen. Ihre Stimme machte mich immer geiler und ich hörte, wie sich Shirin weiter fingerte.
»Darf ich bitte kommen, Herr?«, fragte sie um Erlaubnis.
»Es ist der kleinen Hure erlaubt«, brachte ich nur noch

heraus, weil ich viel zu geil war. Shirin kam nur etwas später. Mein Schwanz spritzte eine Ladung auf meinen Bauch, als ich kam.

»Die kleine Hure ist jetzt richtig nass«, kommentierte Shirin die letzten Minuten.

»Und der Herr könnte jetzt seine kleine Hure hier zum Ablecken gebrauchen.«

»Das würde sie liebend gerne machen, Herr!«

Es dauerte ein bisschen, bis wir wieder normal reden konnten, weil wir völlig außer Atem waren.

»Hat es denn der kleinen Drecksau gefallen?«, wollte ich wissen.

»Definitiv, aber mehr Freude hätte das Fräulein mit dem Schwanz ihres Herrn gehabt.«

»Das hat das Fräulein gut erkannt, dann wären wir jetzt nicht am Ende.«

»Was hätte der Herr denn noch mit mir vor?«

»Deine nasse Pussy lecken und wenn es dem Herrn zu laut wird mit deinem Stöhnen, stopfe ich deinen Mund. Wenn du brav bist, werde ich der kleinen Schlampe die Hände auf dem Rücken fesseln und sie von hinten nehmen.«

»Damit macht der Herr sein kleines Miststück schon wieder total geil.«

»Ich glaube, das Fräulein muss für jedes Mal geil werden demnächst ein versautes Foto schicken. Der Herr hört immer nur dass sie geil ist und wird selbst wuschig.«

»Der Herr könnte sein Miststück auch einfach besuchen kommen und sich seine Geilheit 'wegblasen' lassen, von seiner kleinen Schlampe.«

Das war in der Tat eine gute Idee von ihr.

»Ist das denn so einfach? Die kleine Schlampe wohnt doch nicht alleine und ist ungestört? Das könnte laut enden«, kommentierte ich ihre Idee.
»Nicht heute. Heute ist die kleine Schlampe ja auch noch krank, aber vielleicht nimmt der Herr sich ja in absehbarer Zeit ein Hotelzimmer in meiner Gegend?«
»Der Herr hat wenigstens ein großes Haus und Ruhe. Die Nachbarn sind ihm unwichtig. Die kennen das schon. Da sollte die kleine Schlampe lieber zum Herrn kommen. Ein großes Bett und eine große Spielwiese wären besser als ein enges Hotelzimmer. Oder will sie das Hotelzimmer buchen, wenn der Herr die weite Fahrt auf sich nimmt?«
»Das würde das Fräulein wahrscheinlich machen. Im Januar würde es dir doch bestimmt passen, oder?«
»Bestimmt würde es im Januar passen. Da ist es noch etwas ruhig, ich bin nicht viel unterwegs und es ist auch noch Urlaubszeit.«
Am nächsten Tag, es war Wochenende, stand ich auf und bekam gleich eine Nachricht als ich online ging.
»Herr, telefonierst du heute Abend bitte noch einmal mit deiner kleinen dreckigen Hure? Es wäre doch so schade, wenn der Herr heute Abend artig bleiben müsste.«
Das war zwar sehr nett gemeint, aber mein kleines Miststück fragte das in einem leicht frechen Unterton und schob gleich zwei weitere Bettelversuche hinterher, sodass es darauf nur eine Antwort gab.
»Das Betteln hat das Miststück zu lassen. Wenn der Herr sagt, er überlegt, dann überlegt er.«
Wieder eine Strafe für die kleine Hure. An diesem Tag war sie von der Nacht und dem Telefonat immer noch so auf-

gegeilt, dass ich sie zur Strafe ihre Gedanken aufschreiben ließ, um etwas Ruhe zu haben. Den Text setzte ich zur Strafe öffentlich auf die Internetseite:

»Der Herr hat sein kleines Miststück mit dem äußerst geilen Telefonat fast in den Wahnsinn getrieben. Es war so geil zu hören, wie der Herr immer schärfer wird, dem Fräulein sagt, wie er sie zurechtweisen wird. Meine Fotze war so nass, und das Stöhnen des Herrn hat mich unglaublich angemacht. Ich habe mir mein nasses Fötzchen gefingert und mir dabei nichts mehr gewünscht, als den Schwanz des Herrn. Ich wollte ihn lutschen. Allein bei dem Gedanken werde ich wieder feucht.«

Wir telefonierten an diesem Abend natürlich miteinander, denn ich konnte Shirin kaum alleine lassen konnte.
Da Shirin viel zu tun hatte, sprachen wir erst am Freitagabend wieder. Und sie kam nach wenigen Sätzen ziemlich schnell zur Sache.
»Mein Bett ist schon wieder viel zu groß für mich.«
»Das alte Problem. Mein Bett ist auch viel zu groß und zu leer. Es wäre schön, wenn das Fräulein hier wäre.«
»Was würde der Herr dann mit seiner kleinen Hure machen?«, hauchte Shirin.
Mit dieser Stimme brauchte es keine Minute und ich hatte einen Ständer.
»Die kleine Drecksau hat sich vor mir zu knien und ihren dreckigen Mund zu öffnen, damit ich ihr meinen großen Schwanz hineinstecken kann. Den wird die kleine Hure lutschen und bis zum Anschlag ficken.«
»Das würde seine kleine Hure gerne tun, wenn der Herr

jetzt hier wäre.«
»Dein kleines feuchtes Fötzchen würde der Herr jetzt gerne mit seinem harten Schwanz ficken.«
Meine Hand wanderte unter die Boxershorts, erregt von Shirins Stimme, um mir meinen Schwanz zu wichsen.
»Darf seine Hure mal fühlen, wie feucht sie ist?«
»Es ist der kleinen Drecksau erlaubt, wenn sie mich informiert, wie feucht sie ist.«
Ein paar Sekunden später kam schon die Antwort.
»Das Fräulein ist schon sehr feucht, Herr.«
»Der Herr möchte hören, wie feucht das Fötzlein ist. Die kleine Drecksau hat sich die Finger in die Pussy zu stecken und sie abzulecken.«
»Ja, Herr«, gehorchte Shirin.
Ein paar Sekunden hörte ich, wie sie ihre Finger mit schmatzenden Geräuschen ableckte.
»Gefällt es dem Herrn so?«, fragte sie eher etwas wehleidig.
»Ja, aber der Herr hat nicht gesagt, dass du aufhören sollst«, fuhr ich sie an.
»Entschuldigung, mein Herr.«
Ihre Finger waren wohl in ihrer nassen Pussy, denn ein paar Sekunden später hörte ich wieder, wie sie stöhnend ihre Finger ableckte.
»Für so ein freches Verhalten sollte ich dir wieder fünf auf den Arsch geben, Fräulein. Aber dem Herrn gefällt es gerade, wie sich die kleine Schlampe die Finger ableckt. So sehr, dass der Herr seinen Schwanz wichst und der ist bereits ziemlich hart.«
Shirin stieß einen langen und lauten Seufzer aus.
»Die kleine Hure darf sich jetzt richtig fingern.«

»Danke, Herr«, hauchte Shirin.
»Die kleine Hure würde sich jetzt so gern um den harten Schwanz kümmern. Ihn schön mit dem Mund verwöhnen oder sich von ihrem Herrn die Fotze ficken lassen.«
»Ganz tief, bis zum Anschlag. Immer wieder ...«, stöhnte ich, während ich Shirin hörte.
»Hat die kleine Drecksau ihr Spielzeug am Bett?«, fragte ich.
»Ja, Herr«, kam es in ordentlicher Form von Shirin zurück.
»Dann darf sie es jetzt benutzen und in ihr Fötzlein schieben.«
»Danke, Herr.«
»Aber sie hat mich zu fragen, bevor sie kommt«, wies ich sie an.
»Ja, Herr.«
Danach hörte ich nur noch ihr Stöhnen und sie durfte sich darüber erfreuen, wie ich immer geiler und lauter wurde.
Irgendwann fragte sie völlig außer Atem:
»Darf ich bitte kommen, Herr?«
Ich stimmte kurze Zeit später zu, sodass wir gemeinsam zum Höhepunkt kamen.
In den nächsten Tagen sprachen wir darüber, dass wir uns bereits im Dezember treffen wollten und entschieden uns für ein Hotel in ihrer Nähe. Und was sie zu erwarten hatte, wusste Shirin auch schon. Im Hotelzimmer würde sie ein Halsband und eine Leine angelegt bekommen. Sie dürfte sich nur auf allen Vieren fortbewegen und würde als kleine Hure ihrem Herrn dienlich sein.
Einen ganzen Tag lang.

Sie würde ihre Aufgaben erledigen müssen, ihre Strafen erhalten und ihre Belohnungen.
In den nächsten Tagen gab ich Shirin wieder die Aufgabe mir neue Fotos zu liefern. Allerdings verschob sie den Termin immer wieder. Die Strafe folgte dann am nächsten Wochenende. Sie rief mich um die Mittagszeit an. Wir hatten geredet und ich hatte kurz von meinem letzten Date mit Alina berichtet.
Die Andeutungen reichten, um sie zu erregen. Als ich das bemerkte, erzählte ich ihr wieder, was sie alles bei unserem Treffen erwarten würde und blieb dabei völlig kühl. Shirin hingegen wurde immer geiler und fragte irgendwann:
»Darf die kleine Hure fühlen, wie feucht sie ist?«
»Nein«, kam es knapp zurück.
»Bitte Herr, ich bin so geil.«
»Die kleine Hure darf sich nicht anfassen und es sich auch nicht selbst machen. Bis heute Abend. Sie hat ihr Aufgabe noch nicht erfüllt.«
»Bitte, Herr«, flehte sie.
»Und das Betteln hat sie auch zu unterlassen«, schimpfte ich.
»Kann der Herr nicht eine Ausnahme machen?«
»Es gibt keine Ausnahmen, meine kleine Hure. Sonst denkt die Hure, sie kann das wieder machen.«
»Nur dieses eine Mal«, bettelte sie weiter.
»Schluss jetzt. Du erfüllst deine Aufgabe und heute Abend werden wir sehen.«
»Ja, Herr«, gab sie kleinlaut bei.
Sie musste bis zum Abend warten. Ihren Anruf erwartete ich bereits im Bett. Es dauerte auch keine drei Minuten, da

ließen wir alle anderen Gedanken beiseite und sprachen über das Treffen im Hotel.

»Ich werde dem Fräulein nach dem Schließen der Hotelzimmertür das Halsband anlegen und sie an die Leine nehmen. Dann wird sie nur noch auf allen Vieren laufen. Die kleine Hure wird das Halsband die ganze Zeit tragen. Im Zimmer, im Bad, im Bett, immer."

Shirin stöhnte laut und lang auf.

»Das wird seiner kleinen Hure gefallen«, stimmte sie zu.

»Und dann wird es losgehen. Ich werde sie begutachten. Schauen, ob mir ihre Wäsche gefällt, die sie anhat. Ob das kleine Fötzchen so schön glatt rasiert ist, wie auf den Fotos.«

»Das Fräulein wird die schöne schwarze Wäsche tragen, die sie sich schon gekauft hat. Mit den schwarzen halterlosen Strümpfen, Herr. Die kleine Hure wird für den Herrn natürlich rasiert sein.«

Shirin stöhnte danach wieder auf.

»Darf die kleine Hure fühlen, ob sie feucht ist, Herr?«

»Es ist ihr erlaubt. Der Schwanz des Herrn ist bereits hart und sehr feucht. Das lose Mundwerk der kleinen Drecksau müsste ihn jetzt verwöhnen.«

»Das macht die kleine Hure liebend gerne, kniend vor dem Herrn. Und den Schwanz bis in den Rachen, Herr. Ich werde ihn ganz hart blasen, mein Herr.«

»Und weil die kleine Drecksau so unartig war, wird sie als erstes in ihren Arsch gefickt.«

Shirin stöhnte auf.

»Herr, darf ich mich fingern?«

»Es ist dir erlaubt. Aber denk daran, dass ich deinen süßen

Arsch ficken werde.«
»Ja, Herr. Den kleinen Arsch seiner Hure. Das wird der Hure weh tun.«
»Hat sie aber verdient.«
»Ja, Herr, weil ich unartig war.«
Ihr Stöhnen wurde noch lauter.
»Meine kleine Hure ist anscheinend sehr geil. Und auch sehr feucht?«
»Ja, Herr!«
»Der Herr möchte hören, wie feucht das Fötzchen ist.«
Shirin nahm ihre nassen Finger in den Mund und leckte sie schmatzend ab. Das törnte mich noch mehr an und ich wichste mir meinen Schwanz noch schneller.
»Die kleine Hure würde jetzt so gerne den Schwanz vom Herrn lutschen und bis zum Anschlag in ihrem Mund ficken.«
Die Vorstellung daran, wie Shirin angeleint vor mir kniet und mir meinen Schwanz bläst war so geil, dass ich es nicht mehr länger aushalten konnte.
»Darf ich bitte kommen, Herr?«, fragte Shirin im richtigen Augenblick.
Ich brachte nur noch ein »Jaaaaa« heraus und kam im gleichen Moment. Shirin wurde ebenfalls sofort lauter und kam einiger Sekunden danach.
»Das Fräulein wird verdammt feucht bei dem Gedanken daran, vorm Herrn zu knien und auf seinen geilen Schwanz zu warten«, beichtete sie, als sie wieder reden konnte.

»Das Fräulein bräuchte wirklich ein Halsband, damit der Herr ihr genau zeigen kann, was sie zu tun hat«, stellte ich fest.
»Könnte der Herr ihr ja mitbringen, als Weihnachtsgeschenk.«
»Der Herr wird sich um das Weihnachtsgeschenk kümmern, wenn das Fräulein das Wochenende am 10. oder 17. Dezember das Zimmer bucht. Damit sie das Geschenk auch vor Weihnachten erhält.«
»Am 10. Dezember hat sie leider ein Date aber am 17. müsste wohl gehen.«
»So, ein Date? Sie wird den Herrn deswegen aber nicht am 17. enttäuschen?«
»Nein, nein, keine Angst. Kuss.«
»Sehr gut. Das Fräulein erhält dafür auch einen schönen 4. Advent und der Herr kann mit ihr am Sonntag auf den Weihnachtsmarkt.«
»Juhu«, triumphierte Shirin.
Unser Telefonieren am Abend wurde zum alltäglichen Ritual. Aber auch das Schreiben vorher war meistens sehr erotisch, da wir unsere Anreden sehr selten wegließen. Ein Wort gab meistens das nächste und schon kam von einer Seite eine versaute Bemerkung.
»Ach, ist der Herr etwa schon wieder geil, wenn er an seine kleine Hure denkt und daran wie sie bettelnd vor ihm kniet, während er sie an der Leine hat?«
Das ist nur eines der wenigen Beispiele unserer Chats. Shirin bekam immer wieder böse Aufgaben, die meistens damit zu tun hatten, mir böse Fotos zu liefern.

»Das wäre für den Herrn sicherlich eine große Freude. Der Herr schaut sich gerne seine kleine Hure an.«
»Damit er auch sieht, was er in ein paar Wochen fickt?«, brachte es Shirin auf den Punkt.
»Oh ja, damit der Herr sieht, was ihn erwartet und es ihm vorher ordentlich Kopfkino bereitet.«
»Dem Fräulein gefällt diese Vorstellung verdammt gut.«
»Dann weiß die kleine Hure ja, was sie zu tun hat. Dem Herrn öfters ein paar schöne Fotos schicken.«
»Sie wird es erledigen, Herr.«
»Es wird übrigens hart am 17. Dezember. Wir haben am 16. eine Weihnachtsfeier. Naja, wenn der Herr sich mit dem Fräulein um 15 Uhr im Hotel trifft, wird es bestimmt gehen.«
»Das nimmt der Herr doch bestimmt für seine kleine Hure in Kauf«, schrieb Shirin.
»Die kleine Hure wird sich ja darum kümmern, dass der Herr nicht einschläft.«
»Ich glaube kaum, dass der Herr einschläft, während die kleine Hure ihm ordentlich die Eier lutscht, und er sie an der Leine hat. Kuss.«
»Dann wird das Fräulein dem Herrn auf jeden Fall ein schönes Vorweihnachtserlebnis geben«, schrieb ich und hoffte auf ein sehr außergewöhnliches Date.
»Definitiv«, bestätigte Shirin.
Ein paar Tage später schrieb sie mich am Abend an.
»Ist der Herr gerade da?«
»Ja«, schrieb ich ihr.
»Ich habe in den letzten Tagen viel nachgedacht. Am nächsten Wochenende habe ich mein Date und mit dieser

Person schreibe ich schon lange. Irgendwie ist da auch etwas mehr. Ich bin verunsichert, weil ich momentan zwischen zwei Stühlen sitze. Mit dir ist es so aufregend und ich bin so gespannt auf unser Treffen, aber ich frage mich auch, was passiert, wenn bei meinem ersten Date etwas passiert. Ist da eigentlich mehr von deiner Seite? Oder ist es nur ein Wochenende, was wir erleben werden. Magst du mich überhaupt, oder bin ich dir egal?«
»Okay, ich muss mich sortieren«, schrieb ich und musste nachdenken.
»Also, ich mag dich und etwas traurig bin ich schon, wenn du dich mal nicht meldest. Verliebt bin ich wohl nicht, ich freue mich aber, sehr sehr auf das Treffen. Bei deinen Bedenken fühle ich mich aber etwas vor den Kopf gestoßen, vor allem, wenn das mit deinem Date nun ernster wird. Ich kann das zwar verstehen, mir täte es irgendwie weh. Wir wollten beide dieses Wochenende so sehr und ich würde mich schon sitzengelassen fühlen«, schrieb ich als Antwort.
»Ich weiß es nicht, ehrlich nicht. Ich werde nichts mit ihm anfangen können. Nicht solange ich selbst nicht weiß, was ich will. Tut mir leid. Ich weiß, du hast dir jemand unkomplizierten erhofft und ich bin wohl so ziemlich das Gegenteil davon.«
»Ist denn dein Empfinden so ähnlich wie bei mir oder ist bei dir noch mehr?«, wollte ich wissen.
»Es ist ähnlich wie bei dir, aber ich habe die letzten Tage gemerkt, dass ich eifersüchtig geworden bin. Wenn du vom Wochenende erzählt hast, oder ich die Geschichte dazu gelesen habe. Es ist total seltsam, weil die Verhältnisse

eigentlich geklärt waren, aber es hat sich scheiße angefühlt«, schrieb sie.
»Ich war auch etwas eifersüchtig«, gab ich zu.
»Aber wie soll ich dich denn enttäuschen, wenn du eh nur etwas Einmaliges willst?«, fragte sie.
»Ich hab dich auch lieb gewonnen, aber es ist so, wie ich es immer gesagt habe. Du weißt doch auch, dass das mit der Entfernung für eine Beziehung kompliziert ist. Das meine ich nicht böse. Freust du dich auf das Date? Hast du dir bereits mehr versprochen und hat dein Kopf überlegt, wie es weitergehen würde?«, wollte ich wissen.
»Eigentlich weiß ich, dass das nichts bringen würde. Aber ich habe das Gefühl, dass das noch etwas anderes ist ...«
»Siehst du, du denkst doch wie ich. Ein paar Wochen werden wir uns wohl noch gedulden müssen. Aber den Tag, liebe Shirin, werden wir nicht vergessen. Und dann wissen wir auch, ob da eventuell mehr sein könnte.«
Nach Shirin's erstem Date wurde der Kontakt weniger und sie sagte unser geplantes Date wegen Krankheit ab. Wir wollten uns Anfang des Jahres treffen, dazu kam es jedoch wieder nicht. Über Twitter bekam ich mit, was mir nicht gesagt wurde. Sie hatte mit ihrem Date bereits zwei weitere Treffen gehabt und es schien, als würde sich daraus schnell mehr entwickeln.
So schnell wie es begonnen hatte, war es beendet. Es fand kein Treffen statt und welches Drama sich auf der anderen Seite abgespielt hatte, bekam ich erst ein Jahr später heraus, eher durch Zufall über ein Date mit einer Freundin.
Nach Shirin, Lea und Alina wurde es wieder ruhiger. Ich konzentrierte mich auf meine Arbeit und hatte mit mei-

nem Haus und dem Garten viel zu tun. Die letzten Kontakte hatten zudem nie das gewünschte Ende gefunden: Ein aufregendes Wochenende zu zweit, welches dem Date und mir in Erinnerung blieb. Ein wenig ernüchternd war es, schließlich hatte ich in der Vergangenheit viele aufregende Erlebnisse gehabt.
Im Mai beschloss ich einen Kurztrip an die Nordsee zu unternehmen, um etwas aus dem Alltag zu entfliehen.

Der Vatertagsfick

Anna lernte ich auf dem Rückweg von meinem Kurzurlaub kennen. Ich hielt bei einer Tankstelle an, um noch einmal zu tanken, da es gerade dort so günstig war. Man schaut sich bei den unterschiedlichen Spritpreisen mittlerweile schließlich um.
Und so traf ich durch Zufall Anna, bei der ich meine Tankrechnung begleichen musste. Sie schaute mich mit ihren dunklen Augen an und ich musste mich schon arg konzentrieren, um bei der Sache zu bleiben.
Ich musterte sie: Schwarze, vermutlich lange Haare, die sexy hochgesteckt waren und ein tiefer Einblick in ein großes Dekolleté.
»Hi, die drei bitte.«
»54,81 EUR sind es dann«, sagte sie lächelnd.
Ich hatte es noch nicht geschafft, meinen Blick aus dem Dekolleté zu lösen.
»Möchtest du noch etwas? Oder ist das alles?« sagte sie et-

was bestimmend, weil sie mein Interesse wohl bemerkt hatte.

»Nein, das wäre es«, antwortete ich und bemerkte, dass ich in diesem Moment knallrot wurde.

Ich bezahlte und Anna ließ die Quittung ausdrucken. Sie nahm einen Stift und schrieb etwas auf die Rückseite.

Dann gab sie mir das restliche Geld und die Quittung. Normalerweise nehme ich nie eine Quittung mit, aber hier konnte ich wohl schlecht nein sagen.

»Wenn du wieder weißt, was du noch wolltest, kannst du mir ja mal schreiben«, bekam ich zu hören.

In dem Moment wurde mir klar, dass ich wohl wieder meinen »Ich will dich ficken«-Blick aufgelegt hatte, was die Situation noch peinlicher machte.

Ich verließ fluchtartig die Tankstelle, warf Anna gerade noch ein »Okay, bis bald« hinterher. Warum ich »bis bald« sagte, wusste ich auch nicht.

Als ich zu Hause war und meine Taschen ausräumte, fiel mir die Quittung in die Hände. Ich nahm mein Handy in die Hand und schrieb ihr eine kurze Nachricht.

»Hi Anna. Bin gut zu Hause angekommen. Kann mich aber immer noch nicht daran erinnern, was ich wollte. Dein Dekolleté hat mir leider den Verstand geraubt.«

Es dauerte ein paar Minuten, da kam bereits eine Nachricht zurück.

»Das habe ich bemerkt. Und deine Fähigkeit zu sprechen anscheinend auch. Vielleicht solltest du das noch ein wenig üben.«

»Bei dir?«, wollte ich wissen.

»Wenn ich etwas mehr über dich erfahre, vielleicht hast du

dann Glück.«

In der Woche schrieben wir uns, telefonierten miteinander und sie schickte mir irgendwann auch Fotos, die eindeutige Absichten zeigten. Da ich am Vatertag nichts Besonderes vorhatte, weil ich nicht herumziehe und sie nicht arbeiten musste, verabredeten wir uns für diesen Tag. Als Studentin hatte sie nicht das Geld und wohnte noch zu Hause, also sagte ich zu, sie dort zu besuchen.

Nun ergab sich gerade am Vortag noch eine zweite, ebenso interessante Alternative: Maren. Am Vatertag entschied ich mich aber doch für Anna.

Am Tag darauf machte ich mich am sonnigen Nachmittag auf den Weg zu Anna. Als ich angekommen war, bat sie mich herein und ich folgte ihr nach oben in ihr Zimmer. Dort begrüßte mich ihr kleiner Hund, indem er mich direkt ansprang.

»Hör auf damit, Maggie«, schimpfte Anna und Maggie lief zu ihrem Körbchen und verkroch sich darin.

Ich setzte mich auf das Bett und schaute zu, wie sie noch einmal eindringlich zu Maggie sprach. Dann kam sie zu mir aufs Bett und umarmte mich.

»Schön, dass das so schnell geklappt hat«, begrüßte sie mich begeistert.

»Finde ich auch«, entgegnete ich lächelnd und strich mit meiner Hand durch ihre dunklen Haare.

Sie trägt wieder so ein enges Top, schoss es mir durch den Kopf und mein Blick blieb in ihrem Dekolleté hängen. Anna kam mir näher.

»Das scheint dich wohl sehr zu interessieren. Du bringst ja

wieder kaum ein Wort heraus«, neckte sie mich und gab mir einen Kuss.
Ihre Lippen fühlten sich sehr weich an, genauso wie ihre Arme, die ich in der Zwischenzeit berührte.
Unglaublich, was für eine weiche Haut … Sind das die Gedanken, die die Frauen auch immer bei mir haben, fragte ich mich.
Ich kam nicht dazu nachzudenken, denn Anna hatte nicht nur schon ihr Top ausgezogen. Nein, mein Oberteil lag bereits ebenfalls auf dem Boden.
Wer hatte hier die Hosen an und wusste was er wollte? Ich war es dieses Mal nicht, denn Anna war bereits beim nächsten Schritt. Ein paar Küsse weiter und ich hatte keine Hose mehr an. Meine Überraschung konnte ich nicht verbergen. »Bin ich dir zu schnell?«, fragte sie grinsend, während sie wie eine Katze zu mir angekrochen kam.
Ich zog sie heran und beantwortete ihre Frage mit einem langen Zungenkuss. Meine Finger tasteten über die weiche Haut zu ihrem BH und öffneten den Verschluss.
»Wir scheinen ja doch das Gleiche zu wollen …«, stellte sie amüsiert fest und ließ die Träger des BHs über die Schultern gleiten.
Unsere Zungen fanden wieder den Weg zueinander und meine Hand gelangte zu ihren großen Brüsten, um sie zu kneten.
»Jetzt bist du aber schon sehr frech«, bekam ich zu hören. Aber das war nicht das Einzige. Anna presste mir danach ihre Brüste ins Gesicht.
»Das wolltest du doch. Das habe ich schon in der Tankstelle gesehen, Süßer«, stöhnte sie, während ich an einem

Nippel lutschte und vorsichtig darauf biss.
»Mach weiter, Don«, stöhnte sie und drückte meinen Kopf noch fester auf ihre großen Titten.
Ich genoss es, wie sie mir damit den Atem nahm. Annas Hand war an meiner Boxershorts angekommen. Mein Schwanz drückte vor Erregung dagegen.
»Warte mal«, kam es von Anna und sie rutschte nach unten und zog mir mit einem Ruck die Shorts aus. Ihr Tanga landete auf der gleichen Stelle neben dem Bett.
»Jetzt bist du dran, mein Lieber«, verkündete sie.
Ihre Lippen verschlangen mein bestes Stück und sie ließ meinen Schwanz richtig spüren, dass sie böse Dinge vorhatte. Sie lutschte ihn so hart, dass ich mich krümmte, weil es zeitweise wehtat. Meine Hände hatte ich in ihren hochgesteckten Haaren vergraben. Und Anna hörte nicht auf. Mein Stöhnen war laut, lauter als sonst. Wieder ein Punkt, an dem ich kaum noch konnte.
»Booar ... ooarr ...«, stöhnte ich vor Schmerzen auf.
Sie schaute mich an.
»Alles okay?«
»Jaaa, nur ein kleines bisschen weniger heftig, ja?!«
Sie grinste. Es war eher so ein Vamp-Grinsen. Es sagte nur so viel wie »Mir doch egal, wenn es dir zu heftig ist. Ich hole mir, was ich brauche und habe meinen Spaß.«
Und dabei ließ sie sich auch nicht aufhalten. Sie hatte mein bestes Stück bereits wieder in ihrem Mund und dachte gar nicht daran, es zärtlicher zu machen.
»Mhmmmmm, ooooaar, du Sau«, brachte ich nur hervor.
Sie nahm ihre Hand zu Hilfe und wichste meinen Schwanz mit harten Bewegungen.

Aber dann kam überraschend Besuch. Maggie kam aufs Bett.
»Maggie, runter. In dein Körbchen! Sofort! Sonst setze ich dich vor die Tür«, sagte Anna bestimmend.
Das hatte Maggie verstanden.
Anna zog ein Gummi über meinen Schwanz und hockte sich darauf.
Sie will mich in der Hocke reiten!?
Ja, das wollte sie. Eh ich mich versah, hatte ihre süße rasierte Pussy meinen Schwanz verschlungen und Anna begann mich wild zu reiten. Ihre Arschbacken klatschten auf meinen Oberschenkeln und ich sah nur zu, wie mein großer Schwanz sich immer und immer wieder in ihre Vulva bohrte. Annas Brüste wippten im Takt, wenn ich nicht meine Hände daran hatte, um sie zu kneten.
»Mhhhmm«, stöhnte sie noch lauter.
Ich genoss diesen Anblick, wie sie mich ritt und war genauso geflasht, wie in dem Moment als ich ihr das erste Mal begegnete.
»Nimm mich von hinten, Don! Los!«, drängelte sie und kniete sich auf allen Vieren vor mir.
Jetzt konnte ich ihr auf den Knackarsch schauen und sah zum ersten Mal ihr großes Tattoo auf dem Rücken: Einige Sterne, die ihren Rücken entlang liefen. Ein geiler Anblick. Ich rammte meinen Schwanz in ihre Pussy und Anna stöhnte laut auf.
»Vorsicht mit deinem großen Ding.«
Du warst vorhin ja auch nicht wirklich vorsichtig mit ihm, da wirst du schon sehen, was du jetzt davon hast, dachte ich und stieß mit voller Wucht zu.

Dieses Mal gab es von mir keine Zärtlichkeiten, ich fickte sie hart bis zum Anschlag. Mein Schwanz spreizte ihre feuchten Lippen ohne Unterlass, um tief in ihre Lustgrotte einzutauchen. Annas Stöhnen wurde inzwischen lauter. Ich umfasste ihre Hüfte und zog sie bei jedem Stoß zu mir. Anna drehte sich irgendwann auf den Rücken und wollte mich oben. Sie spreizte ihre Beine und ließ mich auf ihrer glänzende Pussy blicken. Ein wundervoller Anblick, aber ich beugte mich zu ihr herüber und leckte lieber über ihre harten Nippel, saugte daran und biss leicht zu. Anna nahm meinen Schwanz in die Hand, wichste ihn kurz und steckte ihn ungeduldig in ihre nasse Pussy. Ich fickte sie aber dieses Mal etwas langsamer. Anna zog ihre Beine an und ich konnte tiefer in sie eindringen.

»Mhhhmm ...«, stöhnte sie lauter und ich begann sie wieder schneller zu nehmen. Es dauerte nicht lange und ich konnte meinen Orgasmus nicht mehr aufhalten.

Laut stöhnend kam ich zu meinem Höhepunkt.

Anna grinste zufrieden.

Als ich zwischen ihre Beine rutschte, schaute sie etwas überrascht. Ich fuhr mit meiner Zungenspitze über ihre feuchten Lippen. Ihre Pussy erbebte förmlich und Anna schob ihr Becken weiter vor. Ich leckte ihre Pussy, ihren süß-bitteren Saft. Ein wenig später saugte ich ihren nassen Kitzler. Annas Stöhnen und ihr Becken zeigten, dass sie mehr davon wollte.

Also gab es eine weitere Runde ihrer sanften Lippen und der kleinen Knospe, die ich mit meiner Zungenspitze bis zum Äußersten trieb. Annas Körper geilte mich so auf, dass ich wieder einen Ständer hatte. Ich legte mich auf den Rücken, um eine kurze Pause zu haben, aber Anna machte sich gleich wieder über mich her. Ihre Lippen umschlungen wieder meinen Schwanz und sie tat es wieder. Sie fickte ihn mit ihrem Mund so heftig, dass ich es kaum aushalten konnte.

»Annnnnaaa ...«, brachte ich nur raus.

»Wieder zu heftig, Don?«

»Oh ja, reite mich lieber Süße.«

Das brauchte ich nicht zweimal zu ihr sagen. Anna kniete sich über meinen Schwanz, nachdem das Gummi saß und ließ ihn in der Hocke in ihre nasse Pussy eindringen. Sie ritt mich wieder, ihr Po klatschte auf meine Oberschenkel. Alleine das Geräusch geilte mich noch mehr auf. Irgendwann war Anna außer Atem, legte sich neben mich und wichste meinen Schwanz mit der Hand weiter. Sie zog das Gummi ab.

»So Don, jetzt darfst du. Darauf, wo du schon die ganze Zeit geguckt hast. Auf meine Brüste."

Anna griff noch fester zu, als sie meinen Prügel wichste. Und sie wurde schneller. Ich sah ihr dabei zu, über mich gebeugt, ihre großen Titten über meinem Schwanz. Ihr freches Grinsen hatte sie zurecht. Lange würde ich das nicht mehr aushalten, wenn sie nicht eine Pause einlegte.

Mein Stöhnen wurde lauter und Anna merkte, dass sie fast am Ziel war. Sie rieb meinen Schwanz an ihren harten Nippel und das hielt ich nicht mehr durch.

»Woooaaar ... jaaaaaaa ....«, brachte ich nur noch heraus und spritzte ihr auf die Brüste. Anna grinste.

»Das wolltest du doch«, sagte sie, weil sie mich schon seit der ersten Minute durchschaut hatte.

»Jaaa«, stöhnte ich außer Atem, »und das nächste Mal sage ich: Einmal die 3 und meinen Schwanz zwischen ihren Brüsten, junge Dame.«
Anna lachte.
»Vielleicht hätte ich ihn dir dann gleich aus der Hose geholt und wäre mit dir nach hinten verschwunden.«
»Da ist es mir in deinem Bett angenehmer.«
Wir mussten beide grinsen. Nach einiger Zeit zogen wir uns an und Anna brachte mich zur Tür.
»Ein schönes Wochenende und komm gut zurück«, verabschiedete sie sich und gab mir einen letzten Kuss.
Sie war schon ein richtiger Sexvamp. Ich beschloss, dass meine Auszeit genügte und ich mit diesem Erlebnis wieder neugierig auf neue Erfahrungen war. Die sollte ich auch schon bald sammeln.

Das Camgirl-Treffen

Annabella lernte ich auf einer Chatseite kennen. Da sie ziemlich aufgeschlossen war, schrieben wir relativ schnell über Sex. Sie, die 20-jährige Studentin, wohnte nicht weit von mir entfernt.
In dem besagten Forum mit Chat waren die Absichten eindeutig und so schrieben wir sehr schnell über ein mögliches Treffen. Ich stimmte dem zu und es dauerte gar nicht lange, da war ein Date für das kommende Wochenende abgemacht. Annabella war sehr hübsch und genau mein Typ. Trotzdem schien sie etwas schüchtern und ihr ganzen Ver-

bote und Abneigungen erinnerten mich sehr stark an Michelle. Da dieses Treffen aber damals zu einem richtig geilen Date wurde, dachte ich mir, ich könnte das ruhig wagen.

Vor allem war sie eine absolute Schönheit. Ihre großen blauen Augen, die schwarzen langen Haare und die normale Figur waren genau mein Fall, dazu eine schöne Oberweite.

Ihre Bedingungen waren klar: Es sollte beim ersten Treffen nur ein Quickie geben. Lecken war nicht erlaubt und küssen beim ersten Treffen auch nur bedingt. Viel konnte da ja nicht schief gehen. Dachte ich mir zumindest.

Samstagnachmittag machte ich mich auf den Weg zur ihr. Als ich auf den Hof fuhr, stand sie schon in der Haustür und winkte mir zu. Ich stieg aus und wir begrüßten uns. Sie hatte die Augen dunkel geschminkt und die Haare hochgesteckt.

»Komm rein, einfach die Treppe hoch«, meinte sie und lächelte mich an.

Als ich oben angekommen war, sah ich kurz ins Wohnzimmer und stellte nur nebenbei fest, dass sie sehr gut eingerichtet war. Und das als Studentin. Ich kam gar nicht dazu, weiter zu überlegen wie das sein könnte, denn Annabella stand schon vor mir und blickte mich mit ihren umwerfenden großen Augen an.

»Kommst du mit«, forderte sie mich auf und nahm meine Hand. Wir gingen in ihr Schlafzimmer. Auch das war sehr schick eingerichtet. Es stand ein großer Fernseher in der Ecke und an den Wänden hingen einige Fotos, die meisten

von ihr. Etwas leicht bekleidet und in erotischen Posen.
Bei was für einem Vamp bin ich gelandet?
Ich wurde langsam nervös. Annabella zog mich aufs Bett und begann mit einem sexy Striptease. Mein T-Shirt und meine Hose mussten gleich dran glauben. So etwas hatte ich noch nicht erlebt. Annabella kniete neben mir und schaute mich mit ihren großen Augen an. Sie öffnete den Haken ihres BH und gab ihre schönen C-Körbchen frei. Ihre Brustwarzen waren ziemlich flach aber dafür breit. Meinen Blick nicht von ihr abwendend beobachtete ich Annabella, die die Stille unterbrach.
»Jetzt will ich aber auch was sehen, Süßer!«
Ich zog meine Boxershorts aus und Annabella wartete nicht lange. Mit meinen Händen griff ich zu ihren weichen Titten, da wichste sie mir meinen Schwanz. Annabella störte das gar nicht, dass ich noch keinen ordentlichen Ständer hatte. Mich zu ihren Brüsten rüber beugend leckte ich ihre Nippel. So richtig geil machte mich ihr Wichsen aber nicht, denn ich spürte kaum etwas.
»Du darfst ruhig etwas härter zupacken«, flüsterte ich ihr ins Ohr.
Sie versuchte ihr Glück und langsam bekam ich einen Ständer. Annabella verwirrte mich komplett. Auf der einen Seite schien sie sehr schüchtern und wusste gar nicht was zu tun war, auf der anderen Seite versuchte sie zu wirken, als wenn sie jede Menge Erfahrung hatte.
Ich versuchte einfach zu genießen und streichelte ihren Titten. Annabella hatte meinen Schwanz schön hart gewichst aber sie streichelte ihn mehr, als alles andere.
»Du darfst ruhig härter wichsen und die Eier auch«, be-

lehrte ich sie und gab ihr einen Klaps auf den Arsch.
»Tut mir leid, mein Ex meinte immer, ich würde zu fest zugreifen.«
Versuchte sie sich zu entschuldigen? Und dann noch den Ex in Spiel bringen. Wie unerotisch.
Ich gab ihr einen ordentlichen Klaps auf den Arsch. Ihre Hände griffen zu meinen Eiern und kneteten sie, dann packte sie richtig zu und sorgte dafür, dass mein Schwanz hart wurde.
»Fickst du mich bitte, Süßer », fragte sie und ohne dass ich geantwortet hatte, rollte sie ein Gummi über meinen Schwanz. Sie legte sich auf den Rücken und spreizte ihre Schenkel. Ich ließ meinen Schwanz in ihre Pussy eintauchen und fickte sie langsam. Sie spreizte ihre Beine noch mehr und ich nahm sie schneller und tiefer.
Annabellas Stöhnen wurde lauter. Mit jedem Stoß wippten ihre Titten auf und ab. Ich nahm sie noch härter, denn ihre enge Pussy machte mich geiler.
»Mhhmmmm, jaaaa ...«, stöhnte Annabella und ließ ihre Fingernägel über meinen Rücken fahren.
So wie ich es liebe, grinste ich innerlich. *Ich hoffe, sie taut noch etwas auf.*
Ihre Beine über die Schulter legend fickte ich sie noch tiefer. Annabellas Stöhnen wurde noch lauter.
»Ich will Doggy, Süßer.«
Annabella ließ meinen Schwanz frei und drehte sich um, um mir auf allen Vieren ihren Arsch zu präsentieren. Mein Schwanz bahnte sich seinen Weg durch ihre nasse, enge Pussy und ich fickte sie so, dass es jedes Mal richtig klatschte, wenn ich in sie eindrang. Meine Hände umfass-

ten ihre festen Oberschenkel und zogen sie immer wieder zu mir.

Annabella presste ihr Gesicht stöhnend ins Kissen, als ich sie noch schneller nahm. Irgendwann schob sie ihren Po soweit nach vorne, dass mein Schwanz aus ihrer nassen Fotze rutschte. Ich legte mich auf die Seite und Annabella rutschte nach unten, um mir meinen Schwanz zu wichsen. Meine Hand wanderte wieder über ihren Körper, knetete ihre Brust und ich gab ihr noch einen ordentlichen Klaps auf den Arsch.

»Komm, mach es mir mit dem Mund, Süße«, fuhr ich sie an.

Annabella zierte sich etwas und ich griff ihr in die Haare und zeigte ihr den Weg. Sie beugte sich nach vorne und ließ meinen Schwanz in ihrem Fickmaul verschwinden.

»So ist es gut«, sagte ich bestimmend und holte noch mal mit der Hand aus.

Nach ein paar Mal mit ihrem Mund, zog sie es wieder vor, mit der Hand zu wichsen. Sie tat dieses hart und schnell. Mein Stöhnen wurde lauter, ich konnte mich nicht zurückhalten. Ich zog ihre Hand aber wieder weg und schob ihren Kopf Richtung Schwanz.

»Nimm ihn in den Mund aber ordentlich und länger«, zischte ich und verlieh dem ganzen Nachdruck, indem ich ihr in die Haare griff und ihren Kopf nach unten drückte. Sie umschloss meinen Schwanz brav mit ihren Lippen und begann ihn zu ficken.

»Fester«, fuhr ich sie an. Sie versuchte meinen Schwanz ganz in den Mund zu schieben, es gelang ihr aber nicht. Annabella bekam noch einen Klaps auf den Arsch und

lutschte meinen Schwanz noch hastiger.
»Die Eier auch, du kleine Sau.«
Ich zog den Schwanz aus ihrem Mund und drückte ihren Kopf zwischen meine Beine. Instinktiv wichste Annabella wieder meinen Schwanz, während sie meine Eier lutschte.
Sie ist ja doch ganz brav und kann es, wenn sie will. Vielleicht stellt sie sich nur so an, dachte ich.
Ihr Griff an meinem Schwanz wurde noch härter und viel länger konnte ich es nicht mehr aushalten.
Ihren Mund auf meinen Schwanz drückend spritze ich ihr in den Schlund. Annabella holte sich Tücher zum Abputzen. Ich grinste vergnügt.
Als wir kuschelnd auf dem Bett lagen, fragte ich sie, wie sie sich als Studentin so eine Einrichtung leisten konnte.
»Ich bin Webcamgirl und verdiene mir so etwas dazu. Hast du das nicht gesehen?«
»Nein, tut mir leid, darauf habe ich gar nicht geachtet.«
Sie stand auf und zeigte mir eine DVD.
»Willst du eine mitnehmen. Da sind alle meine Clips drauf. Für 20 Euro gehört sie dir.«
Bitte? Ein unerfahrenes Girl lädt sich Männer ein, um ihnen nach dem Sex ein paar DVDs zu verkaufen? War ich im falschen Film?
»Beim nächsten Mal vielleicht«, meinte ich und suchte meine Kleidung, um schnellstmöglich zu verschwinden.
Als ich zu Hause war, konnte ich es mir nicht verkneifen, nach ihr zu suchen und fand auf fast jeder Amateurseite ein Profil mit Videos von ihr. Ganz unbekannt war sie wohl doch nicht, aber ich hatte mich mit solchen Plattformen noch nie beschäftigt.

Hübsches Girl.
Komisches Date.
Jedes Mal, wenn ich mich damit beschäftigte, lag mir ein Grinsen auf dem Gesicht. Besonders witzig fand ich es, als ich Annabella in zwei Reportagen im Fernsehen sah. Mittlerweile gibt es ihre Seiten nicht mehr. Es sind weder Profile noch Fotos und Videos zu sehen. Anscheinend hatte sie nach dem Studium einen richtigen Job gefunden.

Ich konzentrierte mich wieder auf Frauen, die ich besser kannte. Mia war eine hübsche Frau ganz nach meinem Geschmack. Ich war bereits längere Zeit mit ihr befreundet und wir hatten eher sporadisch Kontakt. Sie hatte optisch sehr viel Ähnlichkeit mit Saskia und jeder der den letzten Teil meiner Buchreihe gelesen hat, weiß wie hübsch ich sie fand. Ich mochte ihre dunklen Haare, ihre großen Augen, die markante Nase und die sinnlichen Lippen.
Ein Treffen mit Mia hatte ich längst aufgegeben. Denn sie war vorher nicht wirklich interessiert. Doch als die devoten Geschichten mit Lea und Shirin online gingen, war auf einmal Mias Interesse geweckt. Ja, mit diesem Richtungswechsel sollte ich noch viel mehr Interesse bei Frauen wecken und ich bin mir sicher, dass die damaligen Trends wie Shades of Grey dazu beitrugen. Bewerbungen von devoten Sklavinnen, die bei mir eingingen, bei denen es darum ging, sich mal auszuprobieren, bekam ich fast täglich.
Die Geschichten von Lea, Shirin und auch meinem Hotelzimmertraum besorgten mir mein erstes dominant-devotes Date mit Mia.

»Wie sehr freust du dich denn auf unser Date und was hast du mit mir vor?«, wollte Mia einige Wochen vor unserem Treffen wissen.
»Sehr, weil wir uns schon seit 1 ½ Jahren mal sehen wollten und ich sehr neugierig auf dich bin. Es wird auf jeden Fall mal Zeit, damit ich weiß, wie du real aussiehst. Und was wir machen außer einen Tee zu trinken, kommt wohl ganz darauf an, was wir voneinander halten. Ich habe ja nichts dagegen, dass mehr passiert, das weißt du. Aber wer weiß, was du über mich denkst?
Wir könnten ja noch überlegen ein Hotelzimmer auseinanderzunehmen, so wie wir es im Mai geplant hatten. Oder einfach mein Sofa und das Bett überprüfen. Was will ich? Küssen, kuscheln, böse Dinge.«
»Böse Dinge? Na, da bin ich ja mal gespannt«, schrieb sie.
»Vielleicht willst du gar keine bösen Dinge?! Du willst bestimmt abgrundtief böse Dinge, so wie ich dich kenne«, provozierte ich.
»Ja, ich glaube, ich bin wenn, dann für ganz böse Dinge.«
»Aber du möchtest ja mit Tee trinken beginnen. Das wird sich natürlich stark verändern. Und wer dann sehr frech ist, der wird bei mir bestraft. Ich denke mal, du weißt, was du zu tun hast.«
»Ich bin meist ziemlich vorlaut. Das könnte dir in die Karten spielen. Ich glaube, das kriegst du schon hin, da bin ich ja mal gespannt. Hoffe nur, der Tee ist gut«, neckte sie mich.
»Pass nur auf, wenn du hier bist und frech wirst«, gab ich ihr zu bedenken.
»Jupp«, kam es entspannt zurück.

Ein paar Wochen später fanden wir dann einen konkreten Termin.
»Meine Zeit in der Woche ist nur etwas begrenzt für dich. Ich kann erst ab 17 Uhr. Ansonsten spricht nichts dagegen, solange keine bösen Termine die Planung versauen.«
»Na, ich muss ja auch arbeiten«, meinte Mia daraufhin.
»Wenn du etwas Zeit mitbringst und nicht zwei Stunden später wieder fährst, könnte es interessant werden.«
»Das ist kein Ding. Ich könnte vielleicht bei dir übernachten und morgens weiterfahren?«, fragte sie.
»Da finde ich sicherlich einen warmen Platz neben mir. Du musst mit mir nur morgens um halb sieben aufstehen.«
»Das ist kein Problem. Aber Vorsicht, ich bin eine Nervensäge.«
»Mündlich? Handgreiflich?«, wollte ich wissen.
»Kuschelig...«, kam es zurück.
»Oh I like, damit kann man mich nicht nerven und wer vorlaut ist und nervt wird meist einfach geküsst. Dann ist Ruhe. Ach, und ich komm gerne auch mal nachts an. Mal schauen, ob dich das nicht nervt.«
»Wie meinst du das«, wollte sie wissen, »ich hab nix dagegen, wenn du mich nachts weckst. Vielleicht könnten wir am Abend noch etwas essen.«
»Das lässt sich einrichten, ich koche etwas Schönes.«
»Juhu, ich werde bekocht«, freute sich Mia. »Was soll ich denn anziehen?«
»Kleidung?«
»Ja, ich muss ja irgendwas anhaben, wenn ich aus dem Auto steige, oder nicht?«
»Musst du das?«, fragte ich provokant.

»Okay, du wolltest es nicht anders. Ich komm einfach in Jogginghose und ...«, setzte Mia an.
»Nur ein Mantel und nichts darunter, das ist doch ein netter Gedanke oder mit schöner Unterwäsche.«
»Tja, das darfst du entscheiden«, meinte sie.
»Ich werde mir mal Gedanken machen«, schrieb ich. »Eine Anmerkung hätte ich aber schon zum Outfit, falls die Dame an dem Tag mehr Lust auf Bestrafung und gröbere Behandlung hat. Dann sollte sie ein Halsband mit O-Ring tragen. Dann wird sie bekommen, was sie verdient.«
»Mal schauen, das kommt auf meine Stimmung und die Bestrafung an«, gab sie an.
»Ganz so viel gibt es bei mir nicht: Spanking mit Hand oder Holzpaddel, Knebel, fesseln, ignorieren, indem ich dich in eine Ecke setze, und die sexuellen Vorlieben wie Deepthroat und Anal. Je nachdem wie frech du bist und wie du Widerworte gibst, wirst du wahrscheinlich die ganze Zeit auf allen Vieren an die Leine gelegt.«
»Na ja, fesseln und knebeln darfst du mich immer, da steh ich total drauf. Mich haut so leicht nichts mehr aus den Socken.«
»Ich glaube, du hast da auch mehr Erfahrung. Ich bin da sicherlich im Vergleich noch am Anfang«, gab ich offen zu.
»Ich habe schon seit drei Jahre Erfahrung in diesem Bereich«, schrieb Mia. »Eigentlich bin ich aber auch nur ein nettes Mädchen, das einfach nur geliebt werden will.«
Mia überlegte sich, wann wir uns treffen könnten und ein paar Tage später kam schon ein konkreter Vorschlag: Eine Woche später von Freitagabend auf Samstag.
»Ich will kuscheln«, schrieb Mia ganz überraschend.

»Das werden wir sehen, wenn du dich entsprechend verhältst. Dann gibt es auch Streicheleinheiten«, war meine Antwort darauf.
»Juhu^^ kuscheln!!!«
»Wenn der Herr das will«, schrieb ich.
»Mia will«, kam nur zurück.
Frech ist sie ja schon mal ...
»Wenn Mia das Halsband trägt, gibt es kein Mia will aber. Betteln wird bestraft. Aber sie wird schon Streicheleinheiten bekommen«, schrieb ich ihr.
»Mal schauen, ob es dieses Mal klappt mit unserem Date«, gab ich zu bedenken.
»DAS klappt und wenn ich fliegen muss.«
»Ach, einen Besen hast du auch?«, schrieb ich und musste grinsen.
»Klar, bei rot-gefärbten Haaren und grünen Augen. Was hast du sonst erwartet?«
»Ich treffe mich also anscheinend mit einer Hexe, die vorgibt lieb und devot zu sein. Wahrscheinlich ist sie abgrundtief böse«, scherzte ich.
»Klar, total böse.«
»Dann habe ich mir ja schon die richtigen Plätze in meiner Wohnung überlegt.«
»Und welche sind das?«, wollte Mia wissen.
»Wenn du artig bist, darfst du mit auf das große Sofa. Wenn du frech bist, kniest du vorm Sofa auf einem Fell. Wenn du ungezogen bist, geht es in die Ecke, mit den Augen zur Wand und wenn du dich gar nicht benehmen kannst, darfst du auf die kalten Fliesen auf dem Flur. Ein Vorteil meiner Longe, die ist lang genug und ich weiß ge-

nau, wenn du dich bewegst. Meinst du, du kannst brav sein?«
»Das hoffe ich doch mal, das Fell wäre sonst auch noch ok.«
»Ich vermute, das wird Freitag ziemlich geil.«
»Ich fürchte mich da nicht vor ;)«, scherzte Mia.
Wir waren beide schon so überzeugt, dass wir uns treffen, dass es schon fast logisch war, dass etwas dazwischen kam.
»Ich hab voll die Halsschmerzen. Hoffentlich werde ich nicht krank«, schrieb ich Mia drei Tage vorher.
»Wehe, dann hau ich dich«, antwortete sie.
»Das ist meine Aufgabe«, bemerkte ich.
»Wenn du krank wirst, hau ich dich wirklich«, kam es zurück.
»Kommst du dann trotzdem?«, wollte ich wissen.
»Klar«, kam als überraschende Antwort.
»Gut«, schrieb ich erfreut, dass es dieses Mal keine Absage gab.
Am nächsten Tag erkundigte sich Mia direkt nach mir.
»Geht es dir besser?«
»Die heutige Nacht war richtig scheiße, konnte kaum schlafen wegen den Kopfschmerzen. Aber seit Mittag geht es mir etwas besser. Ich war schon beim Arzt und bin für den Rest der Woche krankgeschrieben. Du musst dich wohl doch am Freitag um mich kümmern. Ich werde mal versuchen noch etwas aufzuräumen …«
»Mach das, ich bin jetzt schon aufgeregt.«
»Das Treffen ist doch erst morgen«, schrieb ich ungläubig.
»Ich frage mich, was du alles so vorhast.«
»Zuerst gesund werden. Und morgen schauen wir mal.«

»Na toll, jetzt bin ich nicht nur rattig, sondern auch neugierig«, kam es als Antwort.

Lick und ride me horny

Als Mia eintrifft, gehe ich gleich zur Tür und freue mich, dass ich sie endlich in die Arme schließen darf. Ich mustere sie: Ihre langen roten Haaren, die stechenden grünen Augen, ihr schmales Gesicht und ihre tolle Figur, mit Brüsten, an denen kein Mann vorbeischauen kann. Auf dem Flur zieht sie sich ihre schwarzen Stiefel aus und folgt mir zum gedeckten Tisch. Da es schon recht spät ist, hole ich den Auflauf aus dem Ofen und wir essen zuerst.
»Wie war die Fahrt?«, frage ich.
»Ganz okay, aber zwischendurch musste ich wirklich schauen, ob ich noch auf dem richtigen Weg bin«, antwortet sie und muss dabei lachen. »Ich hoffe, dir geht es etwas besser.«
»Es geht wohl«, sage ich und schaue auf die kleine Portion auf meinen Teller.
Nach dem Essen wechseln wir zu meinem roten Sofa, ich warte gar nicht lange, schließe Mia in die Arme und unsere Lippen berühren sich das erste Mal. Küssend rutschen wir in eine Liegeposition auf dem Sofa. Erst sind die Küsse nur zaghaft, unsere Lippen berühren sich nur kurz. Irgendwann lässt Mia dann meine Zungenspitze durch ihre Lippen und wir küssen uns mit Zunge. Ich blicke immer wieder in ihre Augen, weil ich meinen Blick nicht abwenden

kann.

»Was guckst du mich so an?«, will Mia wissen.

Ich habe keine passende Antwort auf die Frage und so rutscht mir einfach nur raus »Nichts, ich genieße gerade nur« Mia blickt mich etwas erschrocken an.

»Was ist, schlechte Erfahrungen mit dem Genießen gemacht?«, frage ich grinsend.

»Naja, wenn man gefesselt auf dem Bett liegt und auch so eine Antwort bekommt, ist das schon komisch.«

Ich muss erneut grinsen, weil ich mir die Situation vorstelle. Ein paar Minuten liegen wir küssend auf dem ganzen Sofa und ich ziehe Mia näher zu mir. Ich gleite mit meinen Händen über ihren Körper, die Beine, den Bauch und die Brüste. Dann ziehe ich Mia ganz auf mich, streiche durch ihre Haare und gebe ihr einen langen Kuss.

Meine Finger vergraben sich in ihren Pobacken, die noch durch Mias Jeanshose bedeckt sind. Später, wenn sie nackt ist, wird das sicherlich den ein oder anderen ordentlichen Klaps bedeuten. Es dauert nicht lange, da landet ihr Shirt auf dem Boden und ich kann ihr hübsches Dekolletee bewundern, welches gleich Lust auf noch mehr macht.

Zwei meiner Finger und die Träger ihres BHs gleiten die Arme herunter. Meine Lippen verirren sich Sekunden später zu Mias großen Brüsten, liebkosen sie und lutschen an ihren harten Nippel. Mit meiner Zungenspitze umkreise ich einen ihrer Nippel und beiße sanft zu.

Mia seufzt leise.

Mir ist mittlerweile unglaublich heiß. Nicht nur, dass es im Wohnzimmer warm ist, ich habe auch noch einen dicken Pulli an. Wir setzen uns aufrecht hin und ich ziehe meinen

Pulli und das T-Shirt darunter aus.

Mia beobachtet mich dabei.

»Ach ja, ich habe dir ja etwas mitgebracht«, sagt sie, dreht sich um und kramt in ihrer Tasche. Sie holt ein Lederhalsband mit Ring hervor und ich lege es ihr an. Unser Küssen geht in die nächste Runde, Mia liegt mittlerweile auf dem Rücken und während wir uns knutschen, knete ich genüsslich ihre Brüste.

Ich schaue ihr kurz in die Augen, anschließend auf das Halsband und erinnere mich nur an ihre Aussage »Wenn ich das Halsband anhabe, mache ich alles, was du sagst ...«

»Ausziehen«, lasse ich verlauten und Mia zieht ihre Hose aus.

Mia öffnet den Reißverschluss meiner Jeans und massiert meinen Schwanz, während wir uns liebkosen. Meine Finger streichen indes über den lilafarbenen String. Ich unterbreche meine Eroberung kurz, ziehe meine Jeans aus und kümmere mich danach um ihren String, der ihre rasierte Pussy freigibt. Meine Finger gleiten über ihre Pussy und bemerken gleich, dass sie ausläuft.

»Da ist wohl jemand sehr geil«, raune ich.

»Oh, ja«, bekomme ich als Antwort.

Ich ziehe meine Boxershorts aus und Mia wichst mir meinen Schwanz, wobei ich ihre nasse Fotze fingere. Ihre Augen beobachten mich dabei. Auf dem Rücken liegend ziehe ich Mia an ihrem Halsband zu meinem harten Schwanz. Sie lässt meinen Ständer zwischen ihre Lippen ein und beginnt, ihn damit richtig zu ficken. Erst verschlingen sie meinen Ständer nur bis zur Mitte. Später, als er nicht mehr so hart ist, bis zum Anschlag. Ich greife ihr in die langen

Haare und drücke ihren Kopf herunter. Meine andere Hand fingert dabei ihre Pussy.
»Komm hoch, du kleine Drecksau«, befehle ich ihr.
Ich ziehe Mia mit ihrer nassen Fotze auf mein Gesicht, sodass wir 69 haben. Mia ist dermaßen geil, dass ihr süß-bitterer Saft nur so tropft. Unsere schweißnassen Körper werden von den Händen des anderen verwöhnt. Irgendwie kann ich aber nicht mehr, weil mich meine Grippe in Schach hält.
Wir legen eine Pause ein, liegen nebeneinander, kuscheln und schauen TV. Natürlich dauert es nicht lange, weil wir nicht voneinander lassen können.
In einer Werbepause fallen wir wieder übereinander her. Dieses Mal ist mein Ständer hart und ich ziehe Mia am Halsband auf mich und stoße mit meinem Schwanz in ihre nasse Lustgrotte. Mia beginnt mich zu reiten, erst langsam dann immer schneller.
Sie beugt sich dabei über mich, ihre großen Brüste in meinem Gesicht. Ich spüre ihre Bewegungen, wie sie meinen Schwanz aus und wieder einlässt. Der Anblick ist berauschend und ich gebe ihr einen Klaps auf den Arsch. Mia stöhnt dabei auf, reitet mich wie aufgestachelt noch wilder. Wieder einen Klaps, dieses Mal die andere Seite.
Mia lehnt sich zurück, reitet mich weiter und massiert mir dabei die Eier.
Das hat bis jetzt noch keine gemacht, aber es fühlt sich sehr geil an.
Sich zu mir nach vorne beugend thront sie lustvoll auf mir und ich halte von unten dagegen, drücke meinen Schwanz immer wieder in ihr Allerheiligstes. Lüstern gebe ich ihr ei-

nen Klaps auf ihren geilen Arsch. Mias leises Stöhnen kommt mit jedem neuen Stoß. Dann lehnt sie sich nochmal zurück, wiederholt ihr Spiel. Als ich sie wieder am Halsband zu mir ziehe, nehme ich sie von unten, das Klatschen auf der Haut ist lauter als Mias Stöhnen.
Ich spüre, wie mein Schwanz sich in sie bohrt und höre nicht mehr auf. Ein paar Minuten später bringt mich das zum Höhepunkt und ich spritze tief in ihr ab, während mich Mia dabei wollüstig beobachtet.
Erschöpft kuscheln wir uns zusammen aufs Sofa. Zwischendurch hole ich uns etwas zu trinken und Mia steht auf, um auf ihr Handy zu schauen. Aber das macht sie nicht, wie ich ihr vorher aufgetragen habe, auf allen Vieren. Ich bemerke das und freue mich darauf, sie später dafür zu bestrafen.
Es ist an der Zeit, dass wir uns entschließen, das Bett aufzusuchen. Ich lösche die Kerzen und schalte den Fernseher aus. Dann hole ich die Leine aus der Ecke und lege sie Mia an. Ich lasse sie das Sofa herunter krabbeln und auf allen Vieren hinter mir her kriechen. Da ich zwischendurch noch einige Lichter auszuschalten habe, ist es nicht ganz so einfach. Aber die kleine Drecksau wartet brav, bis ich sie weiter hinter mir her ziehe. Es geht über die kalten Fliesen im Flur bis zum Bett im Schlafzimmer. Dort angekommen sage ich nur nüchtern »Das ist deine Seite« und begebe mich auf die andere Seite vom Bett.
Ich habe den Fernseher vorher schon eingeschaltet und wir schauen den Film weiter.
Es dauert nicht lange, da gibt es die nächste Werbepause. Ich drehe mich zu ihr, schaue ihr in die grünen Augen und

bemerke gleich: Fail! Gleich kommt eine Frage.
»Was schaust du so?«
Da ist sie schon zu spät. Ich schau halt gerne.
Ich erinnere mich an Mias Aussage: Sie findet mich niedlich und meinen Blick seltsam, so wie Nibbler bei Futurama. Grinsend schiebe ich den Gedanken beiseite.
»Was grinst du so?«
Es gibt nur zwei Arten, einer Frau den Mund zu stopfen! Und da es schnell gehen muss, gebe ich Mia einen langen Zungenkuss und erkunde mit meiner Hand unter der Decke ihren Körper. Meine Lippen liebkosen ein paar Minuten später ihre großen Brüste, meine Zunge leckt über ihre Nippel.
Ich höre Mia ganz leise stöhnen und gelange mit einer Hand zu ihrer weichen Pussy, um sie zu fingern. Mit der anderen Hand wichse ich meinen Schwanz hart und steige über sie. Mia winkelt die Beine etwas an und ich lasse meinen harten Ständer in ihre Pussy eindringen und nehme sie bis zum Anschlag. Mia stöhnt lustvoll und ich bemerke, wie sie sich am Alu-Rahmen des Bettgestells festhält. Ihr Gesicht dreht sie etwas zur Seite und mein Blick fällt wieder auf ihre großen Brüste. Ich genieße den Anblick, beuge mich über sie und lasse meinen Ständer mit einem Klatschen immer wieder in ihre nasse Pussy eintauchen.
»Dreh dich um«, fordere ich sie auf.
Mia gehorcht, hält mir auf allen Vieren ihren Arsch entgegen. Ich versenke meinen Schwanz gleich in ihrer nassen Fotze. Jeder Stoß gibt ein lautes Schmatzen, denn ich ziehe ihn fast ganz heraus, um in wieder bis zum Anschlag hinein zu rammen.

Mias Stöhnen wird nun lauter.
Ihre Hände halten sich am Alu-Rahmen vom Bett fest. Ich greife nach ihren roten Haaren und ziehe daran, während ich sie weiterficke. Mit meiner Hand hole ich aus und gebe ihr einen ordentlichen Klaps auf ihren Po.
Mia stöhnt auf.
Wieder ein paar Stöße und dann die andere Seite, die meine Hand zu spüren kommt. Mia ist unglaublich nass und ich spüre kaum noch etwas.
»Warte hier genauso«, weise ich sie an.
Ich stehe auf und hole den Dildo aus dem Wohnzimmer. Vorsichtig lasse ich den Gummischwanz in ihre nasse Fotze gleiten, immer weiter, bis er komplett in ihrer Pussy steckt. Dann beginne ich damit, sie langsam zu ficken. Mit der anderen Hand reibe ich ihre Klit. Es dauert nicht lange, Mias Stöhnen ist überwätigend und sie kommt lustvoll vor meinen Augen. Der Dildo rutscht dabei langsam aus der nassen Pussy und ich lege ihn zur Seite.
»Ich bin immer noch rattig«, beschwert sich Mia.
Anscheinend ist sie Miss Unersättlich und ich bin ausgerechnet diese Woche krank.
»Das musst du wohl akzeptieren, kleine Drecksau. Schließlich warst du vorhin im Wohnzimmer unartig«, verkünde ich.
»Mia will aber noch mehr Sex«, protestiert sie.
»Hör auf zu betteln, sonst gibt es gar keinen Sex mehr«, sage ich scharf.
Sie dreht sich zur Seite und schmollt.
In der Nacht wache ich auf und bemerke, wie Mia sich neben mir bewegt.

»Bist du wach«, flüstert sie.
Ich drehe mich um, wir küssen uns im Dunkeln und unsere Hände erkunden voller Erwartung den anderen Körper. Wenig später hat mein unersättlicher Lieblingsvamp meinen Schwanz in der Hand und wichst ihn genüsslich. Meine Finger dringen in ihre Pussy ein und nehmen sie schmatzend. Es dauert keine Minute und ich ziehe Mia auf mich, um ihr den Schwanz in ihre nasse Fotze zu stoßen. Mia reitet mich sehr ausgelassen und das Bett gibt seine Geräusche dazu.
Und schon wieder ist die Drecksau so nass, dass ich kaum noch was spüre.
»Ich spüre nichts mehr, du kleines Dreckstück.«
»Tut mir leid, Herr.«
Sie lässt meinen Schwanz fast herausgleiten und spießt ihn dann bis zum Anschlag auf. Die Latten vom Bett knacken, als wollen sie jeden Moment nachgeben.
Genau so etwas wollte ich. Sie ist einfach unglaublich und raubt einem auch im Bett den Verstand.
Mia lässt sich wieder nach vorne fallen und fickt meinen Schwanz etwas langsamer. Ich küsse ihre Brüste, greife mit beiden Händen fest an ihren Po und halte von unten mit meinem Schwanz dagegen.
Ihre Lust auf mehr ist unersättlich und sie bringt mich damit dem Höhepunkt immer näher. Als ich laut stöhnend in ihr komme, hört sie trotzdem nicht auf und reitet mich weiter.
Mein Schwanz rutscht dabei aus ihre Pussy und sie massiert nun damit stöhnend ihre Klit. Ich ziehe sie am Halsband zu mir.

»Ist gut jetzt, mein kleines Dreckstück«, zische ich.
»Lässt der Herr mich etwa unerfüllt hier liegen?«
»Da du so frech bist, wird dir nichts anderes übrig bleiben«, sage ich und gebe ihr mit voller Wucht einen Klaps auf den Arsch. »Du wirst schon noch eine Belohnung bekommen«, besänftige ich sie und küsse ihre Titten.
Am nächsten Morgen wachen Mia und ich um 9 Uhr auf. Wir liegen nebeneinander und schauen uns schon direkt in die Augen.
Ich muss lächeln.
Sie trägt noch ihr Halsband und der Ausblick auf ihre schönen Brüste erwirkt den Rest: Ich habe einen Ständer und bin direkt geil. Die Erinnerungen an die letzte Nacht rauschen an mir vorbei und mein Kopf verlangt nur noch eines: Sex mit dieser Schönheit.
Mia brauche ich nicht zu fragen, sie blickt mich mit ihren grünen Augen an und der Blick sagt nur eines: *Hier, jetzt und sofort!*
Meine Hand streicht über ihre Beine, dann ziehe ich Mia weiter an mich und versenke einen Finger in ihrer Pussy, um sie zu fingern.
Mia ist schon wieder nass! Wie kann das sein? Ich habe sie doch nur angesehen? Oder hat sie auch an letzte Nacht gedacht?
Ich nehme noch einen zweiten Finger dazu und ficke sie. Mia umfasst meinen Ständer und beginnt ihn hart und schnell zu wichsen. Lüstern massieren meine nassen Finger ihre Klit und reiben die kleine Perle. Mia stöhnt auf und wichst meinen Schwanz noch schneller.
»Mhmmm ...« kommt es leise von ihr und ich sehe, wie sie

sich mit der anderen Hand am Bett festhält.
Ich habe Lust ihre nasse Pussy zu lecken, so lustvoll wie sich Mia an mir räkelt. Zwischen ihre Beine kriechend lasse ich meine Zunge über die weichen Lippen wandern. Mias Stöhnen wird ein wenig lauter. Ich suche mit meiner Zungenspitze ihre Klit und lecke ganz langsam ihre Perle. Jetzt hält sich Mia auch mit der anderen Hand fest. Ich lecke sie weiter, nun heftiger und sehe wie es Mia berauscht und in Extase versetzt.
»Darf ich bitte kommen?«, stöhnt sie.
Ich lasse kurz von ihrer Pussy ab und raune »Es ist dir erlaubt«.
Meine Zungenspitze streicht nur kurz über ihre Perle und Mia reagiert sofort.
»Mhmm ...«
Ein weiteres Mal kitzle ich mit meiner Zungenspitze die empfindliche Stelle.
Ein weiteres Mal stöhnt Mia.
Ich massiere ihre Perle etwas länger mit der Zunge, sauge daran und Mia wird richtig laut.
Pulsierend kommt sie laut zum ersten Höhepunkt.
Aber ich höre nicht auf und lecke sie weiter. Dieses Mal nehme ich die Finger zur Hilfe und ficke sie beim Lecken. Mia wird nach ihrer Pause wieder lauter und jedes Mal, wenn ich ihre Klit berühre und anfange zu saugen, scheint es, als müsste sie jeden Moment kommen.
»Darf ich nochmal kommen?«, fragt sie kurze Zeit später artig.
»Es ist dir nochmal erlaubt«, willige ich ein.
Ich lecke sie weiter, diese heiße Perle, und sie kommt die-

ses Mal noch lauter, mit dem Körper bebend zum Orgasmus.
Ich bin angestachelt von ihrer Wollust und höre nicht auf, sie zum nächsten Höhepunkt zu tragen. Kurze Zeit später fragt sie mich erneut, artig wie sie war: »Darf ich kommen?«
Dieses Mal aber nicht Fräulein, denke ich.
»Nein, jetzt kümmerst du dich erst einmal um mich« trage ich ihr auf.
Ich lege mich auf den Rücken neben ihr und ziehe sie am Halsband zu meinen Schwanz. Sie saugt daran, lässt in ganz in ihrem Mund verschwinden und beginnt ihn mir hart zu blasen.
Brav machst du das, meine kleine Hure, denke ich und schließe die Augen, um es zu genießen.
Mittlerweile ist mein Schwanz zu einem Ständer gewachsen und Mia bekommt ihn nicht mehr bis zum Anschlag in ihren Mund.
Ich greife in ihre Haare und drücke ihren Kopf herunter. Mia gibt schmatzende Geräusche von sich, während sie meinen Ständer komplett im Mund hat.
»Ganz in den Mund nehmen«, sage ich, um ihr meine Erwartungen mitzuteilen.
Aber Mia kann nicht antworten. Das braucht sie auch nicht. Sie soll meinen Schwanz einfach nur mit ihrer frechen Mundfotze ficken.
Zwischendurch macht sie eine Pause, um Luft zu holen, verschlingt meinen Schwanz aber gleich wieder, weil sie nicht von ihm lassen kann.

»Wichs ihn, meine kleine Drecksau«, fordere ich sie auf und sie gehorcht.
Ihre Bewegungen sind schnell, aber nicht hart genug. Ich bin kurz davor zu kommen, da kann Mia anscheinend nicht mehr.
Trotzdem eine artige, kleine Drecksau, schießt es mir durch den Kopf. Sie darf ruhig eine Belohnung bekommen.
»Willst du noch mal geleckt werden, Miststück?«, frage ich sie. Die Antwort war klar.
»Oh ja, bitte Herr.«
»Dann komm hoch zu mir und setz dich auf mein Gesicht.«
Mia gehorcht und sitzt wenig später breitbeinig auf meinem Gesicht, hält sich am Alugestänge des Bettes fest und wartet auf die Zungenspitze an ihrer Perle. Ich gebe ihr einen Klaps auf den Arsch und lasse meine Zunge auf ihrer nassen Pussy kreisen. Nach oben blickend sehe ich, wie sie sich leicht auf die Lippen beißt, sehe ihre schönen Brüste und die harten Nippel. Meine Zungenspitze wandert zu ihrer Perle und Mia wird wieder laut. Ihre Perle ist schön hart und gut zu spüren. Zwischendurch sauge ich wieder und ihr Stöhnen sagt gleich: *Genau das will ich!*
Mia versetzt mich mit ihrem Stöhnen in Trance. Nicht von ihr ablassend wichse ich mir meinen Schwanz unterdessen schön hart.
»Darf ich bitte kommen, Herr?«, fragt sie schon wieder.
Sie ist wirklich unersättlich.
»Es ist dir erlaubt.«
Ich lecke sie weiter bis sie erneut schwelgerisch kommt. Dann verweise ich sie auf meinen hart gewichsten

Schwanz. Mia gehorcht und reitet mich. Immer wieder bohrt sich mein Schwanz in ihre nasse Lustgrotte.
Die ist jedoch wieder viel zu feucht, sodass ich kaum etwas spüre.
Ich knete ihre großen Titten, während sie mich reitet. Sie lehnt sich beim reiten nach hinten und ich spüre gar nichts mehr. Ihr Saft läuft meinen Schwanz entlang und jeder Stoß gibt ein schmatzendes Geräusch.
»Komm hoch, du Dreckstück«, fordere ich sie auf.
Sie rutscht wieder nach oben, hält sich fest und ich lecke sie wieder. Ihre Pussy ist so unglaublich nass, dass ihr süßbitterer Saft einfach in meinen Mund läuft. Ich sauge ihn auf, lecke weiter ihre Klit und fahre mit meiner Zungenspitze über ihre Perle.
»Darf ich bitte kommen, Herr?«, will Mia sehr schnell wissen.
»Nein.«
Ich schlage sie stoßweise mit meiner Zungenspitze. Mia kann sich kaum zurückhalten. Und dann treibe ich es auf die Spitze, ich sauge wieder ihre feuchte Klit.
»Darf ich bitte, bitte kommen?«, fragt Mia erneut.
»Es ist dir erlaubt.«
Zwei weitere Zungenschläge reichen aus, um sie zum Kommen zu bringen.
Mia ist so unglaublich nass, dass ich bei ihrem nächsten Ritt nichts spüre. Gar nichts!
Ich ziehe sie am Halsband herunter, sodass mein Schwanz beim Ficken fast herausgleitet und wieder eintaucht. Jetzt kann ich wenigstens etwas spüren.
»Du bist so nass, du kleine Sau, ich spüre nichts. Da musst

du wohl mit deinem Mund ran«, fordere ich sie auf und ziehe sie am Halsband zu meinem Schwanz.
Sie nimmt den nassen Schwanz in den Mund und lutscht ihn genüsslich wie ein Lolly. Mit ihrer Hand bearbeitet sie den Schaft und will ihn wichsen.
Habe ich nicht gesagt mit dem Mund? Und das kleine verfickte Dreckstück ist zu weit entfernt, fluche ich innerlich.
Ich greife zur Leine, die neben dem Bett liegt, richte mich auf und lasse sie am Ring des Halsbandes einrasten. Mia blickt mich überrascht an.
»Mit dem Mund habe ich dir befohlen«, sage ich streng.
Ich ziehe sie zu meinem Schwanz und sie lutscht ihn brav. Mit der Hand drücke ich ihren Kopf bis zum Anschlag auf meinen Schwanz und ficke ihre freche Maulfotze. Zwischendurch lasse ich sie Luft holen, wichse meinen Schwanz dabei, bevor es weitergeht. Ihr Mund verschlingt gierig meinen Schwanz bis zum Anschlag.
Sie scheint es ja nie leid zu werden. Ein sehr geiles Miststück.
Ich ziehe sie herunter und drücke ihr freches Mundwerk auf meine Eier, während ich meinen Schwanz wichse. Mia versteht, was zu tun ist und lutscht sie.
Als ich genug habe, lasse ich Mia wieder aufsitzen und mich reiten. Die Leine behalte ich in der Hand. Ich ziehe sie zu mir herunter, gebe ihr einen Kuss und danach einen Klaps auf den Arsch. Sie reitet mich erneut heftiger, stützt sich dabei am Bett ab.
Noch einen Klaps.
Ich spüre wieder nichts. Wie kann man nur so auslaufen? Also muss ich es auflecken, schoss es mir durch den Kopf.
»Los, nach oben«, befehle ich ihr und sie gehorcht.

Die Leine zieht sich zwischen ihren Brüsten und der Pussy hindurch.
Ihr Saft tropft auf mein Kinn. Ich lecke ihre Perle und Mias Stöhnen ist sofort zurück.
Das wird sich aber gleich wieder ändern. Drecksau, denke ich.
»Darf ich kommen?«
»Darf ich bitte kommen?«. Fragt sie erneut.
Mein Gott, das wievielte Mal ist das jetzt?
»Nein. Was sagte ich zum Thema Betteln? Du hältst jetzt deinen Mund. Ich will gar nichts von dir hören.«
Ich lecke ihre Pussy und streiche ein paar Mal über ihre Perle, mit dem Wissen, dass sie es kaum aushalten wird.
»Mhmm, aaahh«, seufzt sie.
»Kein Wort, habe ich dir befohlen«, sage ich streng, hole aus und es klatscht laut auf ihrem Po.
Stille, während ich sie verwöhne.
Aber ich weiß, wie ich das ändern kann ...
Ich sauge an ihrer Perle und schon kommt ein Stöhnen.
Dieses Mal klatscht es auf der anderen Seite.
»Halt deinen Rand. Du darfst stöhnen, wenn du kommst! Ansonsten bist du ruhig.«
Ich lecke sie weiter, meine Zungenspitze ist zurück an ihrer Perle.
Sie kommt erneut und stöhnt dabei laut auf. Ich ziehe an der Leine.
»Runter mit dir, auf meinen Schwanz du Drecksau!«
Mia lässt meinen Schwanz in ihre Pussy gleiten und reitet mich, während ich sie an der Leine halte. Mit der anderen Hand knete ich ihre Titten. Mias Nippel sind so hart und

stehen ab, dass ich sie zwischen zwei Finger nehme und daran ziehe.

Sie stöhnt auf. Laut.

Das gefällt mir und sie bekommt es noch einige Male zu spüren, bevor ich sie mit einem ordentlichen Klaps verabschiede und wieder auf mein Gesicht schicke.

»Auch dieses Mal will ich erst etwas von dir hören, wenn du kommst.«

Meine Zungenspitze kitzelt wieder ihre Perle. Ich halte sie an der Leine und ziehe manchmal etwas daran. Ihre Pussy läuft weiter und ich lutsche, ficke sie kurz mit meiner Zunge, um dann ihren Kitzler zu verwöhnen.

Nach kurzer Zeit wird Mia wieder laut.

»Mhmmm, jaaahhh, mhmmm ...«, höre ich sie, während sie zum Höhepunkt kommt.

Sie legt sich neben mich und mustert mich.

»Ich glaube, wir sollten mal aufstehen«, erinnert sie mich, weil es schon Mittag sein muss.

»Ja, wer weiß, wie spät es ist. Kannst du ja gleich schauen.«

Sie will schon aufstehen, da kommt von mir noch hinterher: »Auf allen Vieren, die Leine ist lang genug.«

»Meinst du?«, erwidert sich frech.

»Weiß ich«, antworte ich.

Sie steigt vom Bett und holt sich für die Frechheit noch einen Klaps ab. Dann macht sie sich auf allen Vieren auf den Weg, über die kalten Fliesen im Flur bis sie im Wohnzimmer ist. Nach einer knappen Minute ist sie zurück.

»Es ist schon 11 Uhr. Habe ich die Erlaubnis mich fertig zu machen und nimmt der Herr mir die Leine ab?«

Ich stimme zu, stehe ebenfalls auf und decke uns den Frühstückstisch. Nach dem Frühstück ist es 12 Uhr und ich verabschiede Mia, weil sie am Nachmittag wieder zu Hause sein muss.

Als sie von meinem Hof fährt, läuft mir ein Schauer über den Rücken.
War das ein aufregendes Date! Vieles würde bei ihr vermutlich nicht passen, aber sie ist genau mein Geschmack – und so unersättlich. Ob ich sie wiedersehe? Ob mehr zwischen uns passiert? Sie kann mir mit ihrer Erfahrung noch etwas mehr aus dem BDSM-Bereich zeigen. Hier bin ich besonders neugierig, was es noch zu entdecken gibt.

to be continued ...

Liebe Leserin, lieber Leser, wenn dir mein Buch gefallen hat, freue ich mich sehr über eine Rezension in den bekannten Buch-Shops und auf Buchseiten. Werde Fan und verpasse nicht den nächsten Teil:

- www.facebook.com/DonRamirezAuthor
- www.lovelybooks.de/autor/Don-Ramirez
- www.amazon.de/Don-Ramirez/e/B00NVTSW7A/